ふぞろいの林檎《リンゴ》たちV

男たちの旅路〈オートバイ〉

山田太一未発表シナリオ集

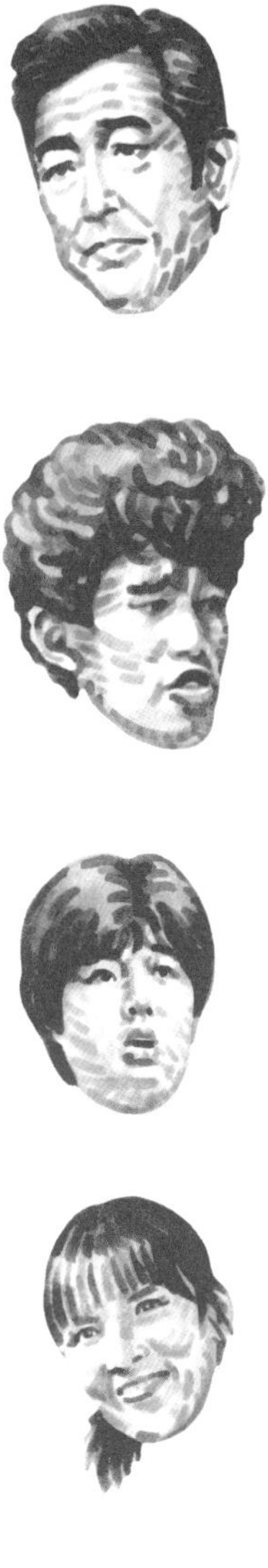

国書刊行会

はじめに

本書に収録されているシナリオは、すべて映像化されていません。しかしそれは、さまざまな事情によるもので、作品の質が低いからではありません。山田太一にとって未映像化作品がどういうものであるかは、巻頭に収録したエッセイ『ボツ』をお読みください。

私はこの『ボツ』というエッセイを読んだときから、どうにかして未映像化作品のシナリオを読みたいものだと、ずっと思っていました。山田太一ファンなら、みんなそう思うでしょう。それから長い年月が経ちましたが、こうして刊行できることになり、感無量です。

『ふぞろいの林檎たち』はパートⅣまで放送されましたが（一九八三〜九七年）パートⅤのシナリオも存在するということがファンの間では知られていて、オークションで高値で取り引きされたこともあります。しかし、公表されるのは、今回が初めてです。パートⅣから七年後の四十代になった〈林檎〉たちが登場します。

『男たちの旅路』（一九七六〜八二年放送）の「オートバイ」は、まったく知られていませんでしたし、山田太一が『今は港にいる二人』という、いわゆる二時間サスペンスドラマを書いていたのも、思いがけないことでした。いずれも、今回初めて公表されるシナリオです。

とくに、非常に有名なシリーズである『男たちの旅路』に映像化されなかったシナリオがあったというのは驚きで、そのあたりの事情を『男たちの旅路』のメインディレクターであった中村克史さんにおうかがいしました。巻末の「収録作品について」に記してあります。

『殺人者を求む』だけは、松竹大船撮影所監督助手会が発行した同人誌『シナリオ集6』に掲載されたことがありますが、これは入手がきわめて困難で、山田太一が初めて書いたシナリオということもあり、附録的に収録しました。

山田太一ドラマは、シナリオで読んでも面白いです。かつて大和書房から「山田太一作品集」（全十九巻）が刊行され、ベストセラーとなりました。持っておられる山田太一ファンも多いでしょう。近年、里山社から「山田太一セレクション」（全三巻）も刊行されました。

ただ、未発表の山田太一ドラマのシナリオが刊行されるのは、初めてのことです。私は先に読ませていただきましたが、未知の作品を読めるのは、山田太一ファンとして大変な幸福でした。皆様にも喜んでいただけますと幸いです。

編者・頭木弘樹

ボツ

山田太一

ドラマライターになって十九年もたつと、「ボツ」になった作品が、結構ある。テレビ局から使えないといいわたされた作品である。一昨年も一本二時間ドラマでそういうことがあって、書けば金になるというものではないのである。それは必ずしも作品の出来が悪いというのではなく、テレビ局の商法に合わないという場合が多いから恥じてもいないが、収入を生じなかったのだからこの旅行の費用は取材費とは認めないなどと税務署からいわれたりして、愉快な思いというわけにはいかない。

そういう時私は、強引にその体験を意識下に沈めてしまうのである。つまり忘れてしまう。自己催眠にかけても、そんな事はなかったのだと思ってしまう。すると結構そんな気になるのである。血液型がB型のせいねと家内はいうが、一種の気の弱さかもしれない。本当に忘れてはいない。

一回一時間の連続ドラマを七回まで書いて（こっちが張り切りすぎて早く書いたのが悪いのだが）キャンセルをくったことをどうして忘れられるだろうか（もっともこの時は、全額金を払ってもらったが、金をもらえばいいというものではない）。半月で書けた一本だとしても、忘れ切ることは出来ない、と思っていた。

ところが先日、思いもかけない話を聞いたのである。

ＴＢＳに酒井誠さんという演出家がいらっしゃって、私は一本だけテレビの世界へ足を踏み入れたころ演出をしていただいた。

そのうち酒井さんはドラマをはなれ、ＴＢＳへ行ってもなかなか逢えず、十四、五年逢わないというようなことになっていた。

数日前、渋谷でばったり逢ったのである。レーザーディスクの取締役になっていらっしゃった。

「あなたの原稿を三本あずかったままになってってねえ」といわれた。

全く覚えがなかった。

「ＮＨＫでボツになったものやなんかね」そういわれても思い出さない。

「たとえば、その中の一本は、どんなストーリーですか？」と聞いた。心のはなれた夫婦が、子供が成長するまで仲の良い両親を演じ、或る日成長した子供達に事情を話して静かに別れるという短編だという。

暗すぎるとボツになったそうである。多分ＴＢＳでなんとかならないかと泣きついたのだろうが、なんともならなかったのである。

「どうもボツというような嫌なことは忘れちまうタチなんで」というと「忘れすぎだよ」と笑われたが、ノイローゼにもならずなんとかライターをやっていられるのは、健忘症のおかげかもしれない。いまはその三本を返して貰って、その一本ぐらい商品にならないかと、不労所得（？）の計算をしているのだが。


（一九八四年）

目次

ふぞろいの林檎たちⅤ／男たちの旅路〈オートバイ〉 山田太一未発表シナリオ集

ふぞろいの林檎《リンゴ》たちⅤ

前・後篇

登場人物

仲手川良雄　中井貴一
岩田健一　時任三郎
西寺実　柳沢慎吾
本田修一　国広富之

水野陽子　手塚理美
本田（伊吹）夏恵　高橋ひとみ
宮本晴江　石原真理絵
西寺（谷本）綾子　中島唱子

平野周吉　小林稔侍
木暮慎二郎
橋本弘美
広川由紀

仲手川愛子　佐々木すみ江
〃　幸子　根岸季衣
〃　紀子（15）

西寺知子　吉行和子

岩田邦行

太田千代

西寺哲夫（15）
〃　香織（13）
本田達也（13）

司会の中年女性
受付の女性・三好
中年の係員
係の中年女性
出席の四十代の女性
パーティ参加の男性
〃　女性
焼き鳥屋の女性給仕
中年の女性社員
六十代の男性社員
暴力団の男たち
強盗の男A
〃　B

物流サービスの女性社員
〃　　老社員
中年の警官
若い警官
鑑識係員Ａ
〃　Ｂ
私服の刑事
仲屋酒店近所の宮内さん
〃　　春日さん
他
小さな喫茶店の女主人
喫茶店の客たち
野城（45）

バーのウエイター
ホテルのバーのウエイター
ラーメン屋男の子（10）
病院　四〜五十代の夫婦
〃　娘
〃　息子
医師

Ｏ・Ｌ＝徐々に暗くなる前の画面に次の画面が徐々に重なって現れる場面転換技法

『ふぞろいの林檎たち』パートⅠ〜Ⅳのあらすじ（頭木弘樹）

●パートⅠ　一九八三年五月〜七月放送・全一〇回

四流と見下される大学に通う仲手川良雄は、一流大学医学部の男子学生が女子大生を集めたパーティーに偶然まぎれ込むが、部外者とばれ、「学校どこ?」と冷笑される。

良雄は同じ大学の岩田健一と西寺実と三人で「ワンゲル愛好会」を作り、チラシを女子大の前で配る。有名女子大の水野陽子、宮本晴江、谷本綾子の三人がやってくる。だが、陽子と晴江は本当は看護学校の生徒だった。女子大生より低くあつかわれることに反発を感じて、騙したのだ。

良雄は、女性経験のなさを気にして、風俗街の個室マッサージ店に入る。そこで医学部のパーティーにいた伊吹夏恵と再会する。夏恵にマッサージをしてもらって、良雄は泣き出してしまう。そんな良雄を、夏恵は自宅に呼ぶ。彼女は東大卒の本田修一と同棲していた。平気で風俗で働かせる修一にあてつけるように、夏恵は良雄にキスをする。

一流嫌いだった健一は、自分が一流会社に入れるチャンスを得ると、それを拒絶できない。健一に冷たい態度をとっていた父親も、一流会社に内定したという知らせを聞いて大喜びする。だがチャンスは消える。実《みのる》は、綾子がくれるお小遣いが目当てで、つきあいはじめる。しかし、お金持ちの娘だと思っていた綾子が、たこ焼きのバイトをしてお金を作っていたことを知り、「お前――いい女だな」と、本気で心を動かされる。

良雄の実家は酒店で、兄の耕一（小林薫）が継いでいる。耕一の妻の幸子《さちこ》は病弱で子供が産めないため、母の愛子は二人が別れるよう仕向ける。しかし耕一は、家出した幸子を捜し出し、みんなの前で宣言する――「俺は、幸子じゃなきゃ嫌なんだ」。夏恵が「そういう恋愛したい」と泣き、みんなも感動する。

良雄と健一と実は、スーツを着て会社訪問に行く。大学によって控え室がちがい、あからさまな学歴差別がある。健一は実に「胸はってろ」「問題は、生き方よ」と言う。

●パートⅡ　一九八五年三月〜六月放送・全一三回

就職して、新人研修で軍隊式にしごかれ、「やってらんねえよ」と泣き出す実。健一と実は工作機械メーカーの営業代理店の社員に。「昔はさ、学校どこって聞かれるのいやだったけどよ、今度は、会社どこって聞かれると、つらいんだよな。まいっちゃうよなあ」

その晩、実の父が急死する。その葬式でみんながまた集まる。良雄は運送会社に就職し、陽子と春江は看護師になり、修一は自宅で夏恵が受注してくるコンピューターのプログラミングの仕事をしている。綾子だけはまだ学生だ。

陽子と健一はつきあっているが、価値観のちがいを感じている。良雄と晴江は、ひかれ合いながらも恋人未満の関係で、晴江は良雄をゆさぶって変えようとし、良雄はそれに反発する。良雄の上司の相馬課長（室田日出男）は、良雄の私生活にも干渉してきて、晴江との交際にも反対する。

晴江は、看護師に向いていないと感じて辞めるが、自分に何ができるのかわからなくて悩み、青山のクラブなどの水商売の世界に入る。

耕一は浮気をしている。母の愛子はほくそ笑む。幸子は妊娠し、心臓に負担で命の危険があるが、生む決意をする。

実と綾子の交際はつづいている。実は会社の事務員の大里華江（畠山明子）からも好意を寄せられ、会社を訪ねてきた綾子が華江ともめる一幕も。実《みのる》の母の知子は、店を手伝う平野周吉にひかれていく。

健一は営業先の工場の課長の正宮（岡本信人）からモーターの発注を受けるが、これが不正であったことがわかる。健一の会社の上司たちは、正宮の不正をあえて黙認することで、継続的な取り引きを承知させるという、したたかな対応をする。世の中の汚さに健一はくさる。

引き抜きの話があり、健一は実も連れて行きたくて、実の成績を上げさせようとする。「二人でまたもっといいとこへのし上がるんだ」と健一は上昇志向が強いが、実は「それで、なにがあるっていうんだ？　その先になにがあんだよ？」と反発する。けっきょく健一は引き抜かれていき、実は今の会社に残る。

修一と夏恵は、熱い気持ちのないまま結婚しようとする。そのことに健一は怒る。海辺に集まったみんなは、それぞれの恋人に向かって「燃え上がってます」と言い合う。

●パートⅢ　一九九一年一月〜三月放送・全一一回

晴江が自殺未遂をしたという知らせに、仲間たちが病院にかけつける。みんなで集まるのは六年ぶり、二十代の終わりにさしかかっている。実と綾子は結婚し子供もいる。本田夫婦は妊活中。健一も結婚して娘がいるが、相手は陽子ではない。陽子は独身で、看護師の仕事に打ち込んでいる。良雄も運送会社で忙しくしているが実家を出て、ひとり暮らしに。実家では幸子が無事出産し、娘の紀子はもう六歳。実の実家のラーメン屋は、母の知子と平野がふたりで切り盛りしている。

晴江は富豪の門脇幹一（柄本明）と結婚して、贅沢な暮らしをしていたが、幸福ではなく、別れたがっていた。屋敷に監禁されるが、抜け出して良雄のところにやってきて、「愛してる」と言う。良雄も心を動かされる。良雄だけでなく、仲間たちみんなで晴江を救おうとするが、門脇は手強い。

仕事でのし上がりたい健一は、家庭生活がうまくいかず、妻と娘は家を出てしまい、離婚となる。

実は、大学時代に自分をいじめていた佐竹（水上功治）に声をかけられ、佐竹の会社の営業部長になる。しかしそれは、佐竹が会社にいやがらせをするためで、事実を知った実は「ひとの——人生、もてあそびやがって」と佐竹に殴りかかる。

良雄は仕事の失敗（これも門脇による嫌がらせだった）で深く落ち込み、実に暴力をふるわれて良雄のところにやってきた綾子と関係をもってしまう。一方、実も大里華江と一度だけの浮気をする。陽子は引き抜かれて弘前に新しくできる病院へ行く。その病院のよくない噂を聞いて、健一は弘前まで駆けつける。結局、病院は開業されない。

自分が本当にしたいことがわからなくなり、修一も平野も家を出てみるが、戻ってくる。「一人で働いて、ちゃんと生きてみなくちゃ、あなたの恋人にだって、なれやしない――」と良雄に言って、晴江はひとりで旅立つ。

●パートⅣ　一九九七年四月～七月放送・全一三回

山形から東京に出てきた桐生克彦（長瀬智也）は、上野駅に着いてすぐに声をかけられ、バイトを頼まれる。夫の服部潔（矢崎滋）が、いびり出された会社に行って、営業部長を殴るつもりだから、他の人が邪魔したら止めてほしいというのだ。いざとなると、服部は殴れない。見かねた克彦が部長を殴ってしまう。後日、服部はあらためて克彦を探し出し、自宅に誘う。それはじつは部長に克彦を引き渡すためで、部長は警察を連れて来る。結局、克彦は部長に十万円の慰謝料を払うことに。

克彦はファミレスでバイトし、道路工事のガードマンをし、ビルの工事現場で働く。その工事中のビルで寝ていて、スーツ姿の男たちから事件の目撃者と勘違いされ、話したら殺すと脅されて口止め料を受けとる。

克彦はアパートを借りる。見知らぬ娘、遠山美保（中谷美紀）がやってきて、目撃したことを話せと迫り、強引に同居を始める。美保は何か調べているようだ。

克彦の荷物がアパートに届かない。運送会社の担当は良雄だった。ドライバーが軽トラに乗ったまま行方不明になったのだ。良雄は行方を追うが、良雄自身が行方不明になってしまう。

良雄の実家にみんなが集まる。〈林檎〉たちは三十代半ばになった。良雄の兄の耕一は病死し、愛子と幸子と紀子で酒屋を切り盛りしている。実と綾子はラーメン屋を継いで子供が二人。実の母の知子は平野と別れている。健一は独り身で、仕事のライバルの相崎江里（洞口依子）に言い寄られている（一人娘は妻と暮らしている）。陽子は、限られた命の患者（北見敏之）と激しい恋をしている。本田夫婦には子供ができている。晴江は独身で、アメリカにいる。

良雄は戻るが、探していたドライバーは自殺していた。

美保の父は都議会議員の遠山隆男（中山仁）で、克彦に口止めしたのも隆男だった。「汚れなきゃ、力がつかない」と言う隆男。その話を打ち明けられたみんなは、カラオケルームで議論する。その場では、どうしようもないということになり、「それで終わり？　情けなくない？　若い人に相談されて、ヤバイからほっとけっていうだけ？」と陽子が嘆き、克彦もがっかりする。しかし後日、みんなで隆男に会いに行く。「本気でこたえて。ごまかさないで、こたえて」と真剣に言う美保にも、隆男は「私に不正はないッ」と言い続けるが、その後、隆男は政界を引退する。

良雄は相崎江里とひかれあい婚約する。良雄の母の愛子は助からない病気になり、みんなはそのことを愛子自身には隠していたのだが、帰国した晴江が愛子に話してしまう。愛子は陽子の病院にホスピスの患者として入ることになる。晴江は日本で看護師の仕事に戻る。

前篇　四十代ってなんですか？

●地下鉄が走る

●地下鉄の中

良雄がスーツ姿で乗っている。

現実音が消える。

良雄の声「電車の中で、近くに母がいるように感じた。すぐ、その方を見られなかった。母は六年前に死んでいる」

良雄、ゆっくり一方を見る。

愛子が、普段着でドアの脇に立って、良雄を見ている。良雄、目をそらす。

良雄の声「お母ちゃん。お母ちゃんは時々、こんなふうに俺を見ている。それも俺が、あんまり、お母ちゃんに見られたくないことをする時にね」

良雄、もう一度、愛子の方を見る。

愛子と似た年格好の女性が、バーにつかまって立っている。現実音が甦る。

良雄、目をそらし、目を落とし、ネクタイの胸のあたりのシミに気づく。見やすくネクタイを持ちあげるようにして、指でちょっとシミをほじくるようにする。

●陽子の病院・弘美の個室

十七才の橋本弘美のベッドサイドから、看護婦姿の陽子が立ち上がりかけて、
陽子「(弘美が手をはなさないので)どうした?」
弘美「なんか、急いでる?」
陽子「フフ。うん、ちょっとね」
弘美「感じた」
陽子「もっと、いた方がいい?(と椅子に掛ける)」
弘美「いいの(と手をはなし)なんだか、つかまりたかっただけ(と穏やかに言う)」

●シティホテル・ロビー

良雄、表から入って来る。

「いらっしゃいませ」とホテルのスタッフ。

●陽子の病院・廊下

陽子、急ぎ足でロッカールームへ。

●シティホテル・男性用トイレ洗面

良雄「(鏡の前でハンカチを水で濡らし、ネクタイのシミを叩いている)」

●夜の大通り

タクシーが走る。

●タクシーの中

陽子、派手ではないが清潔な他所行きの服で、ネックレスをつけている。

●ホテル・会場前の廊下

良雄、やや固く歩いて来る。

中年の係員「いらっしゃいませ。ナイスミドルパーティでございます」

良雄「(うなずく)」

中年の係員「受付をおすませ下さいませ」

受付で女性二人ほどがチェックインしている。良雄、その後ろに立つ。

続けて来た女性に、

中年の係員「いらっしゃいませ。受付で番号札とマッチングカードをお受けとり下さいませ(いくらかひそやかに言う)」

●タクシーの中

口紅をつけている陽子。

●パーティ会場

男女各々二十人ぐらいの四十代前後の人々が、立食パーティ形式の会場に立っていて拍手。
司会の中年女性「(自己紹介を終えたところでの拍手に) ありがとうございます。今夜は、私どものナイスミドルパーティにお越し下さいまして、改めて厚く御礼申上げます。さあ、出会いの機会がやって参りました。私どもは本気です。みなさんも本気です。今夜のこのパーティを通して、ミドルからの御結婚のお相手を、出来るだけ多くの方が見つけて下さることを、心から願っております。精一杯お手伝いさせていただきますので、よろしくお願いいたします」

拍手する中に良雄がいる。

●ホテルの前

タクシーが、すべり込む。

●ホテルの女性用トイレ洗面

陽子、鏡の前で急ぎ髪や服装を見直す。

●パーティ会場

司会の中年女性「自己紹介はおひとり三十秒ということで、お願いします。この音ではじまり、この音で終ります」

係の中年女性が、柔らかい音の出るものを叩く。

チーン。

●パーティ会場の前

中年の係員「(陽子を迎えるように) いらっしゃいませ」
陽子「(近寄りながら) おくれました」
受付の女性・三好「(他のスタッフはいなくて立ち上がり) お待ちしていました」
陽子「仕事がギリギリになって」
三好「(遅刻は一人だけなので) 水野さま」
陽子「はい (とパーティ券を出す)」
三好「(番号札を出し) これを左の胸にお願いいたします」
陽子「はい」
中年の係員「(会場のドアを細くあけて見ていてすぐ閉め) まだ自己紹介がはじまったばかりですから」
陽子「はい (と番号札を胸につけかける)」

●パーティ会場

四十代の女性「(マイクを持っていて) 今更、みんながびっくりするような、凄い結婚だなんて、そんな夢を見てはいませんけど」
陽子「（入って来る）」
四十代の女性「もう、独り暮しのよさも悪さも、充分味わいましたから（チーンと柔らかい音）」
司会の中年女性「はい。三十秒たちました。次は男性、こっちの端にまいりまァす（と手持ちのマイクを持って良雄の前へ）」
良雄「あ、はい（とマイクを受けとる）」
司会の中年女性「三十秒トークは、お人柄を知る声を聞くお顔を見るのがポイントですから、なにをお話しして下さってもいいんですよ。はい、では三十秒」
係の中年女性「（チーンと柔らかい音を叩き、ストップウォッチを押す）」
良雄「はい。十二番の仲手川良雄です」
陽子「（ドキリとして、その方を見る）」
良雄「物流サービスの会社で渉外課長をしています。バツイチです。五年ほど前まで、一年七ヶ月結婚をしていました。別れました」
陽子「（見ている）」
良雄「どっちが悪いというより、結婚というものを、お互い、よく知らなかったという思いがあります。だからこそ二度目は自信があるというか（陽子に気がつく）」
陽子「――」
良雄「え――（目をこらし）自信があるというか、自信がないというか――」
陽子「（あとずさる）」
司会の中年女性「（チーンと柔らかい音）ちょっと緊張のしすぎかなあ。はい、次は女性にいきましょう（と良雄からマイクを受けとる）」
良雄「――（陽子のいた方を見る）」

●会場の前

陽子「（出て来て、少し歩いて、気持をおさえる）」
三好「あら、どうかしました？」
中年の係員「（中からドアをあけ、出て来てドアを閉める）」
陽子「今夜、私、失礼します（と一礼して廊下を階段の方へ）」
三好「失礼ッて（中年の係員を見る）」
中年の係員「（三好にうなずく。その背後のドアがあく）」
良雄「（中年の係員かまわず、陽子を見て、追う）」

●廊下から階段

会場は二階で、ロビーへおりる階段がある。陽子、来て、階段をおりかかる。
良雄「待ってよ（と小さく呼び止める）」
陽子「（立ち止まる）」
良雄「驚いたな」
陽子「（うなずく）」
三好「（追って来て、これも声小さく）お客様、お話は会場内でお願いいたします」
良雄「ああ」

三好「会場から外には出ないという、ホテルとの約束なんです」
良雄「悪いけど、今日はおります」
三好「おりるって――」
良雄「仲手川良雄と（と胸の番号札をはずし）水野陽子をリストからはずして下さい」
三好「会費はお返し出来ませんけど」
良雄「そのことは後日改めて」
三好「改めてもなにも、当日のキャンセルは全額いただいています」
良雄「しかし、まだ、なんにものんでないし食べてないし」
陽子「いいの、全額で（と良雄を制し、自分の番号札を返し）ごめんなさい。昔からの友だちなの（と階段をおりて行く）」
三好「そうなんですか」
良雄「ああ、ここんとこ随分会っていなかったけど（と階段をおりて行く）」
三好「あ、へえ（と見送る）」

●ホテル近くの道

陽子「（幾分急ぎ足で歩く）」
良雄「（追いついて、並んで歩く）」
陽子「――（歩く）」
良雄「――（歩く）」
陽子「しばらくね（と歩いている）」

良雄「ああ――（歩いている）」
陽子「あんなところで会うなんて（歩く）」
良雄「ああ（と歩く）」
陽子「そういうことなの」
良雄「ああ、こっちも、そういうこと」
陽子「――（薄く苦笑して歩く）」
良雄「――（苦笑して歩く）」

●新宿・高層ビル・遠景

夜景だが、定番のタイトル・バックの位置の遠景。音楽がはじまり、

――O・L――

●昼間の高層ビル・遠景

林檎が投げられる。Ⅳの映像で可。
メイン・タイトル。

●パートⅠからパートⅣの映像で

クレジット・タイトル、終る。

●日本料理店・店内

通路の片側に小さく区切ったテーブル席の個室が並んでいる。のれんの入口。もう片方は、竹垣に鹿おどしなどの細長いレイアウトのある壁になっている。

仲居の制服の和服を着た晴江が、盆に瓶ビール一本とグラス二個、つき出しの小鉢二人分をのせて調理場の方から来る。なにかあぶなっかしい。途中の個室から「あ、すいません」と男の声。

晴江「あ。は。ちょっと待って下さいね（と手前の個室まで、あぶなっかしくやって来て、中へ）」

●その個室

四人掛けのテーブルに、陽子と良雄が向き合って掛けている。

晴江「ごめんなさい。なんか、待たしちゃって」

陽子「ううん」

良雄「急に来たから」

晴江「ううん、お客は急に来るもの」

さっきの声で「あ、すいません」と呼び、「はーい、ただいま」と仲居の一人がこたえる声。

晴江「（小声で）ほんといって、お料理竹でいいの？」

陽子「いけない？」

良雄「いけない？」

晴江「値段ほどのことはないの」
陽子「そんなこと、いまごろ」
良雄「もう、通したんじゃないの（調理場へ）」
晴江「そうだけど、梅でよかったかなあって」
良雄「いいよ、そんな――」
陽子「もっと早く言ってよ」
晴江「それで？」
陽子「うん――」
晴江「私に、なんか、話？」
良雄「ううん」
陽子「ううん」
晴江「じゃあ、なに、二人で」
陽子「ばったり会ったって、言ったじゃない」
良雄「折角なら、晴江ちゃんがいるところへ行こうかって」
晴江「こっちは働いてるんだもの、参加できないじゃない」
良雄「急に顔見たくなってさ」
陽子「ここ、はじめてだもの、私」
晴江「二人はさあ、仲良く話せていいだろうけど、私はまだ三時間以上働かなきゃならないんだから」
仲居頭・太田千代「失礼しまァす」

晴江「(驚いて) あらァ」
陽子「はい」
千代「(笑顔で) ちょっと従業員を——フフ——ちょっと (と通路へ笑顔のまま)」
晴江「やだ、まあ (と小さく顔しかめて出て行き、出会い頭に別の仲居とぶつかり、その仲居の運んで来た盆が床へ)」

●店内・通路

晴江「あら、やだ、もう、私、もう」
千代「ごたごた言わないのッ (と小さくたしなめながら、手早くもう片付けにかかっている)」
別の仲居「気をつけてって (言ってるのに)」
千代「ここで言わないのッ (と小さくたしなめながら手早く片付ける)」
晴江「(片付けている)」

●個室

良雄「(通路の気配を感じながら) どこもみんな——(と小さく言う)」
陽子「うん?」
良雄「あんまり、幸福じゃあないな (とビールをのむ)」
陽子「そうだね (と微笑)」

●料理店の裏の路地

晴江「(千代に二の腕あたりをつねられて) イターッ」
千代「(つねっていて) あんたはね、どっか本気じゃないの」
晴江「本気ですよう (と少し逃げる)」
千代「本気で働いてる？　本気でピリピリしてる？」
晴江「してますよう」
千代「ほら、もうその言い方が、世の中なめてるの」
晴江「そういうこと言われても」
千代「私はね、あんたが困ってるのを見て、店長に口添えしたの。いわばあんたの保証人なのよ。しっかりしてよ、もう (とつねる)」
晴江「イタイ。つねるのだけは、やめて下さいよ。もう (とつらい)」

●アジアモータース・営業部 (昼)

部長の木暮の前に、四人ほどの若い部員が指示を受けていて、「行って来まァす」と一人が言い、他の三人も口々に「行って来まァす」と追いかけて言い、ドアの方へ。
木暮「(椅子に掛けたまま憮然としている)」
健一「(自分の机の前から立ち、木暮の方へ)」
木暮「(その健一を憮然として見ている)」
健一「(木暮の前に立ち一礼して) いいすか、いま、ちょっと」
木暮「うん？」
健一「話、しても」

木暮「聞くなよ、そんなこと」
健一「いや、ここじゃあなくて、ちょっとサシで（と別室で、という仕草）」
木暮「なに？」
健一「ですから、ちょっと、応接のAかBで」
電話のベル。
木暮「いいよ（と電話に出て）はい、木暮です（パッと明るく切り替わり）あ、あ、木暮でございます――はい、営業部長の、キグレじゃなくて、コグレ。ハハハ、一昨日《いっさくじつ》は、ありがとうございました――いやいやいやいや、しつこくおつき合いいただきまして」
健一「（立っている）」
木暮「いいえェ、いや、実のところ御機嫌をそこねたんじゃないかと」
健一「（一礼して、自分の席へ）」
木暮「（その健一を目で追いながら）ハハハ、それならもう、ほっといたしました。正直、お電話申上げるのがね、正直、怖いような気持で（健一に、ここにいろ、と手で伝えようとするが）」
健一「（自分の机にあった営業用のカバンを持つと、廊下へ出て行ってしまう）」
木暮の声「ハハハ、いえいえ、そちらの部長と、こっちの部長じゃあ、段違い平行棒、ハハ、ヒヒヒ」

●アジアモータース近くの道

健一、思いに捉われながら歩いている。

●花里ラーメン店・表（昼）

西寺ラーメンの場所だが、フランチャイズに所属して、チェーンの『花里ラーメン』の旗が立ったりしている。『ヘルシー・ラーメン』『ダイエット・メニュー』『鰹だし、昆布だし』『野菜たっぷり』などの文字。

表の戸があいて「あー、お母ちゃんは、うるさいのッ」と香織（13）が出て来て、スニーカーの踵を直す。「行って来ます」と太った哲夫（15）が続けて出て来て、ドアを閉め、駅の方へ。香織、哲夫のあとを追って駅の方へ。

すれ違って健一がちょっと二人を見送ると。

●花里ラーメン店・店内

ぽつんと綾子が、カウンター内の調理場にいて、ドアがあくのを見る。

綾子「いらっしゃいませ」

健一「オレ――（と微笑）」

綾子「あらァ（と嬉しい）」

健一「しばらく（と、ドアを閉める）」

綾子「ほんと、しばらく」

健一「いまの哲夫くんだよね」

綾子「そう、香織と」

健一「大きくなったなあ」

綾子「そんなに見なかった？」
健一「でも、ないかな？」
綾子「ここ、こういう風に改装した時だから、一年と二、三ヶ月ぶり」
健一「大きくなったよ」
綾子「あの時は、お花いただいて」
健一「いえいえ」
綾子「フフ、こんななの」
健一「こんなって？」
綾子「ヒマ」
健一「(腕時計を見て) 二時すぎは、仕様がないな」
綾子「(水のコップを健一の前に置き) 昼時も、どうってことないの」
健一「鰹だしヘルシーラーメンての、下さい」
綾子「お昼すんだんじゃないの？」
健一「ううん、やっとやっと」
綾子「大変ねえ (と調理にかかる)」
健一「うん――」
綾子「実、休憩なの。四時まで」
健一「二階？」
綾子「パチンコ」
健一「パチンコかよ」

綾子「このチェーン店も、いいと思ったけど、なんだかパッとしなくて」
健一「そう」
綾子「哲夫は秋葉原で、香織は友だちと表参道とかって」
健一「兄妹一緒じゃないの？」
綾子「ぜんぜん。出て行く時だけ、争うように出て行って」
健一「学校、早いね」
綾子「昨日、両方とも文化祭で」
健一「振替えか」
綾子「そう」
健一「そりゃあ、どっか行きたいよな」
綾子「そうね（急にこみ上げて）なんかね」
健一「うん？」
綾子「しゃべると愚痴っぽくなって、自分でも嫌になっちゃう（と泣くような声になって、手も止まってしまう）」
健一「体、どうなの？」
綾子「――」
健一「疲れてんだよ」
綾子「（うなずいて、調理にかかる）」
健一「バイトとか、パートとか、誰かいないの？」
綾子「頼める人はいるんだけど、この景気じゃ、なるべくね」

健一「そうか」

綾子「暇だから、二人で、なんとかやってけるんだけど――」

健一「でもなあ」

綾子「それはいいんだけど――（手が止まる）」

健一「なに？」

綾子「頼んでいい？」

健一「なにを？」

綾子「他に頼める人、いないんだもの」

健一「店番は出来ないぞ」

綾子「（かぶりを振り）ラーメン食べたら、あいつ、捜してくれる？」

健一「実を？」

綾子「うん――」

健一「パチンコじゃないの？」

綾子「私、おかしいのかもしれないけど、あいつ、パチンコパチンコって言って、本当はそうじゃないんじゃないかって」

健一「なんだと思うの？」

綾子「パチンコ行くのに、なんかお洒落するの」

健一「あいつ、結構お洒落じゃない」

綾子「でも、パチンコ行く時は、前掛けはずすぐらいで行ってたのよ」

健一「うん――」

綾子「この頃は、いいシャツ着たりして。私が、そう言うと、休憩ぐらい、着替えなきゃ気持が変わらないって」
健一「そうなんじゃないの」
綾子「この近所、四軒パチンコ屋があるの。一軒は三階まであるから、捜すの大変かもしれないけど」
健一「捜すよ、捜してみるよ」
綾子「なにしろ、私が出るわけにいかないから」
健一「なにしてるか、つきとめてやるよ。まかしてよ」

●パチンコ店Ⓐ

健一、さり気なく客を見て行く。

●パチンコ店Ⓑ

健一、さり気なく見て行く。

●パチンコ店Ⓒ

健一、捜す目で歩く。あ、となる。
実、パチンコをしている。健一、苦笑する。

●パチンコ店Ⓒの前

実　「（出て来て）ああ肩凝る。腰、痛い」
健一「（出て来て）お前な」
実　「うん？」
健一「儲けたら、たまには、みやげ持って帰れよ」
実　「帰ってるよ。洗剤とか大根とか（と一方へ）」
健一「おい、どこへ行く？」
実　「まだ時間あるよ（と行く）」
健一「（追って）いいよ、店戻れよ。奥さん、心配してるんだ」
実　「いいんだ（と歩く）」
健一「なにがいいんだ。戻れよ。そっち行って、どうするんだ？」
実　「（急に立ち止まる）」
健一「（立ち止まって）込んでるかもしれない。早く帰ってやれよ」
実　「――（立っている）」
健一「戻ろう」
実　「――（立っている）」
健一「（ちょっとただならぬものを感じて）どうした？」
実　「（健一の胸にとびこむようにする）」
健一「おい――（とたじたじになる）」

実　「――（抱きついて、健一の胸に頬を押しつける）」
健一「（ひきはがそうと）おい、妙なことをするな。おい」
実　「（はなれない）」

●喫茶店・店内

実　「（コーヒーを前にして、目を伏せている）」
健一「（向き合って座っていて）そうか」
実　「（うなずく）」
健一「奥さんの勘は当たってたか」
実　「（うなずく）」
健一「子持ちって、子供、いくつだ？」
実　「七歳」
健一「小学校二年か」
実　「（うなずく）」
健一「女の子か？」
実　「男」
健一「その子と二人暮しの女か」
実　「（うなずく）」
健一「年は？」
実　「三十一」

健一「それで？」
実「うん？」
健一「それで？」
実「お前——なんかあったのか？」
健一「どうして？」
実「久し振りじゃねえか」
健一「いいんだ。俺のことはいいんだ」
実「どうした？」
健一「お前の話だ」
実「うん——」
健一「どういうことだ」
実「三月《みつき》ほど前——」
健一「うん」
実「こういう休憩時間に、砥石《といし》が大分へこんでたんで」
健一「包丁なんか研ぐのか？」
実「研ぐさ、しょっ中」
健一「そうか」
実「買って」

●駅の脇の道

実の声だけで、広川由紀と実のやりとりとその時の現実音などはない。
実の声「駅の脇を歩いてると、立ってる女がすいませんて言うんだ」
健一の声「その人か？」
実の声「足が痛くて歩けないって言うんだ」

●喫茶店・店内

健一「なんだ、それ」
実「なんだって、そのまんまよ。足が痛くて歩けなかったんだ」
健一「どうして？」

●駅の脇の道

由紀の足。それをのぞきこむ実。
実の声「朝、どこだかで足をひねったんだと。大丈夫だと思って歩いてたら、痛くなってはれて来たって」
健一の声「捻挫か」
実の声「この辺に医者はないかって」

●喫茶店・店内

健一「なんか、くせえな」
実「なにが？」

健一「芝居っぽくないか」
実　「芝居で足がはれるかよ」
健一「さわったのか？」
実　「さわんねえけど、見たよ。ちゃんと、はれてたよ」
健一「いい女か？」
実　「そんなこと言ってられないだろう」
健一「本当か？」

●駅近くの道

　実、由紀を支えるようにして歩く。
実の声「肩貸して医者行ったよ」
健一の声「医者まで連れてったのか」

●喫茶店・店内

実　「行きがかりで仕様がねえだろう」

●町の外科の待合室

　待つ人で込んでいる。その端の椅子に並んで掛けている由紀と実。
実の声「ところが込んでるんだよ。仕様がねえから待ってたよ」

●喫茶店・店内

健一「なんでお前が待つんだ。連れて行けばそれでいいだろう」
実「だから――」
健一「だから、なんだ？」
実「ほっとけないような気持になったの」
健一「そんな――」

●駅近くの商店街

時間は少しあと戻って、肩貸して歩く実。ゆっくり歩く由紀。
実の声「そんなって言うけどな。肩貸してゆっくり十五分ぐらいかけて、はなれたビルの二階まで歩いたんだ」

●喫茶店・店内

健一「あんまり、ないことだよなあ」

●駅近くの商店街

ゆっくり歩く実と由紀。
実の声「すいませんすいませんて言うからよ。いいんだいいんだ、今日は暇だからって」

●喫茶店・店内

健一「そう言ったのか？」

実「忙しいなんて言えないだろ、困ってる人間に」

健一「若い女と、そういうこと、段々なくなるからなあ」

実「段々どころか、こっちは、まったくだよ」

健一「それで？」

実「持ったカバン持ってやるとよ」

健一「うん」

●駅近くの商店街

実が持つ由紀の大きめのカバン。

実の声「ずしりと重いんだよ」

●喫茶店・店内

健一「怪しいな」

実「怪しくないって。化粧品の訪問販売だって」

健一「へえ」

実「化粧品のセールスが、男の俺ひっかけたって仕様がないだろ」

健一「まあ、それは、言葉通りなら、そうだろうけど」

●外科の待合室

待っている実と由紀。

実の声「これは純粋な話なんだ。嘘や裏はなんにもないんだ」
健一の声「それで？」
実の声「歩きながらと、待っている間に、俺は」
健一の声「うん？」
実の声「簡単にいえば、恋に落ちた」
健一の声「早すぎないか」
実の声「早すぎねえよ。そういうもんだろ。めぐり合いってもんは」

●喫茶店・店内

健一「おい、お前、妻子がいるんだぞ。店も暇なんだぞ」
実「分ってるって――」
健一「その女は、なんだって言うんだ？」
実「その女なんて言うなよ」
健一「おいおいおい」
実「この辺のセールスに回る時は、俺の二時半から四時までの休憩に合わせてくれるんだ」
健一「もう、出来てるのか」
実「お前すぐそういうこと言うけど」

●二階・小さな喫茶店

　実と由紀が向き合って、コーヒーをのんでいる。
実の声「一時間ちょっとで、真昼間、そこまで行きようがないだろ」
健一の声「両方その気なら急げばいけるだろ」

●喫茶店・店内

実　「一度そうなりゃあそうだろうけど、会うなりそんなことキリ出せないし、そのうち時間が来ちまうんだ」
健一「今度会った時はすぐとか言えよ」
実　「お前は、恋愛したことがないのか？」
健一「なんだ、それ」

●二階・小さな喫茶店

　由紀と実。実の話に、笑っている由紀。
実の声「会ってるだけで、いいんだ」
健一の声「本当か？」
実の声「向うもそう言ってる。俺と会うと、すごくほっとするって。だから、やりくっても会いたくなるって」

●喫茶店・店内

健一「今日はなしか」
実「毎日なんて無理だ。それでも、週二回はなんとか会える」
健一「まずいな、それは」
実「うん」
健一「まずいよ、それは」
実「うん――」

●花里ラーメン店・店内

三人ほどの客。そこへもう一人男の客が入って来る。
綾子「(元気よく)いらっしゃいませ。よろしかったら、こちらへどうぞ(とカウンターのあいた席をすすめる)」

●アジアモーターズ・小会議室(夜)

窓の外の夜景。ドアがあいて、灯りがつけられる。
木暮「ああ、ここでいいや(とテーブルの隅の椅子をひいて掛ける)」
健一「(入ってドアを閉める)」
木暮「(例の椅子をひいて)掛けろ、ここ(ちょっと距離をはかり)あ、ちょっと近いか。このくらいの(と一つの椅子を置いた椅子をひき)方がいいか。あ、まあ、いいや、これだけの部屋だ。どこにでも掛けてくれ」
健一「はい（と木暮の椅子から二つ置いた椅子をひく）」
木暮「あ、そこか。部長と課長待遇の距離は、そんなもんか。ハハ」
健一「今朝ほどは――」
木暮「ほんとだよ、まったく、話があるって言って来て、電話かけてるうちに行っちまうから、オイ待テオイオイって手を振ったって、どんどん行っちまって、どういうことよ」
健一「申訳ありません」
木暮「今日は一日携帯切ってたろ。なにがあったかって、こっちはずっとああだこうだって想像して疲れちまったよ」
健一「（一礼）」
木暮「どうした？　なにがあった？　なにかあったんだな？」
健一「はい」
木暮「なんだ？」
健一「瀬崎の大河原の新工場に入れたモーターの八割が、中古のコイルを使っているというのは、本当ですか？」
木暮「廊下に誰もいないだろうな（と素早く立ってドアをあけ、廊下を見て閉め、ドアのロックをして）誰に聞いた？」
健一「言えません」
木暮「本当かよ？」
健一「御存知なかった？」

木暮「知らねえよ、そんな話」
健一「大河原工場の落札は、この一年の、うちの部の一番の仕事で」
木暮「分ってるよ。誰に向かって言ってるんだ。あんたも頑張ったが、俺も頑張った。みんなも頑張った」
健一「はい」
木暮「その八割が、中古のコイルだと？」
健一「はい」
木暮「信じられるか、そんなこと」
健一「信じたくありませんが」
木暮「うちの工場が、そんな、バレれば命とりになるようなことをやるわけないだろう」
健一「瀬崎は、非破壊検査をしません」
木暮「しないから、そんなことをしていいっていうのか」
健一「いいえ」
木暮「モーターはつくっちまえば中身は見えない。だからこそ信用で取引きしてるんだ。コイルの八割が中古だと？　そんなこと誰が言った？」
健一「言えません」
木暮「お前は新聞記者か？　内々《うちうち》の人間だろうが。営業部長に課長待遇が、誰から出た話か言えないなんて、そんなバカな話があるか」
健一「私はチクるような事はできません」
木暮「嘘かもしれないとは思わないのか」

健一「思えません」
木暮「工場だな。工場の誰かだな」
健一「そうとは限りません」
木暮「クイズでもやってるつもりか」
健一「私はただ、自分たちが売ったモーターが、そんな製品だと聞いて、ショックというか」
木暮「事実なら無論ショックだ」
健一「社長が御存知のことかどうか」
木暮「工場が勝手にやったっていうのか」
健一「もしそうなら、すぐリコールすべきですし」
木暮「社長が承知の上だって、直ちにリコールすべきだよ。とんでもない話だ」
健一「そうです。長い目で見て、こんなことがバレないはずはありません」
木暮「いいか、誰にも言うなよ」
健一「はい」
木暮「噂だけでも、うちはやられちまう」
健一「はい」
木暮「ひそかに調べる」
健一「――」
木暮「誰が君に言ったなんてことは、どうでもいい」
健一「はい」
木暮「事実を調べる」

健一「はい」
木暮「調べがつくまで、動くなよ。誰にも言うなよ」
健一「はい」

●陽子の病院・ホスピス病棟・サロン（昼）

たとえばチェロの独奏。
死期の近い人々と介護の人、看護師が、それぞれの姿勢で聞いている。
健一が隅に立って、聞いている。
気配で廊下の方を見る。
陽子が弘美を車椅子に乗せて、ゆっくりやって来る。
健一、それを見ている。
陽子、弘美を、人々の邪魔にならないところへ収める。
独奏の人。
聞いている健一。
聞いている陽子。
聞いている弘美。
健一の声「(弘美の顔に) いくつ?」

●屋上もしくは中庭のような場所

陽子「私?」

健一「ううん、あの車椅子の子」
　弘美の前シーンの映像入る。
陽子の声「十七」
健一の声「十七か」
陽子「父親と二人暮しで、父親があまり来られないの」
健一「来られないって」
陽子「国際線のパイロットだって」
健一「あの子、ホスピスにいるんだろう」
陽子「うん――」
健一「あと、あまり生きていないってことだろう」
陽子「思いがけなく長く生きる人もいるのよ。でも、もうここでは治療はしないから。痛みとか咳とかだるさをとって、苦しまないで、なるべく穏やかにって――」
健一「そこに娘がいるのに、仕事ってなんだよ」
陽子「休めないっていうの」
健一「休めるだろう」
陽子「そういう親子もいるのよ」
健一「――そうか」
陽子「だから、なるべく一緒にいるようにしてるんだけど――」
健一「そうもいかないだろう」
陽子「そう。まあ、多少、若いスタッフより、自由がきくけど――」

健一「えらいんだ」
陽子「齢」
健一「いいよなあ」
陽子「なにが？」
健一「ボスの陽子」
陽子「よしてよ」
健一「俺なんかなんにもないもんなあ」
陽子「そんなことないでしょう」
健一「急に、気がぬけてね」
陽子「なんかあった？」
健一「こんな時間に、こうしてるなんて嘘みたいだ」
陽子「リストラ？」
健一「そうじゃあない。俺は、こう見えたって、営業じゃあ、それなりにプロなんだぞ」
陽子「そう思ってるよ」
健一「(苦笑) つまんない自慢したな」
陽子「どうして気がぬけた？」
健一「いいんだ」
陽子「よくない」
健一「陽子を見たくなっただけだ」
陽子「気がぬけて？」

陽子「(健一を見ている)」
健一「俺もだ(と苦笑)」
陽子「よく分かんない」
健一「まあ、そうだ」

●**仲屋酒店・店内**(夜)

健一、入って来る。ドアがあくと、柔らかい音。建材の変化などがあるが、あまり以前と変わっていない。

健一「こんばんは」
幸子の声「あ、岩田さん?」
健一「はい」
紀子「(台所の方から顔を出し)いらっしゃい」
幸子「(すぐ続いて現われ)いらっしゃい」
健一「あ、紀子ちゃん?」
紀子「はい」
健一「大きくなったなあ」
幸子「そうでしょう。しばらくだもの」
健一「いや、なつかしいなあ、お店も」
幸子「上がって上がって」
健一「あ、良雄が——」

幸子「聞いてます。上がって」

●茶の間

幸子「いまね、配達に行ってくれてるの（とお膳の周囲を整える）」
紀子「(台所へ)」
健一「そうですか」
幸子「ここ、どうぞ。行ってやるって、大助かり」
健一「お邪魔します」
幸子「ビールがいい？　焼酎がいい？」
健一「あ、そんな、いきなり――」
幸子「いいじゃない。その気で待ってたの」
紀子「(小鉢のつまみを二つと箸やグラスをのせた盆を持って台所から来る)」
幸子「ほら、こういうふうに――」
健一「ウワ、こりゃあ、スゲエなあ」
幸子「ビール？」
健一「良雄、来るまで待ちます」
幸子「もうすぐ帰るわ。えーと（と台所へ）」
紀子「(小鉢をお膳に置く)」
健一「ありがとう」
紀子「いいえ――」

健一「憶えてる？　俺」
紀子「うん、よーく」
健一「そりゃあ嬉しいな」
紀子「フフ」
健一「大きくなったなあ」
紀子「そればっか。フフ（と台所へ）」
健一「（一本とられて）フフ」
幸子「あ、そうよね（と台所から声）」
健一「はい？」
幸子「夕飯、すましてるのよね」
健一「はい」
幸子「食べずに来ればいいのに（と醬油入れとチーズとサラダを盛った皿を持って、膳へ運ぶ）」
健一「急に、良雄と会いたくなって」
幸子「あら、なんかあった？」
健一「いえ、ただ、会おうかと思って」
幸子「そしたら、こっちだって？」
健一「ええ。携帯掛けたら、お店に向かってるって」
幸子「そうなの。ちょっと大口の配達があるのに、バイトの子が、直前に来られないっていうもんだから」
健一「たまには、あいつ、手伝ってるんだ」

幸子「うーん、土日来てくれたり、助かってるの」
健一「そりゃあいいな」
幸子「お店、変わらなくて、びっくりしたでしょう」
健一「ええ。なんか昔に戻ったような」
幸子「一時ね、それでもちょっと今風にしたりしたの（とお茶の仕度）」
健一「そうですか」
幸子「この辺大きなスーパーが建ちようがないでしょう、ぎっしりで」
健一「はい」
幸子「結構個人商店がやって行けるの」
健一「あ、そうかあ」
幸子「それでね、ちょっと昔風の、変わらないでいる店の方が、受けがいいようになったのよ」
健一「なるほど」
幸子「年寄りも多いし、若い人も地方からの学生さんとかで、なつかしいとか言ってね」
紀子「（たとえばアイスペールに焼酎を持って来ながら）お母さんは、一人で、そう思い込んでるんだから」
幸子「いいでしょう、二人なら、それでなんとか食べていけるんだから」
健一「食べて行けりゃあ、立派なもんだよ」
店のドアがあく時の柔らかい合図音。
紀子「私、行く（立って店へ）」
幸子「いらっしゃいませ（と声だけ店に届ける）」

●店内

紀子「いらっしゃいませ（と結構笑顔も板についている）」
中年女性「（レジの側に酢の瓶一つ置き）お酢切らしちゃって」
紀子「ありがとうございます（とレジに立つ）」

●茶の間

健一「えらいなあ、紀子ちゃん」
幸子「（店の脇の気配に）あ、帰って来た（と立って台所へ）」
健一「――」
幸子の声「お帰んなさい」
　車のエンジンが止まる。
幸子の声「岩田さん、見えてるの」
良雄の声「あ、そう」
幸子の声「御苦労さま」
良雄の声「軽い軽い（車のドアを閉める音）」
紀子の声「（店から）ありがとうございました」
　健一、それらの声や音を聞きながら、お茶をのむ。
良雄「（台所で）悪いな、待たせて」
健一「ううん」

良雄「(酒屋の配達という格好で来て) どうよ、これ (と前掛けをつけた姿を見せ) どう見たって酒屋だろ」
幸子「どうする？　ビールでいい？」
良雄「ああ、ビール、ビール。とりあえずのビールでいいよな (とテンション高い)」
健一「ああ――」
良雄「うー、悪いな、ここまで」
健一「いや、よかったよ」
良雄「なにが？」
健一「(戻って来た紀子を見て) 紀子ちゃんにも会えたし」
紀子「(笑顔をつくって上がり台所へ)」
幸子の声「お店もね、なつかしいって」
良雄「そう」
健一「ああ、なんかいいよなあ、この茶の間」
良雄「そうだろ。変わってないからな」
幸子「(瓶ビール持ってやって来て) 一杯だけ、私もわり込んでいい？ (グラス一つも)」
良雄「いいさいいさ」
健一「紀子ちゃんも、来ないか」
良雄「ああ、ミルクかなんかで、おいで」
幸子「(小声で良雄に) 怒ってるよ (と台所を指す)」
良雄「(紀子の方へ) 乾杯、一緒にやろう、紀子」

幸子「(ビールを抜いて二人に注ぎ、自分にも注ぐ動きの中で)大っきな男が二人もいると、なんだか、気が大きくなって来るのよねえ」
良雄「実《じつ》は、役に立たないけどな」
健一「ほんと」
幸子「ううん、どれだけ助かってるか分んないわ」
健一「いいよなあ、それは」
良雄「あ、本当にミルク持って来た」
紀子「(ミルクのコップを持って)フフ」
良雄「じゃあ、なんだか乾杯(節をつけて)なんだか乾杯ッ」
「乾杯」「乾杯」と口々に言ってのみ「あーッ」「あーッ」といい、
健一「いいなあ、ぴったりだなあ」
良雄「ぴったり?(と箸をとったりする)」
幸子「なにが?」
健一「(良雄を指し)お父さんに(幸子を指し)お母さん(紀子を指し)に娘。そうなんじゃないかって、ちょっと錯覚しそうだよ」
幸子「そんな——」
良雄「そんな——(カッとなり)そんなことお前よく言えるな」
健一「いや、感じたっていうか」
良雄「口にな、口にお前、口にしていいこと悪いことがあるだろう」
幸子「(当惑して)良雄さん」

良雄「義姉《ねえ》さんに失礼だろう。そんなこと、義姉さんに失礼だよ、お前」
幸子「ううん、いいのよ」
健一「あ、いや」
良雄「よくないよ。俺たちはな、これっぽっちもそんなこと考えたこともないぞ。そんなの、お前。義姉さんにも紀子にも失礼だろう」
紀子「(かぶり振る)」
良雄「冗談じゃねえよ。俺たちをそんなふうに見るなんて。俺たちは、そんなんじゃねえよッ」
健一「俺、そんな、その、勿論――」
幸子「よそう、良雄さん」
良雄「俺はな、岩田。言っちゃうけどな、この前の日曜、ちゃんと行ってんだよ」
健一「どこへ?」
良雄「どこって、見合いパーティだよ。ちゃんとそういうとこ出掛けて、相手さがしてんだよ。義姉さんは義姉さんだよ。あくまで死んだ兄貴の嫁さんだよ。失礼なこと言うなッ(と二階へかけ上って行く)」
幸子「良雄さん」

●二階のかつての良雄の部屋

良雄「(戸をあけ、とび込んで、荒い息)」

●茶の間

健一「そんな、俺は、ただ、軽い気持で」
幸子「そうよ」
紀子「怒るかなあ、あんなに――」
健一「すいません」
幸子「ううん」
紀子「訳分んない」

●二階のかつての良雄の部屋

ガラス窓に近く歩き、外の灯りの中で息をしずめようとしている良雄。
良雄の声「お母ちゃん、こんな時に出て来るなよッ」
良雄はその方を見ないが、愛子が部屋の隅に座って、良雄を見ている。
良雄の声「お母ちゃんは――（とその方を見ると）」
もう愛子はいない。

●アジアモーターズ・本社・表（朝）

●小会議室

木暮「（外からドアをあけ）ま、ま、ま、ま（と前の通りの位置に自分は掛け、健一には、前の椅子に掛けろ、と仕草)」
健一「(ドアを閉め、椅子に掛ける)」
木暮「いやな、あれこれさぐったんだけど、ガードが固くてな(と一つ健一に近い椅子へ移りながら)どうだ？　君が、その話を聞いたっていう人間と会えないか？」
健一「それは、駄目です」
木暮「どうして？」
健一「本人が、嫌だと言っています」
木暮「俺と会うのを？」
健一「誰とでも、内部告発みたいなことには関わりたくない、と」
木暮「つまり、うちの人間てことだ」
健一「そうですが、直接関わった工場の人間ではありません」
木暮「ま、そういうふうに言うよな」
健一「――」
木暮「工場なら、すぐつきとめられるからな」
健一「社長には、お話になったんでしょうか」
木暮「言えるかよ。そんなひどいことを、うちがやってるらしいの知ってますか？　って、噂だけで聞けるか？」
健一「そういう噂があるというだけでも」
木暮「うちがそんな事するかッて、怒鳴られるだけだよ」
健一「でも、これは社長も承知のことかもしれません」

木暮「だったら尚更、知るかッて言うだろう。噂があります、ああそれは俺がやらせたなんて言うか？　証人がいるよ。確たる証言をする人間がなきゃあ先にすすまないよ」
健一「少なくとも工場長は知っていると――」
木暮「頭から冗談じゃないって言われたよ。そんなことするわけないって」
健一「納品したモーターを非破壊検査にかければ――」
木暮「そんなこと、どうして出来る？」
健一「口実をつくって――」
木暮「ヤブ蛇みたいなこと出来るかよ」
健一「バレるまで、ほうっておく方がいいでしょうか」
木暮「綺麗なこと言うなよ。どうしちゃったんだよ。お前は、あこぎな商売したことないのかよ」
健一「中古を新品だと言って売ったことはありません」
木暮「それに近いことは、やったでしょうが」
健一「いくらかは――」
木暮「やってんだよ。みんな、やってんだよ」
健一「だから、いいんですか」
木暮「なにお前、正義派ぶってんだよ」
健一「不正にも、ほどってもんがあると――」
木暮「ほどの範囲だろうが」
健一「そうでしょうか」

木暮「モーターのコイルは、再利用が利くもんだろう。客によっちゃあ、コイルは再利用でいいって、向うから言ってくるケースだってあるんだ」
健一「中古を新品というのとは、ちがいます」
木暮「生活がいけないんだ」
健一「生活ってなんですか」
木暮「あんたの生活だよ。独り暮し。仕事仕事。女とも切れて、どうやら二年はたってるだろ。冷蔵庫をあけてみようか。スカスカで期限切れの牛乳に納豆、しなびた人参、凍っちまった肉、玉ネギが一個」
健一「細かいですね」
木暮「細かいよ。俺が、そうだからな」
健一「俺がって」
木暮「一人娘が嫁に行きやがってね」
健一「そうですか」
木暮「途端に女房が別居したいって言い出した。アパート借りて出て行った」
健一「そうですか」
木暮「もう五ヶ月独り暮し」
健一「それは——」
木暮「あんたな、四十越して正義だなんて言い出すってのは、どっかで目の前の人生、投げ出してるんだ」
健一「話が、そっぽじゃないかな」

木暮「自分に失望して、会社に当たってるんだ」
健一「そんな――」
木暮「いいか。確証をつかむまで、なにもするなよ。動く時は、俺を通せよ。俺だって、そんな不正があれば、ほっとけるかよ。慎重にな。動く時は、ガーッとやるから、いまは下手《へた》に動くなよ。じっとしてろよ」

●**雨の街**（午後）

ゆっくり歩く健一。カバンを持っていない。
木暮の声「こんな、うち程度の会社の、ちっぽけな不正、マスコミだって相手にしねえよ。くれぐれもな、勝手に動くなよ。会社がなくなったら、元も子もねえんだから」

●**本田家のあるマンション・表**（夜）

雨が降っている。

●**本田家・居間**

修一「（隅で電話に出ている）はい――うん――そう。いや、女房と息子は、なんとかいう歌手のコンサートへ行ってってね――俺は、だめよ。俺は、明日の朝九時の会議に出すプランをつくってってね」
健一、居間のソファに掛けている。目の前に宅配のピザと受け皿にナイフとフォークが二人分、ブランデーとグラス一つ。お茶の小振りのペットボトルが、修一用に置かれている。

修一「順調に行っても、今夜は徹夜だな。フフ、そうよ。きついよ。四十代のシステムエンジニアなんて、いつほうり出されるか、分らないからね。フフ」
健一「――」
修一「いえいえ、それは、出て行けなくて――いえいえ――はい、じゃ（と切る）」
健一「――」
修一「ああ、ピザ、手を出してよ」
健一「ああ、うん、食べた」
修一「ブランデーものんでよ（とブランデーグラスへ注ぎ足そうとする）」
健一「（手でグラスに蓋をして）いいんだ、もう」
修一「ほんとかなあ」
健一「徹夜なの？　今晩」
修一「うん――コンピューターならすぐだろうなんて言われてね」
健一「そう」
修一「酒のみたいけど、お茶お茶（とペットボトルをとって、ちょっとのむ）」
健一「お邪魔しちゃったな」
修一「ううん。ピザ、ほとんど食ってないじゃない。食べてよ、これ」
健一「いや、もう、これで（と立つ）」
修一「待ってよ。ろくに話、してないじゃない」
健一「ちょっと顔見たくなっただけ（と玄関へ）」
修一「女房がいれば、もうちょっと、なんか出せたんだけど」

健一「御馳走さま（と靴をはく）」
修一「あ、もしかして、なんかあったの」
健一「ぜんぜん、ただ近くへ来たもんだから」
修一「ほんとに？」
健一「夜、すいませんでした」
修一「いいのよ」
健一「じゃ（とドアをあける）」
修一「なにか力になれるといいんだけど」
健一「そんな――そんなんじゃないって（と微笑する）」
修一「ほんとに？」
健一「うん（とドア閉める）」
修一「ほんとに？」

●本田家前の廊下

健一「（エレベーターの方へ）」

●本田家・ダイニングキッチン（朝）

夏恵「（ベーコンエッグをフライパンから皿三つにとり分けながら）それって（と小さくショックで）それって、そんなの、なんか頼みがあって来たに決まってるでしょう」
修一「（テーブルのモーニングカップにポットから紅茶を注いでいて）そうじゃないって言って

た（三人にカップに）」
達也「（テーブルに向かってはいるが、携帯でメールを打っている）」
夏恵「迷惑そうな顔したんでしょう」
修一「しねえよ。すぐピザとったし、ブランデー出したし、大歓迎よ」
夏恵「でも、どっか冷たかったのよ」
修一「どこがだよ」
夏恵「なにがあったか聞いた？」
修一「聞いたって言ったろ。なんにもないって」
夏恵「だったら、なぜうちへ来たのよ？」
修一「だから近くへ来たからって」
夏恵「そんな訳ないでしょう。めったに来ない人が、夜の八時すぎに、ただ顔見たくてうちへ来る？」
修一「現に――」
夏恵「そういう人じゃないでしょう、あの人」
修一「どういう人かなんて俺はそんなに」
夏恵「仕事が忙しいとか、追い出すような事言ったんでしょう」
修一「言わねえよ」
夏恵「でも匂わしたのよ。あなたは、そういう人だもの」
修一「すぐ人を、どういう人とか決めつけて」
夏恵「お金を借りに来たのかもしれない、一晩泊めてと言いたかったのかもしれない」

修一「そんな（ことあるかなあ）」
夏恵「それを、あなたは追い帰したのよ」
修一「そんな言い方はないだろ」
夏恵「雨降ってたのよ。雨の中へ追い帰したのよ」
達也「（終始メールを打っている）」
修一「達也」
達也「なに？（と意外に軽い返事。しかし、メールの手はやめない）」
修一「親が喧嘩してるんだ。少しは関心持てッ（と自室の方へ行く）」
達也「（反応なくメール）」
夏恵「――（達也を見て、バタンという修一の部屋のドアの音で、その方を見る）」

●健一のマンション・外観（夕方）

●健一のマンション・三階・廊下

エレベーターがあいて、実が先に、次に修一、続いて良雄が出て来る。
実「たしか、奥から二つ目（これはロケの状況に合わせる）だったよな」
修一「そう」
良雄「――（鬱気味で続く）」
その方向から木暮がエレベーター方向へ歩いて来て、ちょっと振りかえって三人を見る。
実「（健一のドアの前へ来て、チャイムを押す）」

修一「まあ、いないだろうな」
実「（もう一度押し）いないならいないで、はっきりすればいいんだけど——」
修一「うん——」
実「中で倒れてるなんてことがあるとな（とチャイムを押す）」
良雄「——」
実「独り者は、こういう時、困るよなあ（とドアをちょっとノックする）」
修一「管理人に話して、あけて貰うか」
良雄「しかし——」
実「うん？」
良雄「一晩いないぐらいであけてくれるかどうか——」
実「やっとしゃべったな、お前（とまたチャイムを押す）」
良雄「——」
木暮「すいません」
実「あ、はい（とその方を見る）」
木暮「岩田さんをお訪ねですよね」
修一「あ、はい」
実「あ、お隣りさんとかでしょうか」
良雄「——（木暮を見ている）」
木暮「いえ。私も、ちょっと岩田さんに——」
良雄「（少し心配しすぎの声で）岩田になにかありましたか？」

木暮「いえいえ、ただ、ちょっと私は、お訪ねしただけで、みなさんも岩田さんをお訪ねのようなので、その、むしろこちらが、なにかあったのかな、なんて――」
修一「どちらさま、というか――」
実「借金でもして、あいつ、返さないとか？」
木暮「そんな、そんな、私は、その怪しいものじゃありません（胸ポケットから名刺を出しながら）岩田くんの、上司です。会社の上司です（と名刺を出し、誰に渡そうかと指先が迷う）」

●エレベーターの中

木暮と実、修一、良雄が乗っている。

修一「しかし、部長さんが」
木暮「はい？」
修一「昨夜から連絡がないというだけで、自宅までいらっしゃるというのは、あまりないというか――」
木暮「その通りです。そういう所は、うちは古いんです。いまだに家族主義で、すぐ心配しちゃう。フフ、フフ」

●一階・エレベーターの前

エレベーターがあくと、木暮、脇に寄って開のボタンを押して「どうぞ、どうぞ」と三人を先に出す。三人、なんとなくわり切れない思いで出て来る。

木暮「しかし、みなさんも」

修一「はい（と振りかえる）」
実「（振りかえる）」
良雄「（振りかえる）」
木暮「昨夜から連絡がないというだけで、こちらまでいらっしゃるというのは、ちょっとあんまりないいんじゃありませんか」

●喫茶店・店内

四人掛けに、実と良雄、修一と木暮という組合せで掛けている。コーヒーが出ている。

良雄「――」
実「――」
修一「――」
木暮「そうですか。岩田くんは、なにも言いませんでしたか」
良雄「ですから、言わないというより、こっちが自分の気持にかかずらって、聞く耳を持たなかったというか」
実「私も、久し振りで会ったのに、自分のことばかりしゃべっていて――」
修一「私も、仕事が、ぎっちりあったもので」
木暮「いや、いや、聞いてもあいつは、しゃべらなかったでしょう。そういうところは、口が固いから。フフ」
修一「そういうところってなんですか？」
木暮「いや、だから、軽々《けいけい》に、あれこれしゃべる奴じゃないということです」

良雄「あれこれって、なんですか」
木暮「いや、だから、会社のこととかなんとかをですね」
修一「しゃべっちゃいけないことがあると」
木暮「そりゃあるでしょう、何処の会社だって」
良雄「それを岩田がしゃべりそうなんですか？」
木暮「そんなこと言ってませんよ」
良雄「でも、それが御心配で――」
修一「そう。それなら、部長さんが、素早く、彼の家に来たのも分る」
木暮「そんな早合点は、ちょっと、失礼じゃないでしょうか」
実「じゃあ、なんで、いらしたというか――」
木暮「だからこれはうちの会社の体質です。家族主義、人情主義」
良雄「そういう会社もあるのかとは思うけど」
修一「部長さんが、いらっしゃるというのが」
木暮「部長ったって、対外的にいってるだけでね。駆け回ってる営業の一人です。みなさんこそ、いくら岩田くんの話を聞かなかったからって、少しオーバー。お仕事があるでしょうに、ここまで集まりますか？　ハハハ」

●**焼き鳥屋・店内**（夜）

店の女性が、生ビールの大ジョッキ三つと、お通しの小鉢を三つ盆にのせて歩く。

焼き鳥屋の女性「（良雄、実、修一のテーブルへ）お待たせしましたァ。さしあたって、おビールとお通しでーす」

実「(携帯をかけている) ああ、もう一回、あとで電話して、いなかったら、もう一回、マンション行ってみるけどよ——大丈夫か？　店」

●花里ラーメン店・店内

綾子「(電話に出ていて) 大丈夫。夏恵さん、前に経験あるから、大助かり」

夏恵「(いましもラーメンを客の前に置くところで) お待たせしましたァ」

綾子「どっかの亭主と一緒にいるより、ずっと楽してるわ」

●焼き鳥屋・店内

実「調子にのって、店で、はしゃぐんじゃねえよ (と切る)」

修一「じゃあ、まあ、ビール来たから」

実「なにかっていやあ、人をひき合いに出して (と綾子を呪いながらビールを持つ)」

修一「ほんと、しばらくでした (とビール)」

良雄「そうね (とビールを持ち上げる)」

実「(のむ)」

良雄「(のむ)」

修一「(のんで) 二人とも、仕事きり上げて、よく一緒に来てくれたなあ」

実「こっちはさあ、口実がありゃあいつでもぬけ出したい方だからさ。その上今日は奥さんが手伝ってくれるっていうんだもの、出て来ないわけがない」

修一「うん——」
実「それより、良雄だよ。良雄がよく中退して来たよなあ」
修一「そう——（良雄を見る）」
良雄「うん？」
実「なんだお前、今日は、なんかずーっとしーんとしてるじゃねえか」
良雄「うん——」
実「どうしたよ？」
良雄「うん——」
修一「いや、今日、二人の言うこと聞いててさ」
実「うん？」
修一「二人とも、自分のことを話すのに一杯で、岩田さんの話聞こうとしなかったって言ったでしょう」
実「うん、そう」
良雄「——」
修一「それぞれ、いろいろあるんだな、と思ってさ」
実「ほんと——」
修一「聞いていいかな」
実「なにを？」
修一「なにを、そんなに、岩田さんに話したのかな」
実「そりゃあ、言えないよ」

修一「そうなの（と良雄を見る）」
良雄「ああ。それはちょっと言えないな」
修一「それを岩田さんには話したわけだ」
実「まあ、そうね」
修一「いいなあ、羨ましいな、そういうのって」
実「まあね、長いからね（修一を見て）本田さんとも長いけど――」
修一「こっちは人徳ないもん」
実「そんなことないですよ」
「お待たせしました」と男が焼き鳥の盛合わせの大皿を持って来る。
実「あ、来た来た来たァ（男の声に憶えがあって、男を見て）あれェ」
周吉「いらっしゃいませ」
実「平野さん」
良雄「ああ――」
修一「ああ、あの平野さん」
周吉「当店へ、ようこそ」
実「え――ッ、ここ平野さんの店？」
周吉「傭われよ、傭われの店長」
修一「気がつかなかったなあ」
周吉「（店の奥を指し）向うから、どうも似てるなあ、と思ってね」
実「そこのね、そこのマンションに用があってさあ」

良雄「よく、ここへ入ったよなあ」
周吉「ありがとうございます」
実「十年以上ですよねえ、会わないの」
周吉「お母さん、元気ですか」
実「元気ですよ、いくらか婆あになったけど」
周吉「お宅のあたり、なんか、行きにくくてね」
実「来て下さいよ。喜びますよ」
周吉「こっちが逃げ出したんだからね」
実「あんな婆あ、誰だって逃げますよ」
　客が入って来て、他の店員が「いらっしゃいませ」と言うのを聞いて、
周吉「いらっしゃいませェッ」

●花里ラーメン店・店内（昼）

知子「(ドアをあけ）こんちは」
綾子「ああ、こんにちは」
実「ああ、来た」
　客、四人ほどいる。二人、ラーメン食べている。
知子「あ、来たじゃないよ、こっちの都合も聞かないで（カウンターの席へ)」
実「そこはお客さん」
知子「すいてるんだからいいでしょう」

実　「元々お母ちゃんが、店の椅子にうちの者は掛けるなって言ったんだろう」
知子「うちのもんじゃないでしょう、もう私は」
実　「親だろうが」
知子「なに言ってるの。こっちが寄らなきゃ電話一本よこさないで」
実　「電話したろう」
知子「留守電じゃない。一方的に、今日の二時頃、来てとか言って」
実　「留守電は一方的に話すしかないだろ。都合悪けりゃ電話くれりゃあいいじゃない」
知子「都合はつけたの。なんだと思うじゃないの。なんなの？」
実　「えーと、こちら鳥ガラね」
綾子「はい。こちら鰹」
実　「(客にラーメンを出し) お待たせしました」
綾子「(客にラーメンを出し) お待たせしました」
知子「(その二人の客に笑顔を向けて) フフ、お待たせしました。すみませんねえ。フフ」
実　「なんか、つくろうか、お母ちゃん」
知子「なんかってなによ」
実　「ラーメンだよ、ラーメン屋だもん」
知子「まだ二時ちょっと前でしょ。お昼食べて、そんなすぐ入る訳ないでしょう」
実　「昼食ったかどうかなんて知りようがないだろ」
知子「綾子さん」
綾子「はい」

知子「よくこんなのと長くやってるねえ」
実　「お母ちゃん。店へ来て、来るなり、ぺらぺら、やかましいの」
知子「やかましいのはそっちだろ」
実　「店で、プライベートな会話をするなって言ったのは、お母ちゃんだろう」
知子「しゃべらないわよ、もう」
実　「大きいよ、声が」
知子「しゃべらないって言ってるのッ」
綾子「いらっしゃいませ」
実　「あ、ああ」
周吉「(ドアをあけたところで) こんちは」
知子「(その方は見ないでピクンとする)」
実　「いらっしゃい。どうぞ、ここら」
周吉「(ドアを閉め) ああ、変わったけど、変わらないねえ、あのあたりとか (と階段の方を指したりする)」
実　「お母ちゃん」
知子「――(周吉を見ない)」
綾子「平野さんです」
周吉「(知子へ) こんちは」
実　「昨日よ、岩田のマンションの近くで、バッタリだよ。十何年ぶりだろう。驚いたよ。なつかしいって言い合ってさ、それでねえ (と周吉の方へ同意を求める)」

周吉「ああ——」
実　「今日の二時すぎならって言うから、じゃあお母ちゃん呼んどくって留守電入れたのよ。ちゃんとお母ちゃん来たところへ、平野さん来て、どうぞ、どうぞ、この辺」
周吉「(知子の反応が変なので、近くへ座るのをためらい) いや、私は——(と隅の方へ行く)」
実　「お母ちゃん、なんとか言えよ」
知子「しゃべるなって言っただろ」
実　「それとこれとはちがうだろ (客に) すいません。なんか、めったにないことで、うるさくて、どうも (と笑う)」
知子「あんたはね、女の気持なんて、ぜんぜん分ってないんだから」
実　「もう男だ女だって年齢じゃないだろ」
知子「会いたがってるなんて、どうして思うのよ」
実　「なつかしくないのかよ」
周吉「——」
知子「とんでもないよ。顔もよく憶えてないわよ」
実　「だったら見ろよ。思い出すから」
周吉「——フフ」
知子「女はね (と立ち上がる)」
実　「なんだよ。なぜ立つんだよ」
知子「昔の男なんか、とっくに忘れちゃってるの (とドアへ)」
実　「お母ちゃん」

知子「お店で、大きな声出すんじゃないよ（と外へ出て、バタンとドア閉める）」
綾子「すいません、バタバタして（と客にあやまる）」
実「（客に）すいません（周吉に）すいません、どうも、どうも」
周吉「いやあ（と諦めたように微笑）」

●花里ラーメン近くの商店街

知子、どんどん歩いている。ぶつかりそうになって慌ててよける人がいる。

●良雄のマンション・部屋（夜）

良雄、洗濯物を部屋干しのつもりで干している。干しているだけの間あって――。
良雄の声「お母ちゃん、俺は、あの時、岩田に言われて、ちょっとみっともなく怒鳴ったけど――」
良雄「（食卓の方を見る）」
愛子「（椅子にかけて、良雄を見ている）」
良雄「（また洗濯物を干しにかかる）」
良雄の声「間違ったことを言ったつもりはないよ。いま時、死んだ兄貴の嫁さんと一緒になって、小さな酒屋を守って行くなんて奴、どこにいるのさ？」
愛子「私はね、良雄」
良雄「（愛子の方は見ない。干し続けている）」
愛子「そんなこと思ってないよ」

良雄の声「だったら、どうして出て来るのさ」
愛子「なんかあんたがね、無理しているような気がしてさ」
良雄の声「無理なんかしてないよ。俺は、酒屋のことばっかり考えてはいられないの。サラリーマン長いし、いまちゃんと渉外課長だし、この先、もしかすると重役になるかもしれないし、どんなすばらしい女にめぐり合うかもしれないし」
愛子「そんなこと本気で思ってる？」
良雄の声「思ってるさ。俺はまだまだ、この先どんな可能性があるかもしれないんだよ」
愛子「四十越して、そんなこと、よく——」
良雄の声「何十だって可能性はあるだろう。七回忌すましたのに、時々出て来ないでよ」
良雄「(はじめて愛子の方を見る)」
　愛子、もういない。
　チャイム。
良雄「(ちょっと夢からさめたような間があって) 岩田か——(とドアへ行き、ドアの覗き穴から廊下を見て) お義姉さん (と急ぎ錠をはずして、あける)」
幸子「ごめんね、こんな時間」
良雄「ううん、どうぞ」
幸子「あがらなくていいの。これだけ (撮影時期の季節の旬のものを) 松茸二本と柚子一個と柿二つ (ビニール袋さし出す)」
良雄「あ、へえ (とビニール袋を受けとり) こないだは (と一礼)」
幸子「ううん、そのこともね、そのこともあって、ちょっと来たんだけど——」

良雄「どうぞ」
幸子「いいの、立ったままっていうのも」
良雄「でも、ここで」
幸子「ねえ、岩田さんが、妙なこと言って」
良雄「ううん、俺の方こそ、妙なリアクションで」
幸子「ううん、よかったと思って」
良雄「いい齢して（と会釈）」
幸子「私と良雄さんは、ずっと、お姉さんと弟」
良雄「——はい」
幸子「妙なこと言う人は他にもいたけど、なに言ってるの弟よって言ってたの」
良雄「そう」
幸子「お見合いパーティへ行って、相手さがしてるっていうのは、知らなかったけど——」
良雄「ちょっと、そんな気になって」
幸子「いいじゃない。いい人捜して」
良雄「いや——」
幸子「なんか拘って、来なくなると嫌だなって思って来たの」
良雄「——はい」
幸子「今まで通り、弟だもの、時々やって来て」
良雄「ええ、勿論——」
幸子「それだけ（ともうドアをあけている）」

良雄「あ――」
幸子「うん？」
良雄「お茶ぐらいのんで行かない」
幸子「ううん、おそいから、もう」
良雄「あ――」
幸子「うん？」
良雄「外まで――」
幸子「いいって――（ドア閉める）」

●マンションの駐車場

幸子「（店の軽トラのエンジンをかける）」
良雄「道、ちゃんと分る？」
幸子「分るよ、来たんだもの」
良雄「（笑ってしまう）」
幸子「時々ね、店閉めてから、これふっとばすの、好きなの」
良雄「気をつけてよ」
幸子「じゃあね」
良雄「ああ、じゃあ」
幸子「お休み、弟（と走り出してしまう）」
良雄「――（見ている）」

幸子の車、見えなくなる。

●晴海物流サービス・配送センター（昼）

トラックの出発などで忙しい。

その間を、事務所の方から見るからに暴力団風の男たち四人が、道路の方へ歩いて来る。怒っているらしく、中の一人が、なにかを蹴とばしたりする。そのすぐあとを、ユニフォームの良雄と中年の女性社員と六十代の男性社員が、追いかけるように続く。

道路に大型の外車が停まっていて、そのドアを、これも暴力団風の若い男が、次々とあけて、四人の男がすぐ乗れるようにして待っている。四人の男、歩いて来た勢いのまま車に乗り込む。

良雄たち、その側に立ち「申訳ありませんでした」と深く一礼。

車、出て行く。

礼儀正しく見送る良雄たち。

良雄「（見送る形のままで）私、一本、電話してから戻ります」

中年の女性社員「はい」

六十代の男性社員「はい」

●修一の会社・一室

狭い部屋に五、六人のエンジニアがコンピューターにそれぞれ向かっていて、その中の一つのデスクにいた修一が、立ち上がりながら、「ちょっと待って」と言い廊下へ。

●修一の会社・廊下

修一「(携帯に) あの、木暮っていう部長から?」

●晴海物流サービス前の道路

良雄「そう。さっき電話があって、岩田から今朝、連絡が入ったって」

●修一の会社・廊下

修一「連絡ってなに?」

●晴海物流サービス前の道路

良雄「電話でね、四、五日休ませて貰うって」

●修一の会社の廊下

修一「病気?」

●晴海物流サービス前の道路

良雄「そうじゃないって言うの。なんかね、旅をしてるんじゃないかって」

●修一の会社の廊下

修一「旅って、どこを？」

●晴海物流サービス前の道路

良雄「そんな感じがしたって言うんだけど」

●花里ラーメン・店内

実　「（客は一人。綾子はいなくて、電話に）感じがしたって、なんだよ」

●晴海物流サービス前の道路

良雄「だからほら、あの部長、どこまで本当か分んないだろ」

●花里ラーメン・店内

実　「で、岩田はどこにいるんだよ」

●晴海物流サービス前の道路

良雄「分んないって言うんだ。電話かけてもメール打っても返事がないって」

●花里ラーメン・店内

実　「それってよ。俺たちが捜索願いでも出すんじゃないかと思って、それ止めるための嘘じゃ
　　ないのか」

●晴海物流サービス前の道路

良雄「どうして捜索願いを止めるんだ?」

●花里ラーメン・店内

実　「なんかよ。あいつ、俺たちに騒がれたくないみたいじゃなかったかよ?」

●晴海物流サービス前の道路

良雄「とにかく、そういう短い電話が岩田からあったって言うんだ」

●陽子のホスピス・廊下

陽子「(携帯に出ていて)そう。わざわざ、そんな嘘つくかなあ」

●晴海物流サービス前の道路

良雄「まあ、普通なら、そう思うけど——」

●陽子のホスピス・廊下

陽子「ありがとう。少し、ほっとした。忙しい?——うん、こっちも、なんだかんだ。フフ——

うん、じゃあ（通る人に一礼されて一礼）じゃあ（と切る）」

●弘美の個室

弘美「（しんとした顔で、ドアを見ている）」
陽子「（入って来て）ごめんね、ちょっと長い電話（とドアを閉め、弘美につけた器具を改めて見るとか、点滴の具合を見るとかする）」
弘美「こないだの人？」
陽子「え？」
弘美「こないだ、サロンに来てた――」
陽子「あれェ、あの人、弘美さんに紹介したっけ？」
弘美「ううん」
陽子「そうだよね」
弘美「話してるのチラっと見えたの」
陽子「見えたか」
弘美「大きくて格好いい人」
陽子「いまのはね、別の人」
弘美「別の男？」
陽子「男っていえば、そう、男」
弘美「どういう生活してるんだ？」
陽子「こういう毎日よ」

弘美「裏で、一杯、男がいて」
陽子「フフ、友だち。みんなね、学生の頃の友だち」
弘美「看護学校でしょう」
陽子「ある大学のサークルにのり込んだの」
弘美「へえ」
陽子「男性三人だけのサークルで」
弘美「三人だけ」
陽子「（苦笑して）ちょっとボロ大学で、女の子寄りつかなかったのね」
弘美「そこへ一人で？」
陽子「ううん、二人で」
弘美「歓迎されたでしょう」
陽子「された」

●階段教室（回想・パートⅠの一回目）

陽子「ワンゲルのオリーブって、ここですか？」
健一「あ、此処です」
実　「此処です」
良雄「此処です」

●弘美の個室

陽子「もう一人、女子大の子が入って来て」

●階段教室（回想・パートⅠの一回目）

綾子「東洋女子大から来ました。谷本綾子です。よろしくお願いします」

●弘美の個室

弘美「丁度、男三女三になったんだ」
陽子「そう。それからは――」
弘美「うん」
陽子「とってもとっても沢山のことがあって」
弘美「へえ」
陽子「ありすぎて、話せない」
弘美「聞きたい」
陽子「フフ」
弘美「じゃあ、学校出てからもずっと？」
陽子「ずっとっていうか、間置《あいだ》いて、ずっとかなあ」
弘美「いいなあ、そういうの」
陽子「そうね。仲間みたいな人がいるの、助かるっていえば助かるなあ」

弘美「(意外だ、という声で) へえ」
陽子「なに?」
弘美「水野さんが、自慢みたいなこと言ったの、はじめて」
陽子「自慢したかなあ」
弘美「したした。どういうサークル? どういうつき合い?」
陽子「だから、いろいろありすぎて」
弘美「キレギレでいい。なんか、そういう人間くさい話、聞きたい」
陽子「疲れる」
弘美「ううん、気分いいの、今日は」
陽子「そう (と微笑)」

●仲屋酒店 (回想・パートIの十回目)

耕一「若いもんが、どうだか知らねえが、世間がどうだか知らねえが、俺は幸子じゃなきゃ嫌なんだ。そんなこと信じられねえかもしれねえが、そうなんだから仕様がねえ。こいつがいいんだから仕様がねえ。可笑しきゃ笑ってくれ」
健一「いえ――」
実 「いえ――」
耕一「甘っちょろくても、こいつと暮したいんだ。仲良くやってくれよ。頼むよ」
良雄「やるさ、仲良くやるさ」
愛子「(泣く)」

耕一「俺たちも、お母ちゃん、大事にするから」
幸子「(泣いている)」

●パートIの九回目の映像で

健一「待てよ」
陽子「――」
健一「一人にしないでくれ」
陽子「どういうこと？」
健一「一人にしないでくれ」
陽子「――」
健一「(陽子を抱きにくる)」
陽子「(パッとよけ) よして」
健一「議論なんかしたくないんだ」
陽子「そうはいかないわ。黙らしといて、慰めだけは求めるの？」
健一「わるかった」
陽子「わるかったなんて思ってないわ」
健一「思ってる」
陽子「女は黙って男を慰めりゃあいいと思ってるのよ」
健一「よう」
陽子「いやッ」

健一「勝手にしやがれ！　大嫌いだ！　理屈を言う女は大嫌いだ！」
陽子「クズ！　自分勝手！」

●病院・病室（回想・パートⅡの四回目）

晴江、明るく「はい包帯交換でーす」と入って来る。包交車を入れる。

●病院・廊下（回想・パートⅡの四回目）

人工呼吸器を運ぶ陽子。

●城が島のレストラン（回想・パートⅡの十三回目）

実「じゃあお前は燃え上がってるか？　仕事で燃えてるかよ？　恋愛で燃え上がってるかよ？」
健一「そんなのわびしいじゃねえか。誰も、心から燃え上がらねえなんて」
晴江「そんなもんね。現実は、みんな、そんなもんよ」
陽子「――」
綾子「――」
晴江「映画やなんかみたいに盛り上がるってわけにはいかないわよ」
健一「そりゃあ、そうかもしれないけど――」
陽子「――」

●小さなのみ屋（回想・パートⅢの十回目）

陽子「気を——許したいよ」
健一「許せよ」
陽子「誰かに、めちゃめちゃ甘えたいよ」
健一「甘えろよ」
陽子「（健一の肩に頭をよりかからせる）」
健一「——」
陽子「疲れたもの」
健一「——ああ」
陽子「くたびれちゃった」
健一「——ああ」
　動かない二人。

●弘美の個室

陽子「——（弘美を見る）」
弘美「（眠ってしまっている。死んだと思われると困るので、たとえば小さく口をあけて息をしている、というようなことでありたい）」
陽子「（計器があれば計器を見たりして毛布をかけ直したりする）」

●私鉄の小さな駅前（夜）

十一時すぎの電車が出て行く。
改札口から出て来る人々の中に、晴江がいる。晴江、一方へ行こうとして、やや離れて立ち自分を見ている視線を感じて、その方を見て「あらァ」と思う。

健一「（立っていて微笑で、うなずく）」
晴江「どうしたの？」
健一「うん――」
晴江「陽子からも良雄からも実からも電話あって、心配してたんだよ」
健一「悪い（とうなずく）」
晴江「なんなの、こんなとこで」
健一「うん――」
晴江「こんな時間」
健一「帰って来るかな、と思って」
晴江「私が？」
健一「うん――」
晴江「それって普通じゃないよ。来ないかもしれないじゃない」
健一「うん――」
晴江「のんでる？」
健一「うん――」

晴江「酔っぱらってる?」
健一「うん――」
晴江「そんなふうに見えないよ」
健一「うん――」

●駅前の商店街

もう閉めた店ばかりである。

晴江「(少し健一より先を歩き、ふりかえって) そこ曲がって、もう少しだけど、ほんと、うち来る?」
健一「うん――」
晴江「こんな時間に、疲れてる私のところへ来るなんて、ほんと、普通じゃないよ」
健一「うん――」
晴江「相当酔っぱらってる?」
健一「うん (酔っているようには見えない)」
晴江「普通じゃないもんねえ」
健一「うん――」

●外階段のあるアパート・表

晴江「(階段の下へ来て) この上」
健一「ああ――」

晴江「おそいからシーッよ」
健一「ああ——」
晴江「(上りかけて) ほんと、みんな捜したんだから (と上って行く)」
健一「—— (上って行く)」

●二階・廊下

晴江「(一室の鍵をあける)」
健一「(その晴江を見ている)」
晴江「(ドアをあけて、中へ)」
健一「(その方へ行く)」

●晴江の部屋

奥に六畳、手前にフローリングの四畳半ぐらいのダイニング・キッチン。

奥との境に洗濯物が吊るされたりして、ダイニングテーブルの上も、コーヒーカップにダイレクトメール、魔法瓶など。奥には二つ折りしただけの蒲団、掃除機が置かれたりしている。

とりあえず、洗濯物を奥の蒲団の上にほうり、襖を閉め、テーブルの上のコーヒーカップを流しに置いたりして、一応の整理をする晴江。ドアを閉め、靴を脱いで上がり、ダイニングの手近の椅子に腰掛ける健一。

晴江「誰かのとこ、電話しなくていいかな」

健一「いいよ、そんなこと」

晴江「おそいから、どういうもんかと思うけど」
健一「いいよ」
晴江「まあね、危篤とかそういうんじゃないんだからね」
健一「うん――」
晴江「どこにいたの？」
健一「小田原」
晴江「どうして？」
健一「ちょっと東京から離れてるし、海とかあるし、行ったことなかったし」
晴江「箱根もあるしね」
健一「箱根は小田原じゃない」
晴江「そうだけど」
健一「うん――」
晴江「どうして私のとこなんか来た？　そんな仲だったっけ？（と奥の部屋へ、着替えるつもりで行く。襖を少しあけたままにして）」
健一「うん――」
晴江「（着替えながら）あ、冷蔵庫にビールあるの。三百五十の一本だけだけど」
健一「いいよ、いま」
晴江「私に、なに言って貰いたい？　どういうこと求めてる？」
健一「これでいいさ」
晴江「これでって？」

健一「こんな夜、入れてくれる家、他にないだろ」
晴江「いろいろあるでしょう」
健一「ないない」
晴江「元の奥さんだって」
健一「冗談言うなよ」
晴江「女だっているでしょう」
健一「いないよ、いまは」
晴江「仕様がないなあ」
健一「うん――」
晴江「疲れてるんだから、私は」
健一「うん――」
　こういう会話の間に、晴江は薬缶《やかん》に水を入れ、ガスにかけ、隣の部屋へ行って、パジャマにガウン姿に着替えたりする。
晴江「蒲団なんかないわよ」
健一「うん――」
晴江「そこら寝るなら泊まってったっていいけど――」
健一「帰るよ」
晴江「もう帰る？」
健一「あと少しいて帰る」
晴江「電車なくなっちゃうから」

健一「タクシーで帰る」
晴江「なら、いいけど――」
健一「うん――」
晴江「どうしたの？」
健一「俺――」
晴江「うん？」
健一「ひきこもりだよ」
晴江「実君のとこ行ったんでしょう」
健一「うん」
晴江「酒屋にも陽子のところも本田さんのところも行ったんでしょう」
健一「うん――」
晴江「そんなひきこもりが、どこにある？」
健一「うん――」
晴江「うちへもこうやって来て」
健一「うん――」
晴江「どうしてうちだけ来ないんだろうって、ほんというと、少しひがんでたんだから」
健一「ほんと？」
晴江「ほんとよ。なんで一番終りに来るのよ？」
健一「そのわりに迷惑そうじゃない」
晴江「疲れてるのよ」

健一「うん――」
晴江「こんな夜おそく来て」
健一「帰るよ（と立つ）」
晴江「なに言ってるの」
健一「なにって――」
晴江「これで帰られたら、追い出したみたいでしょう」
健一「そんなこと思わない」
晴江「こっちがあとひいて、やんなっちゃうの。掛けて」
健一「いや――」
晴江「座って（冷蔵庫から三百五十の缶ビール一つ出して）これでも、のんでよ」
健一「いいよ、いま」
晴江「だったら、お茶一杯のんで。もうじきお湯沸くから」
健一「うん（と座る）」
晴江「来た以上、そのくらいのことをするのは、礼儀でしょう」
健一「うん――」
晴江「なにがあったか知らないけど、（急に気持がこもって）独り者は、こういう時、切ないわよねえ」
健一「独り者じゃなくたって」
晴江「それでも、誰かいれば、ぽつーんと一人じゃないでしょう」
健一「そうかな」

晴江「娘さん、大きくなった？」
健一「うん――」
晴江「会ってる？」
健一「ううん」
晴江「元奥さんが、会わせない？」
健一「そうじゃないけど――」
晴江「なに？」
健一「元奥さん、四年前に再婚してね」
晴江「あらら」
健一「娘にも、つまり――」
晴江「新しいお父さんがいるんだ」
健一「うん――」
晴江「じゃあまあねえ」
健一「わり込んでも悪いだろ」
晴江「そうかあ」
健一「うん――」
晴江「のみなさいよ、これ（ビールを健一の方へ置く）」
健一「半分、どう？」
晴江「そうだね（とグラスを二つ、とりに行く）」
健一「いい部屋じゃない」

晴江「とってつけたように、言わないでよ」
健一「うん――」
晴江「なにがあった？」
健一「急にね（缶ビールをあける）」
晴江「うん」
健一「会社へ行くのが、すごく嫌になってね」
晴江「そうなの」
健一「俺は営業が長いからね。正直言って売り込みじゃあ、どうかと思うことも随分やったよ」
晴江「うん――」
健一「今でも、思い出すと（胸が）痛いような気持になることもいくつもあるよ」
晴江「うん――」
健一「でも一貫して売るモーターについては、疑いを持たなかった。実のところ業界一、二を競う製品を売ってると思っていた」
晴江「うん――」
健一「それがケチなことをしてるって知ってね」
晴江「うん――」
健一「急に、糸が切れたみたいに、会社行くの、いやになった」
晴江「うん――」
健一「ああ俺は結構、モーターが自慢で、モーターに誇りを持ってたんだなって」
晴江「のもうか（とグラスを持つ）」

健一「うん（とグラスを持つ）」
晴江「（グラスをあて）なんだかよく分らないけど、やめたきゃやめればいいわよ」
健一「うん――」
晴江「私なんか、何度もやめてるからね。やめたきゃやめればいいと思う」
健一「うん――」
晴江「但し、年をとって来るし、生活水準は、やめるたんび落ちて来る」
健一「うん――」
晴江「でも、健康で、一人ならね。四十代は、なんとかなるんじゃない」
健一「うん――」
晴江「顔見せて」
健一「顔？」
晴江「私ね、超能力があるらしいんだ」
健一「超能力って？」
晴江「顔じっと見るとね、その人が大丈夫かどうか感じるの」
健一「怖いな（と苦笑）」
晴江「自分でもはじめ、なんなんだと思ったんだけど」
健一「うん――」
晴江「ダメだ、この人って想ったら、翌日、その人交通事故で死んだの」
健一「よしてよ（と横を向く）」
晴江「逃げないで、もう少し」

健一「俺いま、状態よくないから――」
晴江「いいから（こっち向きなさい）」
健一「（晴江の方を見て）大丈夫な訳ないよ」
晴江「なんかね（となにかが見えるような目）」
健一「（ひきこまれ）うん」
晴江「思いがけないことが起こる」
健一「なに、それ」
晴江「でも、大丈夫。大丈夫、切りぬける。すごく大丈夫」
健一「サンキュ――」
晴江「ほんとだよ」
健一「ああ」
晴江「ほんとだって。私、当たるんだから」
健一「あったかいじゃない」
晴江「私？」
健一「冷たいようなこと言ってて」
晴江「だから、疲れなの。少し疲れがとれると、あったかくなるの。もともとの私は、あったかいんだもの」
健一「そうか」
晴江「（薬缶が沸く音をたてているので、その方へ立ちながら）でも、やっぱ、タクシーで帰ってよね」

健一「ああ」
晴江「この頃、私、男、パスなの。男、しばらく嫌い。しばらく、愛さない（とガス台の前で動きを止める）」
健一「――ああ」

●花里ラーメン店・表（朝）

綾子が表のドアを拭いている。開店前。
知子「（駅の方からやって来て）綾子さん、お早う」
綾子「お早うございます」
知子「実、いる？（ともう中へ入りかかる）」
綾子「いますけど」
知子「（店の中を見ていて、実がいないので）けど、なに？」
綾子「まだ寝てるかも」
知子「あの野郎（と入りかけて）綾子さん、大丈夫？」
綾子「大丈夫って？」
知子「いえ、いま向こうから歩いて来て、そこにいるあんた見て、なんか痩せたんじゃないかって」
綾子「（喜んで）そうですか」
知子「喜んで、どうするのよ。こっちは、体の心配してるの（と中へ）」

●花里ラーメン店・店内

知子「（階段の方へ急ぎ）実。いつまで寝てるの。いい加減にしなさい。人がいないと思って、女房働かして、こんな時間までグーグーグーグー」
実の声「トイレ」
知子「トイレ？　トイレなんか入って、のんびりして」
実「（寝起きの顔でパジャマで）とっくに起きてるよ。ほんとに、まあ」
知子「とっくに起きてる顔かい、それが」
実「急に来るなよ、こんな時間に」
知子「十時すぎてるんだよ。よくまあ寝てられるねえ」
実「若い証拠よ」
知子「開店前にねえ、言うことがあって来たの」
実「忙しいんだよ、こっちは、これから」
知子「だったら、もっと早く起きなさい」
実「仕様がないだろ」
知子「なにが仕様がないの。あんたは、昔っからそればっかり。なにかっていえば、仕様がねえ、仕様がねえ」
実「昨夜ね、閉店後にね、フランチャイズの本部の奴が二人で来て、経営指導とか言って、ぐっちゃぐっちゃ分りきったことをしゃべくって、もう、うんざりしたんだよ」
知子「分りきったことをやってないからでしょう」

実　「そりゃまあ、そういうところもあるけど、人入れないでやるのには限度ってものがあるしよ」
知子「あんたがしっかりすれば二人でやれるのよ」
実　「やるべきことを全部やるなんて、俺に言わせりゃあロボットだよ。やるべきことは分っていてもやれないのが人間てもんじゃないのかよ」
知子「言い訳ばっかり達者なんだから」
実　「お母ちゃんはね、もう先入観でね、俺をダメな奴だと思い込んでるの。でも、俺だってね、見方によっては、凄い奴だって、親なら、そういうことを思ってくれてもいいんじゃないの」
知子「お前のどこが凄いのよ？」
実　「それは、だから、親だけが信じてる長所とかさ」
知子「寝ぼけて、都合のいいことを言ってるんじゃないよ」
実　「こんな早く、そんなことを言いに来たの？」
知子「お前はね、人の心が分ってないって言いに来たの」
実　「百万遍そんなことは、聞いてるよ」
知子「じゃあ百万一回目を言いに来たの」
実　「言ってくれよ言ってくれよ、何でも」
知子「昔の男とね、久し振りで会うなんてことは、心の準備が要るんだよ」
実　「そのことかよ」
知子「不意打ちはないだろ」
実　「びっくりして喜ぶと思ったのよ」

知子「咄嗟で、どうしていいか分らないだろ」
実「アメリカ映画なら、すげえ盛り上がるところだったのに」
知子「私はアメリカ映画じゃないもん」
実「芸もなく、出てっちゃって、平野さんに、大変だよ、あやまって」
知子「あやまることないわよ、勝手に出てった奴なんか」
実「じゃあ、それでいいじゃない」
知子「いいけど――」
実「いいなら、うるせえこと言ってくるなよ」
知子「そうだけど――」
実「着替えなきゃ商売になんないだろ。二階行くよ、二階（と上って行ってしまう）」
知子「――（入口に立っている綾子を見る）」
綾子「途中からで、なんのことだか――」
知子「（抱きついて）あんたよく、あんな奴と一緒にいてくれてるね。ありがとう（と泣く）」
綾子「お義母《かあ》さん――」

●健一のマンション・外観（昼）

●健一の部屋・玄関と居間

健一「（寝起きのトレーナー姿で、中から玄関のドアをあけ）なんですか、部長が」
木暮「なんですか、はないだろう（と入って来て）小田原にいたんだって？　魚とかうまいの？

あそこ（と上がって、ソファかキッチンの椅子か、健一の服が脱いでかけてあるのをどかしながら）なんかいろいろかかってるね、どっちもこっちも」
ソファにも椅子にも、新聞が置かれていたり、バスタオルがかかっていたりする。
健一「あ、ここどうぞ（一つの椅子をすすめる）」
木暮「ま、いいよ、ここで（と腰をかけて）なんにもしなかったろうね。よそ行って、しゃべったりしてないだろうね」
健一「私が、帰ったことを――」
木暮「宮本晴江さんだよ」
健一「彼女が――」
木暮「電話で教えてくれた。そういうふうに頼んであった」
健一「彼女に？」
木暮「あんたはね、自分のしてることがよく分ってないんじゃないか」
健一「してるって、私は、なにも」
木暮「俺に、えらいことを言って、勝手に休んでるんじゃないか」
健一「有休たまってるし、休むって電話で」
木暮「あんたの言ったことは、マスコミじゃなくたって、業界やクライアントに、ちょっとでも漏れりゃあ、会社のいのち取りになるようなことだよ」
健一「――（うなずく）」
木暮「そんなことを、直属の部下が言い出した部長の俺の身になってみろよ」
健一「はい」

木暮「あとでどう動くにせよ、とりあえずはその話が漏れないようにするのは当然だろう」
健一「はい」
木暮「しかもそれを一人でやらなきゃいけない。部下を使えば、そこから漏れる」
健一「はい」
木暮「あんたは行方が分らない」
健一「――」
木暮「あんたの動向を把握してなきゃ、あぶなくて仕様がない」
健一「――」
木暮「友だちとしては少し古いようだが、独り者の女友だちっていうのは、立ち寄りそうじゃないか」
健一「立ち寄るって（犯人じゃないんだから）」
木暮「もう一人は、ホスピスの看護師長だっていうから、そっちはな、ちょっとな、おそれをなしてな。へへ、勘は当たったよ」
健一「晴江と会ったんですか？」
木暮「会ったさ。肝心なことは、無論言わない。もし来たら来たことだけ教えてくれ、と言った」
健一「大変じゃないですか」
木暮「他人事みたいに、なに言ってんだ。あんたの言ったことが、噂としてだって、よそへ漏れりゃあ――」
健一「分ってます」

木暮「なんで、俺に行き先言わないで消えたんだよ」
健一「俺は、会社をつぶそうなんて思ってません」
木暮「当たり前だよ。こっちもそっちも路頭に迷っちまう」
健一「むしろ、そんなケチなことをしていると、それこそいつかバレるから、二度とやらないように進言したくて、それで部長に」
木暮「しかしよう、どこをあたっても、どこからも、そんな話は出て来ないんだよ」
健一「――」
木暮「誰から聞いたんだ。誰が、君に言ったんだ？」
健一「言えません」
木暮「これだ。これで俺がどう動けるっていうんだ？」
携帯の電話。
健一「社長とは？」
木暮「だから、あのワンマン社長に、証拠もなしに、そんなこと聞けるかよ」
健一「(電話に) もしもし――どうして？――どうして来たの？――そんな――」
木暮「――(健一を見ている)」
健一「(一方的に、ホテルにいるから来い、と言われて) ちょっと、待ってよ (切られてしまい)――」
木暮「なに？　誰？」
健一「親父にも電話したんですか？」
木暮「そりゃあ一番行きそうだから」

健一「行きそうじゃないですよ。親父とは、ずっと切れてますよ」
木暮「でも、いま親父さんじゃないの？」
健一「ホテルにいるって言うんです。京都から出て来たんです。親父、関係ないじゃないですか」
木暮「分れよ、少しは。俺は、パニックってるんだぞ。あんたが世間に、言い出しやしないかと、部長のこの身で、ひとりで駆け回ってるのが、分んないのかよ」
健一「親父が来てるなんて」

●東京の高層のホテル・シングル

窓の外を見て立っている岩田邦行。
公立高校の校長から教育委員会を経て、いまはもう年金生活である。
高層ビルから見た東京が――。

●東京のホテル・シングル（時間経過）

夜景になっている。
邦行が、ゆっくり窓辺に立つ。
夜景の東京。

●ホテルの近くの町

酒場の多い通り。人々。

●居酒屋の店内

賑わっている。カウンターの隅で、焼酎をのんでいる健一。

●仲屋酒店の近くの道Ⓐ

スニーカーの男二人の足が、仲屋酒店の方へ向かう。

●仲屋酒店の近くの道Ⓑ

スニーカーの男二人の足が、急ぐ。スニーカーは汚れて、かなり履きつぶされている。

●仲屋酒店・表

二人の男の背中が店へ入って行く。ドアがあくと鳴る柔らかい音。

●仲屋酒店・店内

紀子「(茶の間から来て)いらっしゃいませ」

男二人、二手に分かれて、紀子の目を避けるように陳列の中を歩く。しかし、目深にかぶった帽子とサングラスの二人なので、紀子はドキリとする。二手なので、目が動く。すると、男Aが、紀子へ工具のようなものをかざして、突進して来る。

紀子「(声が出ない。のけぞるように、茶の間へ)」

男A「(すれすれで、工具を打ちおろす)」

男Ｂ「(レジを小型のバールのようなもので叩きつぶす)」

●茶の間と台所

紀子「(茶の間から台所へころげ込む)」
男Ａ「(茶の間へスニーカーのまま、とびこんで来る)」
幸子「(台所にいて、咄嗟にまな板を楯のようにして) あ——ッ (と紀子をかばって前に出ようとする)」
男Ａ「(そのまな板を工具で叩き落とす)」

●店内

男Ｂ「(レジの現金の入った部分をひき出すと、けたたましい音が鳴り出し、店の天井近くにある赤いランプが点滅しはじめる)」

●台所

幸子「(手当たり次第のものを男Ａに向かって投げつける)」
男Ａ「(よけながらも、幸子に向かって工具をかざして打ちおろそうとする)」
紀子「(すくんでいる)」
幸子「(投げつける)」
男Ａ「(尚、幸子にせまる)」
けたたましい音。

●良雄のマンション・廊下

良雄、部屋からとび出して、エレベーターの方へ。

●良雄のマンション・駐車場

良雄、走って来て、自分の車のキーをあけ、ドアをあける。

●仲屋酒店へ向かう道路Ⓐ

良雄の車が急ぐ。

●良雄の車の中

良雄、運転している。エンドの音楽が流れはじめて——。

●居酒屋・店内

健一、のんでいる。

●晴江の料理店・通路。

料理を運ぶ晴江。

●花里ラーメン・店内

わり合い込んでいる。働く実と綾子。

●陽子のホスピス・廊下

車椅子の老人を押している陽子。

●良雄の車・車内

良雄、運転している。

●仲屋酒店へ向かう道路Ⓑ

良雄の車が走る。

つづく

後篇　手元に光がありますか？

●晴海物流サービス・表（昼）

トラックの出入り。

構内からユニフォームの良雄が、中から液体がこぼれ出している小荷物を持って、とび出して来る。中年の女性社員と老社員が同じユニフォームで、あとに続く。

良雄の声「大学を出てからずっと、配送の仕事をしている。合併があって職場の環境は多少変わったが、仕事に大きな変化はない。いまは渉外課長をしている」

道路際にその荷物を運ぶ途中で、荷物から化合して蒸発するものがあり、良雄は荷物をほうり出す。慌ててはなれる。中年女性社員と老社員も追いついて、はなれる。

良雄の声「毎日あれこれあるが、心をゆさぶられるようなことは少ない。それが四十代の強みでもあり弱みでもあるのだろう」

●陽子の病院・霊安室

祭壇に棺があり、灯りがあげられ、四、五十代の夫婦、その娘と息子という感じの遺族の前で、ユニフォームの陽子が、医師に続いて一礼し、線香をあげ、手を合わせる。他にも医師、看護師がスタンバイしている。

良雄の声「陽子も、もう長いこと看護師をしている。中心になって立ち上げたホスピス病棟もスタートして四、五年がたち、はじめの頃のような活気は、よくも悪くもなくなって来ているようだ」

●花里ラーメン店・店内

実「いらっしゃいませ」
綾子「いらっしゃいませ」

がらんとした店に、小学校四年生ぐらいの男の子が入って来て、

男の子「ヘルシー・ラーメン（と椅子へ）」
実「かしこまりましたァ」
綾子「ありがとうございます」
良雄の声「実のところも、何度もやめるやめると言いながら、結局ラーメン屋が長い」

●晴江の料理屋・廊下

　千代たちと拭き掃除をしている晴江。
良雄の声「晴江も、もうあまり突飛な夢を見ることはないようだ。生きていかなければならない」

●本田家・居間

　夏恵が、台所の方からアイスノンのようなものを手拭いでつつみながら来て、ソファにパジャマで横になり、体温計を口に入れている修一の額にのせる。
良雄の声「本田さんは何度か会社を替わっているらしいが、日常にそれほどの変化はないようだ」

●街

　健一が歩いている。カバンは持っていない。
良雄の声「岩田だけが、二十年近く続けて来た仕事を投げ出すような気配がある。これにはちょっと驚いたが」

●定食屋・店内

　昼食を中年の女性社員と老社員と、同じテーブルでとっている良雄。女性社員がしゃべっているのを、うなずいてやっている。

良雄の声「理由はとにかく、四十をすぎて自分の生活をゆさぶりたくなる気持は分らなくはなかった。このあたりで何かしないと、人生ここ止まりじゃないのか。このままでいいのか」

●街

健一、歩く。

良雄の声「あぶなくても、もう少し別の人生を求めなくてもいいのか」

●定食屋・店内

良雄の声「それは、分らない気持ではなかった」

●パチンコ店・店内

パチンコをしている実。

良雄の声「別の人生、別の幸福。実《みのる》のひそかな恋も、考えれば、自分にもある四十代の焦りかもしれなかった」

●前篇の見合いパーティの映像で

良雄の声「陽子が出掛けた見合いパーティも、そこにいたオレも、岩田とそれほど違うところにいる訳ではないという気もした」

●仲屋商店・表（前回の映像）

二人の男が入って行く。

●仲屋酒店・店内（前回の映像）

「いらっしゃいませ」と茶の間から出て来る紀子。
嫌な気配に、二手に分かれる男二人に目を走らせる。
男Aが、襲いかかって来る。男Bが、レジを叩きつぶす。

●茶の間と台所（前回の映像）

台所へ逃げる紀子、すぐせまる男A。
幸子が、まな板で抵抗。まな板、叩き落とされる。

●店内（前回の映像）

レジを無理に引き出す男B。けたたましい音。赤いランプが点滅。

●台所（前回の映像）

抵抗する幸子。すくむ紀子。

●走る良雄の車（前回の映像）

●車を走らせる良雄（前回の映像）

●メイン・タイトル

●パートⅠからⅣの映像で

クレジット・タイトル。

●仲屋酒店・表（夜）

パトカーが二台、停まっていて、いくらかの野次馬もいる。良雄、一方から来て、店の前へ行くと、立入り禁止のテープが入口前に渡されていて、シャッターも半分おろされている。警官が一人、立っている。

良雄「（その若い警官に近づき）すいません。この家の弟です。別のところに住んでいて、電話で、いま（と一息に言う）」

若い警官「勝手口の方へ回って下さい。署の人間いますから」

良雄「（うなずき、おくればせに）あ、御苦労さまです」

●台所

中年の警官「（上がろうとしている良雄に）ここ通って下さい（と隅を指し）こっち、まだ鑑識がやってますから」

良雄「はい。御苦労さまです（と上がる）」

狼藉のままの台所。鑑識が二人、作業している。

中年の警官「お二人とも無事ですから。心配ありませんから」

良雄「（それにしてもひどい状態の台所に気押されて茶の間の方へ向かう）——はい」

●茶の間

私服の刑事らしい二人が、良雄に道をゆずるように離れ、

刑事「二階に、いま、行って貰ってます」

良雄「御世話さまです」

●階段

良雄、上って行く。

刑事の声「それじゃあ、こっちはひとまず引き上げるよ」

中年の警官「はい。御苦労さまです」

●階段の上

良雄「（上って）お義姉さん、良雄です（と襖をあける）」

●二階・かつての良雄の部屋

良雄「（襖をあけて、お、となる）」

中年から老年にかけた七人ほどの女性たちが、奥の幸子と紀子を囲むようにしている。
　紀子は横になり幸子の膝に頭をのせている。
宮内さん「あ、来た、若旦那」
幸子「ごめんね、おどろかして」
良雄「いいえ」
春田さん「百十番は、私がしたのよ、もうびっくりして」
宮内さん「目の前を犯人が横切ったのよ、私、思わず、逃げちゃったわよ」
幸子「御近所がすぐ来て下さってね」
良雄「それはもう、ありがとうございます」
宮内さん「やっぱり男手のない家は、こういう時、心細いわよう」
春田さん「一安心、坊や来て」
良雄「それはもう、みなさん、ありがとうございます（と一礼）」

●仲屋酒店・表

　もうパトカーもいない。シャッターが閉まっている。

●台所

　すっかり綺麗になっている。良雄、食卓の椅子に掛けて、たとえば割れた急須を接着剤でくっつけている。三百五十ぐらいの缶ビールが置いてあるが、あけてはいない。
良雄「（階段の音に、その方を見るが、また接着剤をつけるのに戻る）」

幸子「（さっきのままの服装で二階からそっとおりて来て、台所をのぞき）もう、やすんで」
良雄「うん――（と割れた急須をくっつける）」
幸子「明日、早いんだから」
良雄「寝たのかと思った」
幸子「そのつもりだったけど、どうも、今日はね、やっぱりね」
良雄「紀子は寝たんだ」
幸子「薬よ。これはもう薬じゃなきゃ寝ないと思って」
良雄「義姉さんも、のんだら」
幸子「そうね」
良雄「オレいるし、今夜はもう、これ以上、なんにもないでしょう」
幸子「ビール、一口のもうかな（とグラスをとりに行く）」
良雄「警報装置つけてよかったね」
幸子「うん――」
良雄「去年の夏前だったよね」
幸子「五月（グラス二つ持って来る）」
良雄「そうか」
幸子「レジの回り、なんかあった方がいいなと思って」
良雄「警察にもどこにも、つながってるわけじゃないから、どうかなと思ったけど」
幸子「音で近所がね（缶ビールあける）」
良雄「すごいオバサンパワーだな。ここだって、あっという間に綺麗になって」

幸子「ほんと助かった（二つのグラスに注ぐ）」
良雄「まだこの辺近所があるんだな」
幸子「宮内さん（良雄を指し）若旦那だって」
良雄「春田さんは、坊やだよ（と自分を指す）」
幸子「（笑う）」
良雄「まあまあ、ひどいめにあったけど（とグラスを持つ）」
幸子「このくらいでよかった（とグラスを持つ）」
良雄「（ちょっとグラスを合わせてのむ）」
幸子「（のむ）」
良雄「義姉さん」
幸子「うん？」
良雄「俺、何日か、休もうか？」
幸子「会社を？」
良雄「うん――」
幸子「ありがたいけど――」
良雄「まだそいつら捕まっていないし、紀子もショックを受けてるし、二人だけってのは、どういうもんかな、と思って――」
幸子「大丈夫」
良雄「そう？」
幸子「バイト二人頼めるし、二人で強盗だって、追っ払ったんだし」

良雄「うん――」
幸子「会社、休んじゃいけないわよ」
良雄「うん――」
幸子「ありがとう」
良雄「ううん」
幸子「時々来て」
良雄「うん――」
幸子「それだけで十分（とビールをのむ）」
良雄「うん（とビールをちょっとのむ）」

●花里ラーメン店・店内（昼）

ドアをあけて入って来る岩田邦行。

「いらっしゃいませ」と実と綾子、口々に言う。

「いらっしゃいませ」とカウンター（客席）の片側に知子がいる。もう片方には若い男女が並んで掛けて、ラーメンを待っている。

邦行「（ちょっと実や綾子や店内を値踏みするように立っている）」
知子「（それを腰掛ける席を迷っているように感じて）あ、こちら、どうぞ（と立ち、読んでいた新聞をたたみながら）私は、お客じゃないんですよ。どうぞ、こちら」
邦行「ああ（とその方へ行く）」
知子「ここのね、この男（実）の母親なんです。すいません。こんなところに腰掛けちゃってて」

実　「お母ちゃん」

知子「メニューこちら（と卓上のメニューを邦行の前に置き）壁にもね、ありますけど、あ、お水、お水（セルフサービスの水をとりに行く）」

実　「余計なことするなよ（と声低く言う）」

知子「余計なことじゃないでしょ。サービスでしょ。マニュアルがどうあろうと、ゆとりがある時には、お水をお出しする。そういうことしなきゃダメって、フフ、言ってるんですよ（と邦行の前に水を置く）」

邦行「えーと（とメニューを見、壁のメニューを見る）」

知子「こちらのチェーン店は、おはじめて？」

実　「（やりきれなく、ラーメンつくりながら）お母ちゃん」

知子「（その実に）いいでしょう、会話があったって」

邦行「これはその（メニューを見て言う）」

知子「はい、どれもヘルシー第一なんですよ」

邦行「鰹だし」

知子「そうなんです。うちは豚骨は使ってないんです。ギラギラっとしたのはねえ、どちらさんにもあるもんですから」

実　「二階、二階（と小さく言う）」

知子「二階がなによ。二階に、私、住んでないもん（邦行に）別居してるんですよ。アパートで、ひとりで」

実　「そんなことよく言うな」
知子「そっちがね、邪魔みたいなこと言うからよ」
実　「邪魔だろう、御迷惑だろう、お客さん」
邦行「鰹だし――」
実　「はい」
邦行「ヘルシー、ネギラーメンを――」
実　「かしこまりましたァ」
綾子「ありがとうございます」
実　「(若い男女へ)お待たせしましたァッ」
綾子「(若い男女へラーメンを出しながら)お待たせいたしましたァ」
知子「(邦行の斜め後ろぐらいに立っている)」
実　「お母ちゃん、そこ、どいて。二階じゃなくても、階段とか、どっか行ってッ」
知子「階段って、なによ？」
実　「なによって、そこの階段だよ」
知子「階段にいろって言うの？」
実　「いろとは言わないよ。お客さん来て、店にいるの変だろ」
知子「帰れっていうこと？」
実　「帰れとは言わないけど」
知子「私がちょっとお客さんの相手をしてもいけないの？」
実　「気まぐれに来てさあ」

知子「じゃあ、毎日来ようか、ちゃんと」
実「信じらんねえなあ」
知子「そんなの綾子さんが嫌だろうと思うから、ごく、たまーにしか来ないのに、それでも邪魔みたいに言うんだから」
実「お母ちゃん、少しボケたぞ。店で、そんなことしゃべっていいのか？」
知子「私が、そっちにいたころはね、お客さんと、どんどんおしゃべりしたもんよ」
実「そういうのね、嫌うお客さんも多いんだよ。時代が変わってるんだよ」
知子「分ったようなこと言って」
実「おかしいだろ。自分でもおかしいと思うだろ。お店で、お客さんいるのに、こんなこと言い合うなんて」
綾子「――（終始、知らん顔で、仕事）」
知子「そうだけど（淋しいの、と言いたい）」
実「とにかく、どいて。店じゃなくて、どっか行って」
知子「――」
実「お母ちゃん、どっか」
邦行「（実に）なにを言ってる」
実「あ、すいません」
邦行「すいませんじゃない。こちらは、母親だろう」
実「そうです」
邦行「母親に、二階へ行けの、階段へ行けの、どっかへ行けのと、なんてことを、あんたは言ってるのかッ」
実　「いや、営業中なもんで」
邦行「営業中なら尚更だろうッ」
実　「尚更って」
邦行「客のいる前で、よく母親を、邪魔者みたいに扱えるなッ」
実　「いや前にはね、この母親がですね、営業中に、店で、プライベートな会話をしちゃいけないって、キツーク言ってたもんで、どうして、この頃は、それを自分で守らないんだろうって」
邦行「ボケたんだろう」
知子「ボケたって――」
邦行「いくらかボケたにせよだ」
知子「はい」
邦行「客の面前で、母親を侮辱していいわけはないだろう」
実　「侮辱というようなつもりは――」
邦行「言い方があるだろう。『どっか行けどっか行けッ』はないだろう」
知子「ありがとうございます（なだめにかかる）そんなふうに言って下さるねえ、そういうお客さんがいるなんて――」
実　「はい――」
綾子「すいません」
邦行「嫁さんもね、母子が言い合っていたら、間に入って、なんとかしなきゃダメだよ」

知子「そりゃあ、もうねえ」
邦行「健一の友人だけのことはある」
実「健一って――」
邦行「岩田健一の父ですよ」
実「えーッ」
綾子「それは、びっくりっていうか」
知子「あの岩田君のお父さん？」
邦行「ああ。類は友を呼ぶとは、よく言ったもんだ。あいつも、あんたも、親を親とも思わない」
実「はあ？」
邦行「京都から来た父親に会おうともしないッ。時間を指定したのに、何時間待っても来ない。電話は留守電。情けない。ほんとに、情けないッ（と涙）」
実、知子、綾子、そして二人の若い客も、くわれて見ている。

●健一のマンション・外観（夜）

●健一のマンション・部屋

健一「（二つのカップに、簡易ドリップ出来るコーヒーのパックを置き、湯をそそぎながら）泣いたのかよ」
綾子「（食卓の椅子に掛けていて）うん」

健一「みっともねえなあ」
綾子「ラーメン食べて、その足で、たぶん、京都へお帰りになった」
健一「なんで、お宅行ったんだ」
綾子「息子は会いたくないらしいからって」
健一「お宅のことを、親父に話したことないよ」
綾子「会社の部長さんに、教わったって」
健一「部長と会ったのかよ」
綾子「どうしたの？」
健一「親父はね、俺のいい時なんか見向きもしないで、こういう——辞めようか、なんて時に来るんだ」
綾子「会社を？」
健一「それで、兄貴はニューヨークで建築事務所のいいところにいるとか、妹はシドニーで、羽振りのいい銀行員と一緒になって結構な暮らしをしてるとか。そんなことばっかり並べて、それにひきかえってわけだ。相も変わらずモーターのセールスマンかって——」
綾子「じゃあお父さん、京都で一人暮らし？」
健一「いいんだろう、教え子も、いるし、つき合いもあるし」
綾子「高校の校長先生だっけ？」
健一「とっくにもう、そのあとの教育委員もやめて、保護司かなんかやってるんじゃないか」
綾子「なんで会わないの？」
健一「やなんだ。人を裁くように見るんだ。一流とか、そういうの好きで、俺見てはがっかりして見せるんだ」
綾子「とにかく、お父さんがいらしたってこと――」
健一「うん――」
綾子「うちのは、留守電に入れとけばいいって言ったけど――ムリに出て来たの」
健一「いてよかった」
綾子「あの話ね――」
健一「あの話？」
綾子「うちのが、休憩時間に、パチンコに行ってるかどうかってこと」
健一「ああ――行ってた」
綾子「ほんとに？」
健一「ほんとさ。一緒に帰って、そう言ったじゃない」
綾子「男同士で、かばい合ってるっていうところない？」
健一「ないね。あいつはパチンコやってた」
綾子「そう」
健一「なんか、あった？」
綾子「私と岩田さん、もう長いつき合いよね」
健一「ああ――」
綾子「友だちよね」
健一「ああ――」
綾子「本当のこと、言ってくれる？」

健一「あいつは、パチンコやってた」
綾子「そう――」
健一「どうしたの？」
綾子「交替で休憩だから、確かめようがなくて」
健一「なにを確かめるの？」
綾子「病気かな、私――」
健一「あいつはパチンコやってたよ」
綾子「ほんとに？」
健一「ああ――ほんとに、パチンコやってたよ」
綾子「（うなずく）」

●花里ラーメン店・表（午後）

実が、よれた普段着で出て来る。通りかかった近所のおばさんに「あ、こんちは。こないだは、どうも」と愛想よくお辞儀をして駅の方へ。

健一が、花里ラーメンを見張っていられる位置の店から（本屋とか洋品店とか薬屋とか）出て来て、はなれて実をつける。

このあたりから、たとえば『いとしのエリー』のメロディが甘く流れて――。

●駅への道Ⓐ

実、早足で歩く。健一も、慌てて急ぐ。

●駅への道Ⓑ

実、ほとんど走っている。健一も、見失うまいと急ぐ。

●駅前

実、駅へ入って行く。健一、続く。

●駅・構内

実、コインロッカーのある方向へ急ぐ。

健一も続く。

●駅・コインロッカーの前

実、来て、迷わずキーを一つのドアに入れる。

健一、その位置が見えるところを、横目を使いながら通りすぎる。

実、よれたTシャツを脱ぎ、素早く、洒落たシャツをロッカーからとり出して着はじめる。

●駅・構内

実、洒落たシャツで、駅を出て行く。

健一、続く。

●商店街

実、行く。

健一、つける。

実、横丁へ折れる。

健一、その横丁を慎重にのぞく。

●横丁

実、ある店の脇の階段を上って行く。

健一、近づくと、二階に小さな喫茶店があるという看板。現実音。

健一、ちょっと上りにくい。二階を見る。

しかし、窓だけで中は無論見えない。

健一、階段を見る。しかし、小さな店らしいから、上って行って、かくれるのは難しい。

迷うが、ゆっくり階段を上って行く。

●二階・小さな喫茶店の前

健一、ガラス入りのドアから、中をのぞく。

よく見えない。のぞこうとして、ドアをあけてしまう。

「いらっしゃいませ」と女主人の声。

健一「(咄嗟に、女主人に向かって、あ――、と口をあいてしまう)」

女主人「？」

健一「（自分の口を指し、ダメダメというように手を振る）」

女主人「（ああ、口をきけない人なのだと分り、手真似で口をあき、ダメダメとやり、丸をつくって了解という仕草）」

健一「（店内を見る）」

実が、窓際の席に、由紀と向き合っている。

女主人、その隣を指して、どうぞ、と言う。

健一、ダメダメと、入口やレジを間に置いた奥の席を指す。女主人、うなずいて、その方へ。

実の周囲には、他にも女三、四人の客などがいて、笑い声をあげたりしている。実《みのる》は由紀と会ったことで頭が一杯で、他に関心が行かないとしても、少し健一との間にまぎれるもの（女三、四人のにぎやかな客とか）が欲しい。

健一、実には背を向けた席に掛ける。

メニューをとり、それを見る。

女主人、水のコップを持って来る。

健一、あ、と口をあき、メニューのコーヒーの文字を指す。

女主人、にっこりして、指で丸をつくる。

健一、ほっとする。喫茶店の音楽が流れている。健一、ゆっくり、実と由紀のテーブルの方を見る。

実、笑っている。由紀も笑っている。

『いとしのエリー』のメロディが甦る。

健一、顔を戻して、水をのむ。

実、由紀、なにか一所懸命しゃべっている。

健一の前に、コーヒーが置かれる。

実と由紀、真顔で話している。由紀が話し、実がうなずく。

健一、コーヒーをのむ。

実が話し、由紀がうなずく。

健一、コーヒーをのむ。

実と由紀、笑っている。

健一、その二人から目を戻し、水をのむ。

実と由紀、やさしい目で見つめ合っている。

女主人が健一のグラスに水を注ぐ。

健一、その女主人を見て、ありがとうというようにうなずく。女主人、微笑で、親指を立ててみせる。

由紀が、時間だから、というように立ち上がる。

実、残念そうに立ち上がる。

健一、気配を窺って、動かない。

由紀、名残り惜しそうに「またね」と言ってドアの方へ。

実、立ったまま見送っている。

健一、動かない。

由紀、ドアを排して出て行く。

実、由紀が出て行くまで見ていて、伝票をとる。レジの方へ。
健一、動かない。
実　「(レジを通りすぎて、健一のテーブルへ来て)なんの真似だ(と低く言う)」
　　『いとしのエリー』のメロディ、ブツ切り。
健一「ああ――」
実　「ああじゃねえよ(と向き合う席に腰掛け)なんでここにいるんだ?」
健一「尾行した」
実　「なにやってんだ。こんな時間、勤務中じゃないのかよ」
健一「休んでる」
実　「だったら休んでろよ。薄汚いことするなよ」
健一「お前は薄汚くないのか。あの時、なんて言った?」
女主人「(びっくりして見ている)」
健一「別れる。やっぱり家族が大事だ。別れるって言ったんじゃないのかよ?」
実　「言えねえよ」
健一「なにが?」
実　「こんなとこで、なんでもかんでも言えるかよ」

●たとえば歩道橋

車が下を轟々と流れるところに、二人、ぽつんといる。実と健一。人通りのない通路。
実　「ああやって、短い間話すだけだよ。それが、なんでいけねえんだ」

健一「でも、女房には言えねえだろ」
実「――」
健一「会って、しゃべって、それだけで、この先すむわけないだろ」
実「――」
健一「すむなら、店へ連れて行け。女房ぐるみでつき合え」
実「そんなの面白くもなんともないだろ」
健一「面白いからつき合ってるのか」
実「そうさ。面白いからつき合ってんだ。他に俺に、なにがあるんだ。文句ばっかり言ってる女房と、言うこときかねえガキ二人と、カツカツでやってるラーメン屋と、他になにがあるんだ！」
健一「なにか、他に、さがせよ（と力があまりこもらない）」
実「なにをだ？　ゴルフか、釣りか、温泉か、そんなことする暇も金もどこにあるんだ。スナックへも行けやしねえ。十一時に店閉めたらへとへとよ。焼酎一杯のんだらばったりよ。それが一生に一度クジに当たったみたいに、あの女性と口をきくようになったんだ。そう、言葉通りに行くかよ」

●裏通り

健一「続けてりゃあバレるぞ。それでいいならいい。子連れの、あの女と、一緒になればいい」
実「――」
健一「それも生き方だ」

実　「よう（と健一を押すようにする）よう」
健一「（押されて壁かなにかに、あやうく手をつく）なんだよ」
実　「会わねえよ、もう」
健一「――そうか」
実　「これ以上会うと、正直、やばそうだ」
健一「やばそうって？」
実　「向こうへ行っちまいそうだ」
健一「そうか――」
実　「会わねえよ」
健一「そうか」
実　「会わねえ」
健一「ああ」
実　「あと一回だけで」
健一「なんだよ、それ」
実　「いきなりバタッと会わねえってわけにもいかないだろう」
健一「いくさ。別れるっていうのは、そういうことだろう」
実　「でも、それじゃあ悪いっていうか」
健一「憎まれても仕様がねえんだよ」
実　「あと一回だけ」
健一「そんなのは、ダメだ」

実　「俺の気がすまねえ」
健一「会えば、またあと一回ってことになる」
実　「ならねえ。ちゃんと話す」
健一「どう話す？」
実　「妻と子供二人とを、悲しませるわけにはいかないって」
健一「ああ――」
実　「なんだよ、これ。俺と彼女は話してるだけだぞ。こんな大げさなこと言えるかよ。笑っちまうよ、向こうは」
健一「このまま行けば、重くなって行きそうなんだろうが――」
実　「――」
健一「そうなんだろうが――」
実　「あと一回だ」
健一「――」
実　「それまで、女房に、言い張ってくれよ。なんにもねえって。パチンコだって――」

●花里ラーメン・店内

綾子「（誰もいない店のカウンターの中にいてドアがあくので）いらっしゃいませ」
哲夫「（殴られたところを掌で押さえ、服も汚れた姿で学校から帰って来る）」
綾子「どうした？」
哲夫「どうもしねえよ（と階段へ）」

綾子「どうもしねえってことはないでしょう」
哲夫「(階段をもうかけ上って行く)」
綾子「哲夫。なんなの、誰にやられたの?」
哲夫の声「ほっといてくれよ(バタンとドアが閉まる音)」
綾子「ほっといて、ほっといてって。みんなで、そんなこと言って。困れば頼ってくるくせに。
　本当に、ほっとくわよ。なにもかもほっとくわよッ(と靴かなにかを蹴とばす)」

●仲屋酒店・脇のスペース(夕方)

　良雄の運転する軽トラが、バックで入って来る。エンジンを止める。
幸子「(店の脇の出入口からドアをあけて)ありがとう。大変だったでしょう」
良雄「軽い、軽い(と車から出て来て、荷台のビールの空き瓶の入ったケースを脇のスペースへ
　三ケースほどおろす作業にかかる)」
幸子「(すぐそれに加わって)あそこ、道からアプローチが長いから、いつもフーフーいっちゃ
　うのよ」
良雄「前は、裏側に車入《はい》れたんだけど」
幸子「私道だったのよ。道ごとマンションになっちゃったから大変」
良雄「まあね、大変てこともないけど」
幸子「助かったわァ」
良雄「土曜日ぐらいいね、手伝わなきゃね」
幸子「すぐ持って来いみたいなこと言うから」

良雄「店いいの」
幸子「いいの、チャイム聞こえるから」
良雄「来て、すぐ用事があってよかった（と汚れてもいいような服装である）」
幸子「お茶も出さないで」
良雄「ううん（と先に店へ）お客さんじゃないんだから」

●店内

良雄「のみたきゃ勝手にのむよ（あれ、と店の中に人がいるのに意表をつかれる）」
レジの脇に丸椅子のようなものに掛けて、缶ビールを手にしている野城《のしろ》（45）がいる。
野城「どうも（と立たずに、人が好く会釈）」
良雄「ああ——（と会釈）」
幸子「野城さん。時々ね、手伝って貰ってるの」
良雄「そう。へえ」
野城「いや、今日はね、のんじゃったから、手伝えない（と缶ビールをかかげる）」
良雄「そりゃ、どうも」
幸子「弟です」
野城「知ってますよう（とビールを持ちかえながら立ち上がり）時々、配達してるよねえ（と握手を求める）」
良雄「ええ（と握手）」
野城「勤めを持ってて、よくやるなあ、と思ってたんだ（とまた座ってしまう。酔ってはいない)」
幸子「良雄さんもビールにする」
良雄「ううん、のんだら、終りじゃない」
幸子「終りでいいじゃない（と茶の間へ上がって行く)」
良雄「お茶、日本茶貰います（と陳列をちょっと直そうとしたりする)」
幸子の声「紀子（バタバタと階段を上る音）なんなの？　紀子（二階でバタンと戸の閉まる音)」
良雄「紀子ちゃんいるの？」
幸子「(現れて）いつもなら、英語へ行くんだけど」
野城「英語は、いるよねえ」
良雄「どうかした？」
幸子「なんかね、やっぱり、こないだのことがね」
野城「そりゃあ、強盗は残るよねえ」
良雄「そうなの？」
幸子「ちょっとね、おかしいの」

●二階・階段の上

良雄「(上って来て）紀子（かつての良雄の部屋のドアを軽く叩き）あけるよ」

●かつての良雄の部屋

紀子の部屋になっているのである。

紀子、椅子から立って窓辺に立つ。
良雄「(ドアをあける)」
紀子「(良雄には背を向けている)」
良雄「いいかな、少し」
紀子「(うなずく)」
良雄「(ドアは閉めず) どうなの?」
紀子「——」
良雄「眠れないとか、そういうこと、あるの?」
紀子「(かぶりを振る)」
良雄「あんなことあれば、すぐ忘れるってわけにはいかないよな」
紀子「(かぶりを振る)」
良雄「まあ、しかし、また来るってこともないだろう。この辺の人も、警察も緊張してるし」
紀子「下に来てる男——」
良雄「あ、ヨシロって言ったっけ?」
紀子「野城」
良雄「あいつが、なに?」
紀子「——」
良雄「あいつが、まさか強盗?」
紀子「(かぶりを振り) そんな訳ないでしょう」
良雄「いや、帽子とサングラスで、顔よく分んなかったって言うから」

紀子「よく来るの、この頃」
良雄「そうなの」
紀子「タクシーに乗ってて、独り者で、休みになると来て、配達手伝って、お金いらないって言うの」
良雄「そう――」
紀子「お母さん、ありがたいとか言って、いい顔するから、店に座りこんで、昼間っからビールのんで」
良雄「そう」
紀子「あんな奴とにこにこしゃべるなんて、信じらんない」
良雄「――そうか」
紀子「おじさん、お母さんと結婚する気ないのかなあ」
良雄「――結婚て」
紀子「そうなればいいと思っちゃう」
良雄「オレは、お母さんの弟だよ」
紀子「お父さんの弟でしょう。お母さんと姉弟《きょうだい》じゃないでしょう」
良雄「それはそうだけど――」
紀子「一番いいのに――」
良雄「フフ、昔はね、兄貴が死んで、弟が、兄貴の嫁さんと一緒になるってこと、よくあったらしいけど、それは家《いえ》本位の都合でね、いまはもう、そんな時代じゃないし」
紀子「時代じゃなかったらダメ」

良雄「もっといまは自由だから」
紀子「自由なら、なにがあったっていいんじゃない?」
良雄「言うな、紀子ちゃんも」
紀子「お母さんのこと嫌い?」
良雄「嫌いじゃないさ」
紀子「好き?」
良雄「好きだけど――」
紀子「私、下の、野城なんて奴と、仲良くするお母さん、嫌なの。ものすごく嫌なの(と涙)」
良雄「そうか――」

●陽子の病院・外観(夜)

●弘美の個室

ぽつんとベッドにいる弘美。
ノックの音。
弘美、その方を見る。見るだけ。
ドアがゆっくりあき、夏恵が遠慮がちにのぞく。
弘美「(初対面。しかし、淋しかったので、うなずく)」
夏恵「水野さんから、聞いてるかな?」
弘美「(うなずく)」

夏恵「本田です」
弘美「(うなずく)」
夏恵「(入って、ドアを閉める)」
弘美「(見ている)」
夏恵「水野さん、会議で、広島で（と一歩一歩近づき）一泊するから、弘美さん、土曜日に一人で」
弘美「(うなずく)」
夏恵「(ベッド脇の椅子をひきよせて腰掛けながら）つまらないかもしれないから、会いに来てって言われたの」
弘美「聞いて、います」
夏恵「でもね、初対面だし、嫌なら言って。気にしたりしないから。フフ」
弘美「(微笑)」
夏恵「水野陽子さんとは、長い友だちなの。もう二十年ぐらい。フフ」
弘美「(微笑)」
夏恵「土曜日って、少し、賑やか?」
弘美「(うなずく)」
夏恵「いま、笑い声があがっている病室があったし、ロビーっていうのかな、ピアノがあったりするところ——」
弘美「サロン」
夏恵「ああ、サロンか。そこにも、わりと人がいたし」

弘美「(うなずく)」
夏恵「サロンとか、行ってみる？　車椅子、押すよ」
弘美「(かぶりを振る)」
夏恵「あ、チョコレート買って来たの。少しなら好きって聞いたから（とリボンのついた小さな箱を手提げからとり出し）こんなの（と見せ）あける？」
弘美「(かぶりを振る)」
夏恵「じゃ、ここね（と床頭台に置き）あらァ、これ、花の種？　いろいろねえ（といくらか飾るように置かれた種子の袋を見て）あら、人参もあるじゃない。××も○○も（と花の名を言い）どこか撒くところあるんだ？」
弘美「(かぶりを振る)」
夏恵「あるでしょう、どこか」
弘美「生きてないから」
夏恵「生きてない？」
弘美「芽を出すまで、咲くまで私が生きていないから」
夏恵「そんなこと分らないでしょう」
弘美「――」
夏恵「分んないよ、そんなこと」
弘美「――」
夏恵「撒こうよ、どこかに」
弘美「(かぶりを振る)」

夏恵「どうして？」
弘美「私と同じに（と種子の袋の方へ手をさしのべるので）」
夏恵「とろうか（と種子の袋のいくつかをとって弘美に渡す）」
弘美「（それを握るようにとって）芽を出す前に、咲く前に死んでしまうものが、欲しかったの。
これ、仲間、なの」
夏恵「格好いい。そういうこと言う人なんだ」
弘美「――」
夏恵「ごめんね。からかったんじゃないのよ」
弘美「――」
夏恵「うろたえたの。フフ」
弘美「――」
夏恵「でも、そんなこと言えば、私だって仲間よ。この齢になっても花なんか咲いていないし、
実もなってないわ」
弘美「――」
夏恵「あなたと同じとは言えないけど、お花畑みたいなこと、なかったわ」
弘美「――」
夏恵「夫は、いつまでも子供だし、息子は面倒くさい齢になって、ろくに口をきかないし、花なんか、ちっとも咲かないのよ」
弘美「そんなに綺麗にしてて、そんなわけないでしょう」
夏恵「そんなわけあるもの。宝石店、つとめてるの。使われてるの。貧乏くさい格好できないの。

生きてて、いいこと、楽しいこと、ほとんど、ないわ」
弘美「そんなこと、言ってくれなくていいの」
夏恵「そうだもの」
弘美「町を歩けるでしょう」
夏恵「それは、そうだけど――」
弘美「電車に乗れるでしょうッ」
夏恵「――（次元のちがう指摘に声が出ない）」
弘美「買い物できるでしょうッ」
夏恵「――」
弘美「雨に濡れたり、六十になった時の心配だって出来るでしょうッ」
夏恵「――そうね」
弘美「私たち（と種子の袋を握り）とは、ちがうわ」
夏恵「そうね」
弘美「――」
夏恵「私、ダメね。こういう相手、どうしたらいいか分らなくて、ズレたことばっかり言って
――」
弘美「ううん」
夏恵「ごめんね」
弘美「そうじゃないの」
夏恵「そうじゃないって？」

弘美「ここにいると、みんな、もうじき死ぬ人間に馴れてるでしょう」
夏恵「うん――」
弘美「うまーく応対されちゃうから、なかなかあたれないの。ワーッと言えてよかった」
夏恵「そうか――」
弘美「いい人来てくれた」
夏恵「そうか（とほっとして微笑）」

●バー・店内

修一「(外からパソコンの入ったカバンを提げ、スーツにネクタイの姿で入って来る)」
「いらっしゃいませ」と複数の声。
主人を意識するようなバーではなく、テーブル席がいくつもあり、ウエイターがいるような酒場。
あまり客はなく、奥の席に健一がいる。
修一「(短く捜す目になるが、すぐ健一が分り、その方へ)」
健一「(ちょっと酔った目で、その修一を見ている)」
修一「ごめんね。ほぼ三十分おくれちゃったね。電話で言った通り、タクシーが追突されてね。すぐ金払って、その時電話したんだけど――」
ウエイター「いらっしゃいませ（とメニューと灰皿を置く）」
修一「えーと（洒落すぎず、野暮でもないつまみと酒を頼む）」
ウエイター「かしこまりました（と去る）」

修一「あと空車が全然通らなくて、××通りまで歩いてやっと摑まえて、すいません、待たせました」
健一「いえ――」
修一「あ、やってますか？」
健一「やってます（水割りと食べ物もある）」
修一「いやいや、おくれたのは、オレのせいじゃないけど、来るなりオレのせいじゃないと言っちまうところが、オレのいやらしさだと、つねづね女房に言われてるのに、やっぱりそういうこと言ってる」
健一「うん――」
修一「あ――、気が滅入る。ぺらぺらしゃべると、そのあとグーッと、気が滅入る。ウーッ（と落ち込みに耐えるようにする）」
健一「そのあと、留守中のうちへも来てくれたそうで――」
修一「いやいや、こっちこそ、うちへ来てくれた時、忙しそうにして、追っぱらった感じになって」
健一「いえ――」
修一「ずっと、気がとがめててね」
健一「いえ――」
修一「どうしてるの？」
健一「ええ――」
修一「会社、休んだままだって言ったよね」

健一「ええ」
修一「いいの？」
健一「たぶんダメでしょうけど」
修一「そんな、幹部候補が、なに言ってるの」
健一「鍼にだけは、そう簡単に出来ないだろうと思って――」
修一「どうして？」
健一「弱味をね、握ってるから」
修一「それは危ないよ。会社なんて、なにするか分んないから」
健一「ええ」
修一「こっちだって（ネクタイをはずしはじめ）エンジニアの扱いじゃないよ。ひきぬく時は、おいしいこと言って。こんな格好させて、半分営業部よ」
健一「（うなずく）」
修一「若いのが入って来るからね。いまとなっては、下手にさからえない」
健一「俺はね――」
修一「うん」
健一「さからいますよ」
修一「そうなの」
健一「しゃかりきに働いて来て、このままですますもんか、と思ってますよ」
修一「なにするの？」
健一「――」

修一「なにやるの？」
健一「――」
ウエイター「（来て、修一の酒だけを置く）×××（食べ物）は、もう少々お待ち下さい（と去る）」
修一「俺ってね、ほっとくと、人のこと、あまり関心ないんだよね」
健一「――」
修一「そういう自分に、うんざりもしてるんだ」
健一「――」
修一「会社とうまく行ってないみたいだから、なんか役に立てないか、と思ってね」
健一「（会釈）」
修一「それで、電話したんだけど――」
健一「――」
修一「俺が役に立つようなことないよね」
健一「こうやって――」
修一「うん？」
健一「誘ってくれて、助かってますよ」
修一「だったら、いいけど――」
健一「一人でいると――」
修一「うん――」
健一「一体俺は、会社さぼってなにしてるんだって気持になって来て――」

修一「うん――」
健一「でも、カチンと来たんですよね」
修一「会社に？」
健一「そう。急に、やる気なくして、どんどんなくなって――」
修一「そう」
健一「若い時、そういうことなかったから、今頃、出たのかなあ」
修一「そう」
健一「（のむ）」
修一「（のむ）」

●陽子の病院・外観（午前中）

●弘美の個室

晴江「（廊下からドアをあけて）お早うございまァす（と小さく言って入って来る）」
弘美「（ベッドで、目をつぶっている）」
晴江「（目を閉じている弘美に音はひそめて、しかし、迷いなどなく近づき、見下ろし、額に手をあて、それから毛布の下の手をとって脈を見る）」
弘美「（ゆっくり、目をあける）」
晴江「（その弘美を見ていて）あ、起こした？　水野陽子の友だちの宮本です」
弘美「（晴江を見ている）」

晴江「分る？　陽子の昔からの友だち。フフ」
弘美「（うなずく）」
晴江「看護婦だったの。陽子と一緒に。いまは看護師っていうの？　こうやってベッドの側へ来ると、つい脈を見たくなっちゃう。フフ」
弘美「（微笑）」
晴江「昨日は本田さんが来たんでしょう。本田夏恵さん」
弘美「（うなずく）」
晴江「体温も脈も平常。フフ、どっか痛い？」
弘美「（目でかぶりを振る）」
晴江「だるい？」
弘美「（目でかぶりを振る）」
晴江「陽子ね、電話でね、日曜日、ここへ行ってみてって言うの」
弘美「（うなずく）」
晴江「日曜は昼定食ないから、まあ行ってもいいけどって言ったんだけど」
弘美「（うなずく）」
晴江「昨日の土曜日、目いっぱい忙しくて、帰ったら、一時近いんだもの。今朝は、洗濯だってあるし、掃除もたまにはしたいし、夜はお店あるし」
弘美「（うなずく）」
晴江「なんの仕事か言ったっけ？」
弘美「料理屋の仲居さんだって」

晴江「そうなの。陽子が、そう言ってた?」
弘美「(うなずく)」
晴江「結構大変なの。着物着るから、チョコマカ歩くでしょう。それで、三人前持って運んだりするのよ」
弘美「へえ」
晴江「その上、スナックで会った変な女の紹介で入ったから、その女が上にいて、ヘマするとつねるのよ、ここら、ギューッて」
弘美「ウワ」
晴江「世の中、平和そうに見えるけど、暴力はあっちこっちにひそんでるのよ」
弘美「へえ」
晴江「やめちゃおうかなあ、と思うんだけど、そうすぐすぐやめると、人間として、ちょっと情けないかなあとか思ったりね」
弘美「(うなずく)」
晴江「次の仕事探すのも大変だし、食べていかなきゃならないし」
弘美「看護師さんだったんでしょう」
晴江「そう。看護婦」
弘美「それ、やれば――」
晴江「ところが、私は、あんまり人のお世話やくタイプじゃないのよ。看護婦やりはじめて気がついたの。それが『どうしましたァ』とか『あとひと頑張りですね』なんて言ってると、なんか、自分をいつわって、いい顔ばっかりしてるような気がして来て、隠してる気持がたまってさあ、いつか、患者さんに、ギラギラっと意地悪なことしそうでね」
弘美「（うなずく）」
晴江「こりゃいけないや、と思って、やめたの」
弘美「へえ」
晴江「陽子、なんか、少し、あなたに過保護なんじゃない」
弘美「フフ」
晴江「土日出張だから顔出してあげて、なんて、おかしいよね、ちょっと」
弘美「フフ」
晴江「あの人も、子どもいないから、なんか、自分の娘みたいな気がするのかなあ」
弘美「フフ」
晴江「広島へ行ったりすると、淋しがってないかなあって、いてもたってもいられなくなっちゃうのかなあ」
弘美「分んないけど――」
晴江「そんな看護婦めったにいないよ」
弘美「フフ」
晴江「それだけ、あんたに魅力があるってことかなあ」
弘美「フフ」
晴江「確かにね、可愛いことは可愛いけどね」
弘美「そんな（と顔をちょっと手でかくす）」
晴江「でもさ、意外と会議は昨日で終ってて、今日は宮島あたりで遊んでるのかも」

弘美「フフ（少し傷つく）」
晴江「すぐこういうこと、私言っちゃうんだ」
弘美「面白い」
晴江「強がり言っちゃってェ（とちょっと毛布を叩く）」
弘美「フフ」
晴江「まあね、あの人も楽しみ少ないから、どっか行った時は、少しぐらい観光したって、仕様がないよね」
弘美「うん――」
晴江「私ね――」
弘美「うん――」
晴江「人のこと、分るの」
弘美「人のことって？」
晴江「人の未来」
弘美「未来なんてないもの」
晴江「あるの」
弘美「ないからホスピスにいるんだもの」
晴江「それが、あるの。とんでもなく明るい未来が見えるの」
弘美「嘘」
晴江「希望持って大丈夫。すっごく、すっごく、いい事起こるから。びっくりしちゃうから」
弘美「そんなあ（と曖昧に、しかし、少し希望を抱き）フフ（と苦笑してみせる）」

●晴江の勤める料理屋の裏（夜）

晴江「（勝手口から、ユニフォームの和服で、のぞく）」
陽子「（路地の入口あたりに立ってその晴江を見ている）」
晴江「（陽子の方へ来ながら）仕事中に、電話に出られるわけないでしょう」
陽子「いまはもう閉店でしょう」
晴江「信じらんない、来ちゃうなんて」
陽子「あの子に、なにを言ったの。明るい未来ってなによ？」
晴江「なにがいけないの？」
陽子「ホスピスが、どういうところか知ってるでしょう。もう治すことは出来ないって、それを納得した人が、あとの時間を、苦しまずにすごすところなのよ。やっと、やっと正面から死ぬことを受け入れて、それであそこへ来た子に、明るい未来ってなによ？」
晴江「希望はあった方がいいでしょう」
陽子「嘘の希望で、だますようなこと、残酷でしょう」
晴江「あんたね、こうやって会ったら、まず、病院行ってくれてありがとうって言うのが筋でしょう」
陽子「すっごくいい事が起こるなんて、出まかせ言って」
晴江「十七の子が希望を持ってなにが悪いの」
千代「（やはりユニフォームの和服で勝手口からのぞき）晴江さん（と中へ）」
晴江「はい、すみません」

陽子「周りが嘘ばかり言えば、死ぬ人は、どんどん一人ぽっちになっちゃうのよ」
晴江「あんたも四十すぎのオバンね。自分のことばっかり。そんなことで、こんな夜、ここまで来ちゃうなんて」
陽子「そんなことってなによ。ホスピスだって承知で来てくれたんじゃない。それで、希望だの未来だの、そんなことよく言えたわ、もうじき死ななきゃならない子に」
晴江「どうせ人間みんな死ぬのよ。それでも希望を持ったりしてるじゃないの。どこがちがうの。同じよ。嘘でもなんでも、希望があった方がいいに決まってるじゃない」
千代「（またのぞき）晴江さん」
晴江「はい」
陽子「嘘は嫌。ごまかして、だまして、適当に見送るなんて、私は嫌」
晴江「勝手に、そんなこと言ってろよ」
千代「晴江さん」
晴江「はーい。こっちはね、片付けなきゃつねられちゃうのよ。それから着替えて、電車に乗って帰らなきゃならないんだよ。頭の固い奴の相手なんかしてらんないのよ（と勝手口へ）」
陽子「私は嘘は嫌なの」

●花里ラーメン店・表（午後）

●店内

二人ほどの客。綾子、ラーメンにトッピングをしていて、手が止まる。階段に神経が行く。

●階段

実、二、三段おりたところに立っていて、今日限りのデートだという思いがあって、階下へ。よれた服装である。

●店内

綾子「(ラーメンを出して) お待たせしました」
実「(客へ) いらっしゃいませ。いらっしゃいませ (と外へ出ようとする)」
綾子「パパ」
実「(びっくりして止まり) なんだよ?」
綾子「いくらパチンコでも、ひどくない?」
実「なにがだよ?」
綾子「服、よれよれ」
実「いいんだよ、誰に会うわけじゃねえんだもの。そこら行くのに、気どったって仕様がないだろ (と出て行く)」
綾子「(閉まったドアを見ていて、携帯を出しながら、やや客から遠いところへ)」

●蒲田あたりの工場街

健一「(スーツにネクタイで歩きながら、携帯に出て) はい、もしもし」

●花里ラーメン・店内

綾子「綾子です」

●工場街

健一「こんちは」

●花里ラーメン・店内

綾子「いま、どこ?」

●工場街

健一「蒲田(羽田でもどこでもロケ場所を言う)」

●花里ラーメン・店内

綾子「仕事?」

●工場街

健一「っていうか、仕事ぬきで、得意先へ行ってみるかと思って」

●花里ラーメン・店内

綾子「蒲田じゃ、頼めないよね」

●工場街

健一「なにを?」

●花里ラーメン・店内

綾子「うちの、いま、出て行ったの」

●工場街

健一「どこへ?」

●花里ラーメン・店内

綾子「だから、休憩」

●工場街

健一「ああ、うん」

●花里ラーメン・店内

綾子「いつもよりね、ひどい格好して出て行ったの」

●工場街

健一「うん――」

●花里ラーメン・店内

綾子「岩田さんの言う通りなら、今日がその日かなあって」

●工場街

健一「そうか」

●駅構内・ロッカー

実、ロッカーの前で、着替えかけている。

綾子の声「ほんとに終りにするかどうか分らないけど、最後の日なんて、どんなふうかと思って、その喫茶店へ、ちょっと行ってみて貰うなんてこと出来ないよね」

●駅前

着替えた実が、喫茶店の方向へ急ぐ。

健一の声「綾子よ」

綾子の声「うん？」

健一の声「俺は、綾子とも長いつき合いだから、そして――」

●商店街

実が行く。

健一の声「実が、あと一回だけで、もうその女とは会わないって言うから」

●横丁

実、喫茶店のある二階へ。

健一の声「本当のことを言ったんだ」

綾子の声「うん――」

●二階・小さな喫茶店

実、入って来る。由紀が微笑して席にいる。実、近づく。

健一の声「実を信じて、知らん顔してやろうじゃない」

●花里ラーメン・店内

綾子「岩田さんは、すっきりそんなこと言えるけど、私はそんなに、サバサバ――」

●工場街

健一「綾子も浮気をしただろう」

●花里ラーメン・店内

綾子「私が？　誰が、そんなこと？」

●工場街

健一「綾子さ。酔っぱらって俺に言ったよ」

●花里ラーメン・店内

綾子「いつ？」

●工場街

健一「ずっと前。そこの店で、なんかで、みんなでのんで、どうしてか二人っきりになった時」

●花里ラーメン・店内

健一の声「ポロって、言ったぞ」

綾子「私が？」

健一の声「そうさ。そうじゃなくて、どうして俺が知ってるんだ？」

綾子「そんなこと言った？」

●工場街

健一「誰にも言ってやしない」

●花里ラーメン・店内

綾子「相手が誰だかも？」

●工場街

健一「そんなことは、言わない。ただ、私だって一回だけ浮気したと。その一回があるから」

●花里ラーメン・店内

健一の声「結構いろんなことも我慢が出来るって」

綾子「そんなこと、私――」

●工場街

健一「だから、信用してやれよ。最後だって言ってるんだ。もし、あいつが、これ以上続けたら、爆発するなり離婚するなり、なんでもやれよ」

●小さな喫茶店・店内

コーヒーをのむ実。目を伏せている由紀。

健一の声「今日だけは、もし会ってるとしても、知らん顔しててやれよ」
実「――」
由紀「――」
実「――」
由紀「そうね」
実「――（すまない、というように一礼）」
由紀「二人のお子さんと、奥さんは、大事だもんね」
実「――（すまない、というように一礼）」
由紀「会うの、よそう」
実「こうやって話してるだけで、なにしてるわけでもないのに」
由紀「でも、私が奥さんでも、いやだと思う」
実「かくせればね、いいと思うんだけど、勘のいい奴で、なんか気がつきかけているみたいで――」
由紀「よそう、もう、会うの」
実「残念だけど――」
由紀「うん――」
実「それで――」
由紀「うん――」
実「もう会えないと思うと、つらくて」
由紀「うん――」

実　「せめて、思い出に――」
由紀「うん――」
実　「こんなこと言いにくいけど」
由紀「なにか貰ってくれる？（とバッグをとる）」
実　「ううん、そうじゃなくて――」
由紀「うん――」
実　「その、最後の思い出に」
由紀「うん――」
実　「あの――」
由紀「うん――」
実　「もしよければ、タクシーで二、三分のところに、ちょっといいホテルがあるんだけど」
由紀「――」
実　「最後に、一度だけ、思い出に、というか」
由紀「――」
実　「そういうこと、あったらいいなと――」
由紀「寝たいっていうこと？」
実　「ストレートに言えば、そういうことでもあるけど――」
由紀「――」
実　「――」
由紀「なめんじゃねえよ（小さく言う）」

実「──」
由紀「虫のいいこと言うなよ（小さく）」
実「──」
由紀「バカ。スケベ（小さく言う）」
実「──（うなずく）」

●花里ラーメン・店内（夜）

半分ぐらいの客。そこへドアをあけて二人ぐらい入って来る。
綾子「（ラーメンつくりながら）いらっしゃいませ（と元気がいい）」
実「（ラーメンつくりながら、泣きそうな顔で、でも元気をつけて）いらっしゃいませ（すすりあげてしまう）」
綾子「パパ、ちょっと来て、このタオルで拭いて。泣かないで（とタオルを押しつける）」
実「ああ（こみ上げてくるのをおさえて、タオルで顔を乱暴に拭う）」
また、お客さん入って来る。
綾子「（元気に）いらっしゃいませェッ」
実「（泣き顔で、かまわず大声で）いらっしゃいませェッ（おさえてもベソをかいてしまう）」

●仲屋酒店・表

シャッターが閉まっている。貼り紙『都合により、本日、勝手ながら休ませていただきます』と紀子のマジックで書いた字がある。

良雄「(通勤の姿で来て、貼り紙をちょっと見て、脇へ)」

●勝手口の表

良雄「(来て、あけようとするが、あかない。チャイムを押す。不安で落ち着かない)」
紀子の声「(インターフォンから)はい」
良雄「あ、おじさん。良雄」
紀子「(茶の間の方から来て、ドアをあける)」
良雄「ごめんね、おそくなった」
紀子「ううん」

●台所

良雄「お母さん、どう?(とドアを閉める)」
紀子「鍵かけて」
良雄「ああ(と錠をかける)」
紀子「さっきミルクとバナナ一本」
良雄「熱は?」
紀子「七度八分」
良雄「あるなあ。お医者は、風邪だって?」
紀子「疲れもだろうって」
良雄「いい加減だなあ(と茶の間の方へ)」

紀子「うん（頼もしい人が来てくれた、と思う）」

●茶の間

良雄「あ（と二階へ行きかけて）大変だったな、紀子も」
紀子「ううん（と嬉しい）」

●二階・階段

良雄「（かつての母の部屋へ）義姉さん、オレです」
幸子の声「はい」

●幸子の部屋

良雄「（襖をあける）」
幸子「（蒲団の上で起き上がっていて、季節にもよるが、半てんのようなものを羽織りかけていて）ごめんね（と明るく）紀子が電話したって、さっき聞いて」
良雄「寝ててよ。七度八分あるっていうじゃない」
幸子「微熱よ。もう大丈夫」
良雄「大丈夫じゃないよ。倒れたんだって？」
幸子「倒れたなんて大げさ。空びんとりに来るんで、脇で整理してたら、なんか動けなくなっちゃって」
良雄「それを風邪だって？」

幸子「疲れなのよ」
良雄「大きいところで見て貰った方がいいな」
幸子「ううん、待たされて、かえって疲れちゃう」
良雄「寝てよ。寝た方がいいよ」
幸子「寝たの、もう充分」
良雄「そんなこと言わないで」
幸子「電話なんかするなって」
良雄「さあ（横になって）」
幸子「言えばよかったんだけど」
良雄「寝てようよ（とはじめて幸子の肩に触れ、それから蒲団に触れ、寝かそうとしながら）起こしたんじゃ、来た意味がない（ともう一度幸子に触れ）さあ」
幸子「うん（と良雄の腕に頬をつけるようにする）ああ」
良雄「あ（と固くなる）」
幸子「ごめんね、ちょっと（と乾いた口調で言おうとする）」
良雄「いいけど――」
幸子「このまま、ちょっと」
良雄「ああ――」
幸子「楽――」
良雄「楽？」
幸子「ずーっとね」

良雄「うん——」
幸子「ずーっと、誰かによりかかるなんてことなかったから」
良雄「うん——」
幸子「弟でも、こうやってると、ああ楽って思っちゃう」
良雄「——ろくに、俺、手伝わないからね」
幸子「仕事持ってれば当然よ」
良雄「うん——」
幸子「手伝ってくれてるわよ」
良雄「ううん」
幸子「(体をはなし)相続放棄してくれたんだし、手伝う義理なんかないんだもの」
良雄「義姉さんは、ずっと、この店、つぶさないでやってくれてるし」
幸子「やっとこね」
良雄「それ、やっぱり、義理を感じるよ」
幸子「ううん——」
良雄「ここが変わらないの、ありがたいもん」
幸子「こないだのね」
良雄「うん」
幸子「強盗——」
良雄「捕まった?」
幸子「ううん」

良雄「なに？　強盗が」
幸子「すぐ立ち直ったつもりだったけど」
良雄「うん」
幸子「少したってから、じわっとね」
良雄「うん」
幸子「思い出すと眠れなかったり」
良雄「そう――」
幸子「疲れちゃった」
良雄「そう――」
幸子「疲れた。フフ」
良雄「俺でよかったら、もう少し、よっかかっててよ」
幸子「そうね」
良雄「楽だった？」
幸子「楽だった。フフ（とよりかかる）」
良雄「（抱くようにささえる）」
幸子「ああ（と溜息）」
良雄「――」
幸子「ありがとう（とはなれようとする）」
良雄「義姉さん（と抱きしめて髪に唇をつけてしまう）」
幸子「いけない（はなれようとする）」

良雄「(はなさない)」
幸子「いけない」
良雄「(キスしようとする)」
幸子「いけない(とはなれる)」
良雄「オレ、いいと思ってる」
幸子「ごめんね」
良雄「――」
幸子「熱があるんだから」
良雄「ああ、でも――」
幸子「お母さんは、こんなこと、嫌がるわ」
良雄「死んでるよ」
幸子「死んだからいいってことはない」
良雄「死んだら、いいんじゃない」
幸子「ううん」
良雄「兄貴が生きてりゃ、こんなことしないよ。お母ちゃんが生きてても、しないと思うけど――」
幸子「そうよ」
良雄「いまは、いいんじゃないか」
幸子「お母さん、時々、私を見てるわ」
良雄「なに言ってるの」

幸子「見てるって感じるの」
良雄「そんな――」
幸子「でもそれ、悪くないと思ってる。お母さんが見てるから、お店頑張れた。お母さんが見てるから、コンビニにしなかった。土地を売らなかった」
良雄「オレだって、お母ちゃんを感じる時あるよ」
幸子「そうでしょう」
良雄「でもそれは、一人きりじゃないって、思いたい時で、オレにもあれこれ細かく気にかけてくれた人がいたんだって、そう思いたい時で――」
幸子「私は、そんなふうに感じようもないけど――」
良雄「どっちにしたって、本当はいないだろ。死んだ人は、もう、いないだろ」
幸子「でも、いけない」
良雄「どうして？」
幸子「いくらだって女の人はいるわ。良雄さんは、あっちこっちで、いい人捜しなさいッ」
良雄「――」

●階段

お盆にお茶二つのせて、中途で立っている紀子。

その紀子を、階段の下から見ている愛子。やさしい目。ゆっくり目を伏せる。その動きの中で、姿、消えて行く。

●花里ラーメン・店内（昼）

客二人ほどいる。

邦行が、外からドアをあける。

綾子「いらっしゃいませ」

知子「いらっしゃいませ（と実の代りにカウンターの中にいる）」

邦行「（入ってドアを閉める）」

知子「あらァ、こないだの――」

綾子「岩田さんのお父さん」

邦行「はい」

知子「だって京都でしょう。帰ったばっかりでしょう」

邦行「いやいや、お母さんがね」

知子「私が？」

邦行「忘れられなくてね」

知子「よくもまあ、そんなこと」

邦行「中に、いるのね、今日は」

知子「そうなの。息子が、ちょっと具合悪くて」

綾子「はい（とにこにこしている）」

邦行「そりゃあ、いけないなあ」

知子「ううん、大丈夫。長く落ち込んでらんないたちだから」

邦行「落ち込んでるの？」

●二階・とっつきの部屋

　実、パジャマで、哲夫と将棋を打っている。

知子の声「男の更年期だろ、なんて言ってるんですけどね」

●店内

邦行「まだ早いだろう、更年期には」
知子「そそっかしいから、あいつは」
綾子「（水を出し）なんにしましょう」
邦行「ああ、こないだ、うまかったから」
綾子「鰹だし」
邦行「そう」
綾子「ヘルシー・ネギ・ラーメン」
邦行「よく憶えてるなあ」
知子「ううん、ここの一《いち》押しだから、あてずっぽうで言ったのよ」
綾子「ううん、憶えてました」
知子「ほら、この頃の嫁は、すぐこうやってさからうの」
邦行「いやいや（綾子に）ありがとう」
綾子「ありがとうございます（と仕度にかかる）」

知子「まさか、あのまま、ずっと、こちらに」
邦行「いやいや、今日ね、来たの、また」
知子「大変じゃない」
邦行「息子が、あのまま、ずーっと休んでるという」
知子「あら、そうなの（と綾子を見る）」
綾子「らしいけど――」
邦行「やっぱり、ほっとくわけには、いかないかと思ってね」
知子「それで？　息子さんと会ったんですか？」
邦行「いや、それが――」
　ドアがあく。
綾子「いらっしゃいませ」
周吉「（うなずく）」
知子「あらァ（とすっかり周吉に気を奪われる）」
周吉「（ドアを閉める）」
知子「よくまあ、よく――」
綾子「お義母さん、ひどいこと言わないで」
知子「え？（となにを言うのかと綾子を見る）」
周吉「実君から電話貰ってね」
綾子「あら、今日？」
周吉「そう。お母さんが、今日は来てるからって」

知子「あいつ、二階で、電話なんかかけてたの」
周吉「こないだは、叱られちゃったけど」
知子「ううん」
周吉「やっぱり、なつかしくてね」
知子「こっち（と階段を指し）綾子さん（と前掛けはずし）ここお願いね」
綾子「はい」
知子「（周吉へ）こっち。階段」
周吉「ああ（と階段へ）」
知子「（その階段へカウンターの中から急ぎ行き）あー、よく来てくれたわね」
綾子「（よく言うよ、という目）」
周吉「やっぱり、会いたくてね」
知子「ありがとう。あの時は咄嗟で、どうしていいか分らなかったのよ」
周吉「ああ――」
知子「やっぱりね、この齢になると、綺麗だったころの私を知ってる人は大切でね」
周吉「ああ――」
知子「こんなところで、なんだけど、二階は実と哲夫がいるし」

●二階・とっつきの部屋

　下の声で、顔見合わせて、階段の方へ耳をよせる実と哲夫。

知子の声「哲夫ったら、父親が寝込んだら、文化祭の準備ぬけ出して、早く帰って来て看病してるの」

●階段の下

周吉「そう」
知子「だから、こんなところで悪いけど――」
周吉「いやあ――」
知子「よく来てくれたわ」
周吉「ああ――」
　知子、遠慮がちに、近づき、抱きつく。
　周吉、ゆっくり、しかし結局抱いてしまう。

●店内

　客二人も綾子も階段の方を見ている。
邦行「(小さく) へえ (と取り残されるような思いで) へへ、フフ――」

●あるホテルの外観（夜）

●そのバー

　健一、入って来る。込んではいない。
　「いらっしゃいませ」とウエイター。

健一「あそこ、待ち合わせ（と邦行がいる席を指し、その方へ）」
邦行「――（ぼーっとしているように見える）」
健一「（近づき）お父さん」
邦行「（健一を見て）おう」
健一「（腰をおろし）俺が心配ってどういうことよ」
邦行「ああ――」
健一「心配なんかしたことなかったやない」
邦行「ああ――」
健一「お母さんの三回忌に、みんなの前で、三人の子供の、こいつだけがダメだなんて言いたいこと言って」
邦行「そうか」
健一「そうかやないよ。俺は二度と、もう法事なんか出ない、と思うたよ」
邦行「うん――」
健一「俺は別に、特別自分をダメだと思うたことはないし、会社はそれはでかくはないけど」
「いらっしゃいませ」とワイン・リストを置くウエイター。
健一「水割り、スコッチ、ダブルで」
ウエイター「スコッチは？」
健一「なんでもいい（ちょっと荒っぽかったか、と）なんでも（と柔らかく言う）」
ウエイター「かしこまりました（と去る）」
健一「人のことなんか、なんにも知らんくせに、なんで二度も来るんや」

邦行「うん――」
健一「俺はね、なんの心配もないよ。はっきり言おうか。人に言うなよ」
邦行「ああ――」
健一「うちのモーターの、工場長から、内密に相談されたんだ」
邦行「なにを？」
健一「会社がせこいことをビシバシやりはじめてるって」
邦行「せこいって――」
健一「言ったって分らないだろうけど、中古の内部コイルを使うとか、自治体から安く受注して、仕様書よりぐんと安い部品をよそから持って来て使うとか」
邦行「うん――」
健一「それをちょっと荒っぽくはじめたって」
邦行「うん――」
健一「社長の指示だから、工場長が嫌だと言えば、真っ向からぶつかって大騒ぎになる」
邦行「うん――」
健一「俺のいる営業あたりから、こんなことをしてると、いずれバレる、やめた方がいいという声をあげられないか、と言われたんだ」
邦行「うん――」
健一「しかし、下手に声をあげれば外部に漏れる。会社をつぶしたいわけじゃあない」
邦行「うん――」
健一「部長にだけ、話した」

邦行「うん――」
健一「こんな噂があると」
邦行「うん」
健一「部長は、大慌てで、誰にも言うな、なにも言うな、俺が対処する、とにかく、営業部からそんな話が漏れるのはまずい、黙れ黙れの一点張りや」
邦行「うん」
「お待たせしました」とウエイターがスコッチを置く。
健一「ありがとう」
ウエイター「ごゆっくり、どうぞ（と去る）」
健一「休みをとってしもうた」
邦行「――うん」
健一「小さな会社やから、えげつないこともいろいろあったけど、製品だけは信じていた。芯は腐ってないと思うてた」
邦行「うん――」
健一「そんな会社になってしもうてたのかとがっかりや」
邦行「うん」
健一「気力なくして、うろうろしとった」
邦行「うん」
健一「ようやく、決めた」
邦行「なにを？」

健一「まずは直訴やろ」
邦行「直訴」
健一「部長なんかに相談せんで、直接、社長に会うべきやった」
邦行「お前が言うと、社長が反省するか」
健一「しないやろ。しかし、まずは、それからはじめるべきやろ」
邦行「それから、どうする？」
健一「社内に訴える」
邦行「お前は、利用されとるんやないか」
健一「誰に？」
邦行「誰にて、その工場長とやらに」
健一「そんな人やない」
邦行「しかし、自分の身は安全にしときたいんやろ」
健一「長いつき合いや。そんな人やない」
邦行「人は分らんぞ」
健一「お父さんは、そうやって、人を悪く悪くとって、人を信じないで」
邦行「この話には裏があるぞ」
健一「裏なんかないわ。そのまんまや」
邦行「四十をすぎて、そんな、人のええことでどうする？」
健一「人のええて、こっちはセールスで二十年選手やで」
邦行「仕事はヴェテランやろ。しかし、他のことでは子供や」

健一「子供て。誰も彼も疑えば大人か。人を信じるのは阿呆か。おう、俺は阿呆で結構や、光栄や。疑って疑って、ぬけめないより、信じて動く阿呆になりたいもんや」
邦行「頭冷やせ」
健一「直訴する。明日、直訴して、行動や。なにが、子供や（と立って出口の方へ）」
邦行「――（見送るばかり）」

●陽子の病院・外観

八時すぎ。正面の灯りなどは少量。

●弘美の部屋

弘美、ベッドにぽつんといる。目をあいている。
弘美「（ノックの音で、ドアを見る）」
陽子「（私服でのぞき）起きてる？」
弘美「（うなずく）」
陽子「（ドアを閉め）いまね、古い友だちと、夕飯食べてたの」
弘美「（うなずく）」
陽子「男性――」
弘美「へえ」
陽子「私がね――」
弘美「うん」

陽子「あなたを、すごくいい子だって、言うもんだから」
弘美「ぜんぜん」
陽子「会いたいって言うの。そんないい子なら会いたいって」
弘美「がっかりする」
陽子「そこにいるの」
弘美「へえ」
陽子「どうしようか」
弘美「うん――」
陽子「会う？」
弘美「うん」
陽子「（ドアへ行き、ドアをあけ）こんな人」
良雄「（現われ）こんばんは」
陽子「入って」
良雄「（うなずき、入る）」
弘美「――（良雄を見ている）」
陽子「（ドアを閉め）仲手川さんていうの。例のね、メンバーの一人、学生の頃の」
弘美「へえ」
良雄「こんな時間、迷惑だろって言ったんだけど」
弘美「（かぶりを振る）」
陽子「（良雄と自分の椅子を案配しながら）いいよね。折角近くまで来たんだもの」

良雄「強引なんだ」
陽子「そうなの、強引なの。いつも私じゃ飽きちゃうもんね」
弘美「ううん」
良雄「こんばんは」
陽子「こんばんは、はいま言ったわ」
弘美「こんばんは」
陽子「この人もね、私と同じ。私生活、わりと淋しいの」
良雄「フフ」
陽子「でなきゃ、私と御飯食べようなんて言わないもの」
良雄「なんていうか——」
陽子「うん?」
良雄「(弘美に)大変だね」
弘美「(うなずく)」
陽子「ほら、みんな大変だねって言うのよねえ」
良雄「そうか」
陽子「お前の方が大変だろうって言ってやるのよね」
弘美「言わない」
陽子「心の中でよ」
弘美「言わない」
陽子「私なら言ってやるけどなあ。分ってないなあって」

良雄「そうだね。分ってないんだろうな」
弘美「(かぶりを振る)」
陽子「遠慮しないで。怒ったりしないから」
良雄「ああ勿論(弘美へ)怒ったりなんかしない」
弘美「友だち?」
良雄「ああ、そう(陽子を見て)友だち」
陽子「(弘美に)なにが言いたい?」
弘美「恋人じゃない?」
陽子「それは、ないの」
弘美「どうして?」
陽子「どうしてって——」
弘美「両方、淋しいって言った」
陽子「そりゃあ言ったけど——」
良雄「ああ——」
陽子「この人(良雄)、私のこと嫌いだもの」
良雄「嫌いだったら友だちでなんかないさ」
陽子「ホスピスとか、いいことっぽいことする女、苦手だもんね」
良雄「俺が、いいことなんか、なんにもしてないからさ」
陽子「私、意固地なところもあるし、気持分るの」
良雄「それはなあ、ちょっとちがうんだけどなあ」

弘美「私ね」
陽子「うん？」
弘美「どうかしてるんだと思うけど」
陽子「うん？」
弘美「みんな元気で、なんでも出来るのに、どうして一人だったりしてるんだろうって」
陽子「うん――」
弘美「もっと抱き合いたい人は抱き合って」
陽子「――（うなずく）」
弘美「したいことは、どんどんして」
陽子「――（うなずく）」
弘美「元気なんだから、なんでも出来るんだから、とじこもってないで、もっと、生きてることを大事にして、もっとなんでもやれよ。もっと、ハキハキしろよって（急に苦しくなり）みんな、毎日を無駄使いしてるよって」
陽子「どうした？」
弘美「――（たとえば呼吸困難）」
良雄「（陽子に場をゆずろうと立ち上がる）」
陽子「（すぐ呼び出しボタンを押し、応急の手当てをする。テキパキとプロの動作）」
良雄「呼ぶ、誰か？」
陽子「呼んだわ、すぐ来る」
良雄「ああ――」

足音がして、ドアが開き、看護師二人と医師が続けて入って来る。陽子と低いやりとり。大騒ぎせず処置を急ぐ。

良雄、ただ、プロの手並みを見ている。

●健一のマンション・外観（朝）

●健一の部屋

ワイシャツ姿で、ネクタイを締めている健一。チャイム。
健一「――（インターフォンへ出ようとして、ドアへ行く）」
チャイム。
健一「（覗き穴からのぞき、少し意外で、ドアをあける）」
木暮「ああ（と疲れた顔で、うなずく）」
健一「なにか？」
木暮「帰りだ、会社の（と入って来る）」
健一「こんな朝」
木暮「ああ。会社に九時まで座ってられなくてな」
健一「九時までって――」
木暮「みんなが集まるまでだ」
健一「なにか、あったんですか？」
木暮「一旦家へ帰るには中途半端だし、店は空いてねえし、タクシーで来ちまったよ」

健一「はい――」
木暮「（勝手に椅子に掛け）顔でも洗わせてくれ」
健一「どうしたんですか？」
木暮「なんだ、その格好は？」
健一「はあ――」
木暮「こんな早く、ネクタイして、どこ行く」
健一「はあ――」
木暮「どっかで働いてるのか」
健一「いえ、今日は会社へ」
木暮「会社へ？」
健一「はい――」
木暮「どうやって知った？」
健一「なにをです？」
木暮「なにも知らずに、今日は会社へか？」
健一「はい。ちょっと思うところあって――」
木暮「倒産だよ」
健一「はい？」
木暮「さっきまで部長以上が集められて、なんだかんだあって――」
健一「はい――」
木暮「会社は終りだ。ひでえもんだ」

健一「倒産――」
木暮「課長以下は、なんにも知らねえ。今朝来て、倒産だよ。ぬき打ちだ。俺だって、昨夜までは気配も感じてねえ」
健一「――」
木暮「あんたは正解だった。会社はあんたが思っていたより腐ってた」
健一「そうですか」
木暮「大手みたいに誰も救ってはくれない」
健一「はい」
木暮「あんたも私も、明日から職捜しよ」
健一「はい」
木暮「平等と言いたいが、あんたの方が、若い分、幾分有利か」
健一「いえ、四十すぎまでモーターで来ちゃうと――」
木暮「なあ、もうちょっと若いか、齢くってりゃあなあ」
健一「はい」
木暮「中途半端だよなあ」
健一「あ、コーヒーでもいれますか」
木暮「水くれ、水。コーヒーは、のみすぎだ。ほんとは、一睡もしてねえから眠いはずだがちっとも眠くねえ。まあ、これは、コーヒーのせいじゃねえな。ハハ――」
健一「（冷蔵庫からペットボトルの水を出し）営業は、倒産っていうほどのことはなかったですよね（とグラスをとる）」

木暮「信じらんねえ。金の運用だよ」
健一「そうですか」
木暮「バブルの頃なら、まだ分るけどよ」
健一「どうぞ（と水のグラスをさし出す）」
木暮「ああ（と受けとり）工場長だろ、あんたに吹き込んだのは（水をのむ）」
健一「は？」
木暮「三つ巴よ。倒産目の前にして、上は、それどころじゃねえって勢いで、権力争いよ」
健一「じゃあ、工場長は——」
木暮「ポジション狙いよ」
健一「そうなんですか」
木暮「社長対正義の社員なんて、格好ばっかりよ」
健一「（うなずく）」
木暮「全部終りよ。顔、洗わせて貰っていいかな」
健一「どうぞ。風呂場ですけど——」
木暮「部員にどんな挨拶しろっていうんだよ（と風呂場へ）」
健一「（しばらく動かず、それから）——（電話をとり一〇四を押し）あ、東京のホテルの番号を知りたいんですが——」

●**ホテル・外観**（昼）

●ホテル・コーヒーショップの隅

邦行「――そうか」
健一「うん――」
邦行「それは、えらいことやな」
健一「うん、まあ、倒れるなら、早い方がいいとも思うけど――」
邦行「どうする?」
健一「どうするもこうするも、一人やからね、なんとでもするわ」
邦行「うん――」
健一「ただ、昨日言った工場長も、単純じゃないらしいんで――」
邦行「うん――」
健一「まだ、くわしいことは分らないけど、とにかく、お父さんが言ったことの方が、どうやら、正しいようなんで」
邦行「うん――」
健一「それ、あやまらないと、なんかフェアじゃないような気がして」
邦行「うん――」
健一「お父さんの勝ちだよ」
邦行「――」
健一「それだけ、言っときたくて――(と一礼して立つ)」
邦行「もう行くか」

健一「だって、もう用ないだろ」
邦行「いろよ、もう少し」
健一「（座って）認めたんだから、俺はガキだって。出来の悪い息子、これ以上いたって仕様がないだろ」
邦行「――」
健一「ガキだよ、俺は――」
邦行「俺が、お前に勝ったって、喜ぶと思うのか？」
健一「多少嬉しいんやない」
邦行「どうして、そう喧嘩腰なんや」
健一「そっちのせいやろ。いっつも裁くように人を見て、アホバカマヌケって――」
邦行「そんなことは言わん」
健一「言わんでも感じるわ。ずーっと、感じて来たわ」
邦行「たしかに、そういうところが、俺にはあったかもしれん」
健一「まあ裁かれて当然よ。たまに会えば、ガキな上に、倒産だと。情けのうて、つっぱるぐらいしか、顔のつくりようがない」
邦行「俺を見ろ」
健一「なんや、それ」
邦行「老人や」
健一「分っとる」
邦行「老人にはな、老人の思いがある」

健一「――」
邦行「もう人を裁くようなことはない」
健一「どうだか――」
邦行「まして息子や」
健一「――」
邦行「幸せを願うとる」
健一「――」
邦行「それだけや」
健一「今更、そんな、いい年寄りになられてもな」
邦行「へへ、その通りや（と立ち）こっちが先に行くわ（と伝票をとって、カバンを持ち、ちょっとよろける）」
健一「大丈夫（と支えようとする）」
邦行「へへ、はじめて言うたな」
健一「なにを？」
邦行「大丈夫て――」
健一「ああ、そやな」
邦行「大丈夫や。しかし、ま、これを御縁にたまには電話くれや（と出口の方へ）」
健一「お父さん――」
邦行「うん？」
健一「コーヒー代、俺が払うわ」

邦行「そうか。じゃまあ、そうして貰うか（と伝票を渡す）」
健一「ああ（と受けとる）」
邦行「大丈夫や、まだまだ」
健一「ああ――こっちもや」
邦行「（くるりと背を向けて出口へ）」
健一「――（見送っている）」

●花里ラーメン・店内（夜）

二人ほどの客。ドアをあけて修一が入って来る。

綾子「あーら、いらっしゃい」
実「おう、いらっしゃい」
修一「こんばんは」
綾子「しばらくじゃない」
修一「うん。ヘルシー・ネギラーメン貰おうかな」
綾子「ありがとうございます」
実「なによ、用があるんじゃないの」
修一「うん、用もあるけど――」
実「だったら無理しなくていいよ」
修一「無理って、なによ？」
実「エリートはうちのラーメンなんて食いたくないだろ」

綾子「なに、ひねくれたこと言ってるのよ」
修一「エリートでもなんでもないって」
実「それでもエリートなんだよ。俺たちはよ、いっぱいいっぱいで生きてるからよ、余裕なんかなんにもねえんだよ」
綾子「なに言ってるのッ（修一に）この人、ここんとこ普通じゃないの。ごめんね」
修一「ううん、余裕なんか俺もぜんぜんないよ」
実「（客のラーメンをつくっている）」
綾子「フフ、そのジャケット、気に入ったのよ」
修一「これ？」
綾子「こういうの、ほしいんでしょ」
実「うるせえよ」
綾子「いろいろあってね。ちょっと、不安定なの」
修一「そう――」
綾子「なに用事って？」
修一「うん。みんなでさ、一度集まれないかって」
綾子「みんなって？」
修一「みんなさ。俺たち夫婦は、ちょっと外様だけど、だから使い走りしようかと思って」
実「（客の一人にラーメンを出し）お待たせしましたァ、すいません」
綾子「いいけど、うちなんかも二人一緒っていうと、結構限定されちゃうから」
実「お前行けばいいよ。俺はいいから」

綾子「そんなこと言わないの」
修一「荒れてるなあ」
綾子「ううん。本田さんだから、甘えてるのよ」
修一「いや、陽子さんのホスピスで、十七の子が、亡くなったでしょう」
綾子「そうなの」
修一「ホスピスだから、亡くなる人は多いだろうけど、女房の話だと、とても陽子さん、その子を大事にしてたそうでね」
綾子「そう――」
修一「それから、岩田さんのところ倒産したとかって――」
綾子「うん。それは聞いた。本人からじゃないけど――」
実「(ラーメンつくっている)」
修一「あんまりいいニュースないから、一晩みんなで集まって、元気になるのもいいんじゃないかって――」
綾子「そう」
実「憐れんでんでしょう」
綾子「なに言うの」
実「みんな落ちめで、自分は安泰だから、集めて、見下ろしたいんだろうけど――」
綾子「ほんとにまったく、なに言ってるのッ」
修一「見下ろすなんて、とんでもないよ。俺が一番カツカツで、俺が一番みんなと会いたいのかもしれないよ」

綾子「ううん、私も会いたいわ」
実「(もう一人の客に)お待たせしました。すいません(とラーメンを出す。その時だけにこにこする)」
修一「ほんと、友だちとかいうと、あと、いないからね。集まれると助かるなあ、ってフフ、ちょっと思ってね」
綾子「私も(実を見て)仲手川さんのところとか、電話してみるわ」
修一「ああ――」
実「(拭き掃除かなにかして、顔を上げない)」

●本郷あたりの情景(夕方)

●仲屋酒店・店

晴江「(大きなアイスクリーム店の紙袋を提げて)こんにちは(と入って来る)」
良雄の声「はい」
晴江「(店内を見回し)なんか暇そうねえ」
良雄「(台所の方から来て)あれ、もう来た」
晴江「そうなの。時間がちょっと計れなくて」
良雄「いいよ、手伝ってよ、上がって」
晴江「これ、私の担当(と紙袋をさし出す)」
良雄「アイスクリームだよね」

晴江「そう。ドライアイスもあるから、大きいけど」
良雄「それにしても多いんじゃないか」
晴江「ケチケチしたくないもの」
良雄「冷凍庫には、とても入んないな（と台所へ）」
晴江「いいでしょ、すぐ食べるんだから」

●台所

良雄「（メインは鍋物にするつもりで、前菜っぽいものを十人分の小鉢に盛りつけていて）すぐ食べないよ。アイスは最後の最後だろう」
晴江「（茶の間へ上がって来て）一人？」
良雄「ああ、配達。娘は、ソロバンの塾だよ」
晴江「十人だもんね（台所へ）」
良雄「ああ」
晴江「なによ、ここ置いとくだけ？（と自分のアイスクリームの紙袋のことを言う）」
良雄「ドライアイス入ってるんだろ」
晴江「三十分のだもの」
良雄「大丈夫だよ、いま、やりかけだから」
晴江「ほんと、早く着きすぎて、まいっちゃった」
良雄「六時って言ったろ」
晴江「（腕時計見て）まだ四時五十三分。どうしたらいいだろ」

良雄「白菜切ってよ。椎茸も、ネギも。メインは鍋だから」
晴江「(流しあたりに置いた野菜を見て) おうおう、いっぱい買い込んでるねえ」

●店

修一と夏恵が、デパートの袋を提げて入って来る。
二人、口々に「こんちは」と言う。

晴江「(台所から) あらあら、早いんじゃない、少し」
修一「言い出したのは、ぼくだからね」
夏恵「手伝おうかな、と思って――」
晴江「そうよねえ。気の利いたもんは、早く来るのよねえ (三人で笑う)」

●台所

良雄「(手が止まっている。考えの中にいる)」
修一の声「これ、エビに鯛に」
夏恵の声「ハマグリだの、なんだの」
晴江の声「ウワ、スゲエ」

●店内

陽子「(入って来る) こんにちは」
晴江「陽子」

陽子「早い、みんな」
夏恵「うん――（陽子への気づかいがある）」
修一「ああ――（陽子への気づかいがある）」
晴江「あの子、亡くなったんだって」
陽子「うん――」
晴江「（裸足で陽子の前へ行き）可哀そう（と陽子を抱きしめ）あの子も陽子も」
陽子「――うん」

●**茶の間**（時間経過）

全員が集まっている。良雄は台所に近く、健一と実は並び、その前に修一、綾子は実の横、健一と向き合って陽子、並んで晴江。良雄に近く幸子の席がある。

しかし、幸子と紀子は、まだ醤油さしを運んだり、レモンを切ったものを二つほどの小皿で案配して置いたりと動いている。

ビールを注ぎ合う八人。

実「（晴江に注いでいて）お姉さんも座ってよ」
幸子「はーい」
綾子「（良雄に注がれながら）紀子ちゃんもねえ」
紀子「うん――」
実「本田さん（とビールをさし出す）」
修一「ああ（とグラスを出す）」

実　「こないだは、すいませんでした」
修一「ううん」
綾子「ほんとよ」
実　「うるせえ、うるせえ」
健一「陽子、鬱だって？」
陽子「少しね」
晴江「私は、うんと鬱、希望なんかなんにもないんだもの」
実　「嬉しそうに言うなよなあ」
夏恵「私も鬱」
綾子「私も」
健一「どうなるんだ、この集会は」
良雄「お姉さん」
幸子「はい――（と来て座る）」
良雄「紀子も（と幸子にビールを注ぐ）」
紀子「うん（とジュースの入ったコップを持って来て良雄の側に座る）」
実　「ほんじゃまあ、御指名で、一席御挨拶を」
健一「言ってねえよ」
綾子「はしゃがないの」
実　「いいだろ、はしゃいだって」
陽子「いい」

晴江「いい」
実「ほらみろ。横にいて、すぐしらけるようなこと言うんだよ」
健一「泣くな、そこで」
良雄「スピーチ（と拍手）」
夏恵「（拍手）」
実「まったくよう。みんなで集まって鬱だ鬱だと女共はぬかして、男共も、はきはきしたこともなくて、みんな、四十の坂を越えまして、それでもそれぞれ毎日、することはしなきゃならない、金の心配もしなきゃならない、子供もほっとくわけにいかない、体もねえ、そろそろ気をつけなきゃならない、ほんとに、これが生きてるってことか、これで、あとは齢をとる一方か、と思うと」
健一「どうした？」
修一「もっと明るく、元気出して（と自分に言うように言う）」
実「ほんとよねえ。そう。あんまりそれぞれいい事はなくても、こういう友だちがいるっていうのは、いいよねえ。その一点で、俺はラッキー、幸せだと思ってます。乾杯」
健一「乾杯」
みんな口々に「乾杯」と言ってのむ。
健一「良雄」
良雄「うん——」
健一「元気ないな、なんか」
良雄「お前に言われたくないよ」

健一「俺は元気さ」
実「空《から》元気な」
健一「お前だろ、それは」
修一「俺も空元気（とグラスをあげる）」
晴江「そう言ってる間は大丈夫」
幸子「そう。今日はね、お酒はのみ放題ですからね。お店閉めたし、うーんと空元気出して下さい。フフ、紀子（と立って台所へ行こうとする）」
良雄「なによ、姉さん」
幸子「うん、やっぱりね、私と紀子は、台所の方がいいわ」
実「そんなこと言わないで下さいよ」
健一「ああ」
綾子「いて、みんなと」
紀子「（中腰で母を見ている）」
幸子「うん、ありがとう。でもね――」
良雄「ああ、まあ、紀子をつき合わせるのも可哀そうかもしれない」
紀子「うん――」
実「うんか、紀子ちゃん」
幸子「ごめんなさい」
良雄「いや、姉さん、あと、ちょっといてくれる？」
幸子「勿論、行くったって、そこだもの」

良雄「紀子も、ちょっと、いて」
紀子「うん――」
実　「なんかあるな（と良雄を指し）どうもなんかあると思ってたんだ」
健一「なんかって？（と良雄の方へ聞く）」
陽子「――（良雄を見る）」
良雄「あ、いや、みんなで集まろうかって話聞いて、だったらここでって言ったのは、みんなの前で話したいことがあったんだ（と幸子を見る）」
幸子「私に？」
良雄「もっと食べて貰ってから、と思ってたんだけど、そうすると、こっちも酔っぱらいそうだしな」
健一「いまでいいさ」
陽子「うん――」
良雄「この姉と、再婚したいと思ってる」
幸子「なに言い出すの。そんなこと――」
良雄「二人だとこうやって、はぐらかされてしまう」
幸子「弟よ、あなたは――」
良雄「何十遍も何百遍もそう思ったよ。いま時、兄貴の嫁さんとなんて、まるで他に女がいないみたいじゃないかって」
晴江「うん――」
良雄「でも、気持は変わらないんだ」

陽子「――」
幸子「急に、そんなこと言われたって――」
良雄「急じゃないだろ。そういう気持はずっとあったよ。感じてないはずないだろ」
幸子「――」
紀子「――」
良雄「勿論断ってくれていい」
幸子「――」
良雄「ただ、俺の気持を、はっきり言いたかった。みんなの前で、本気だってことを言いたかった」
幸子「――」
良雄「俺、すごくおかしいかな。おかしかったら、笑ってくれ。よせよせと言ってくれ。自分じゃ、何百遍もそう言ったけど、気持は変わらないんだ」
夏恵「――」
修一「――」
良雄「昔、兄貴が、ここで、みんなの前で、姉さんを大事だと言ったように、俺も、ここで、みんなの前で、姉さんを大事だと言うことにしたんだ」
綾子「――」
良雄「お母ちゃんにも――」

●階段

　愛子が、腰をおろしている。諦めたようなおだやかな目。

良雄の声「兄貴の時は反対したけど、今は、むしろ喜んでくれるんじゃないかと思う」

●茶の間

良雄「のぼせて言ってるんじゃないんだ。いや、のぼせて言ってるのかもしれないけど」

幸子「――」

良雄「バツイチだしね、結婚がどういうものか、承知しているつもりだよ」

健一「――」

実　「――」

良雄「紀子は分ってくれている」

紀子「――」

幸子「そうなの？」

紀子「(うなずく)」

幸子「そんな話したの？」

紀子「(うなずく)」

幸子「そうなの」

良雄「いま返事してくれなんて言わない」

幸子「――」

良雄「ただ、みんなの前で、バカみたいでも風変わりでも古くさくても、俺の気持は変わらないって、宣言したかった」
実「宣言かよ」
幸子「(急に台所へ行ってしまう)」
紀子「――」
健一「分った。もういいだろう。これ以上、お姉さん、追いつめちゃいけない」
修一「うん――」
良雄「そうだな」
幸子「――(急に戻って来る)」
良雄「――(幸子を見る)」
幸子「ううん、ううん(と良雄を見て、みんなを見て)ごめんなさい(と良雄の胸に身を寄せる)」
良雄「(抱く)」

●階段

愛子「――」

●茶の間

紀子「(涙を拭く)」
修一「よかった」

健一「ああ、よかった」
陽子「(うなずく)」
実　「元気出て来た」
綾子「うん」
夏恵「うん――」
晴江「うん――」

●パートIの十回目の映像で

幸子「――(泣いている)」
陽子「――」
晴江「――」
健一「――」
実　「――」
綾子「――」
耕一「悪かった。フフ、しらけたね」
健一「いいえ」
陽子「いいえ」
夏恵「そういう、そういう恋愛したい」
晴江「私も」
綾子「私も」

実　「なんか、俺、感動したっていうか」

●茶の間

良雄と幸子と紀子が並んで、鍋を前にしている。機嫌のいい日常というなごやかさ。そして、他の七人も、ごく普通の宴会のビールのやりとりや、鍋の案配や、雑談冗談の時間をすごしている。

●階段

愛子、座ったまま、静かに消えて行く。

●ハローワーク・表（昼）

●その所内

健一、人々の中で、リストを見ている。

●陽子のホスピス・ある病室

陽子「（ベッドの老女の脇の椅子へかけながら、精一杯明るく）お早うございます」

●晴江の料理店・一画

晴江「（制服の和服で、千代の手から逃げようとしながら）つねると、つねると、殺しますよ

（とカンフーの構えを必死でする）」
千代「（びっくりする）」

●本田家・居間

パジャマ姿で、自室へ入ろうとする修一。
それを追いかけて、腕をつかんでひきとめる夏恵。
夏恵「休まないで。休んだら、また、あなたもう会社へ行かなくなるッ」
修一「（腕をふりほどこうとする）」

●花里ラーメン店・店内

綾子「（カウンターの中で）いらっしゃいませ」
実「いらっしゃいま（としらける）」
知子「（入って来て）こんちは」
周吉「（続けて入って来て）こんちは」

●仲屋酒店・店内

商品に古いシーツのようなものを掛け、店の正面の高いあたりを雑巾で拭いている良雄、その雑巾を「はい、これ」と脚立の上から、下にいる幸子にほうる。

幸子、受けとって、「はい、これ」と新しい雑巾をほうる。良雄、受けとる。

幸子、バケツで雑巾をゆすぐ。

良雄、また雑巾で拭きにかかる。

●東京の町の空撮で

タイトルバックの西新宿が近づいて——

後篇・終

男たちの旅路

〈オートバイ〉

登場人物

吉岡晋太郎　鶴田浩二
杉本陽平　水谷豊
鮫島壮十郎　柴俊夫
尾島清次　清水健太郎
尾島信子　岸本加世子
小田社長　池部良
田中先任長　金井大
河原周平
星島
刑事
若い刑事
小沢相子
阿川季子
白人の老人
床屋の旦那
床屋の主人
床屋の女主人
電話の女の声

修理工場の青年
団地の理事A
〃　B
〃　C
〃　D
オートバイの青年A
〃　B
〃　C
〃　D
〃　E
〃　F
〃　G
他、パトカーの警官、団地の人々

『男たちの旅路』第一部〜第四部、スペシャルのあらすじ（頭木弘樹）

●第一部　一九七六年二月〜三月放送・全三話

第一話　**非常階段**　（二月二八日放送）

警備会社の吉岡晋太郎司令補（50）と、入社したばかりの柴田竜夫（森田健作）と杉本陽平は、ビルから飛び降り自殺しようとした若い女性、島津悦子（桃井かおり）を助ける。助けた後で、吉岡は悦子をはり倒す。理由を聞かれて、特攻隊の生き残りである吉岡は、若い竜夫と陽平にこう言う。「俺は――若い奴が嫌いだ。自分でもどうしようない。嫌いなんだ」

第二話　**路面電車**　（三月六日放送）

悦子も警備員になりたいと言い出し、研修を受けて、スーパーに配属される。悦子ははりきって、万引きをした主婦（結城美栄子）を追いかけて捕まえるが、主婦のむなしい気持ちを聞いて逃がしてしまう。しかし吉岡はその主婦を警察に突き出す。悦子、竜夫、陽平はそれに反撥して警備員を辞める。

第三話　**猟銃**　（三月一三日放送）

竜夫の母（久我美子）と吉岡は若い頃、愛し合っていた。恋敵でもあった友人が特攻隊で死んだため、吉岡は自分だけ幸せにはなれず、別れたのだ。綺麗事と言われ、吉岡は「甘い綺麗事でも一生をかけて、押し通せば、甘くなくなるんだ」。

宝石強盗事件に竜夫、陽平、悦子はまきこまれ、吉岡と共に解決する。陽平と悦子は警備員に戻る。竜夫は去る。

●第二部　一九七七年二月放送・全三話

第一話　**廃車置場**　（二月五日放送）

新しく入社した鮫島壮十郎が「仕事を選びたい」と言い出す。吉岡はそれを受け入れる。しかし、壮十郎が警備していた会社の外で、女性が襲われる。「警備範囲外ですから、やむを得なかった」と言う壮十郎を吉岡は殴り倒す。「仕事をはみ出さない人間は、俺は嫌いだ」「仕事から、はみ出せない人間にイキイキした仕事などできん」

壮十郎と陽平は仕事ではなく張り込みを続けて、犯人を捕まえる。

第二話　**冬の樹**　（二月一二日放送）

テレビ局の音楽番組の公開収録で、人気バンド（ゴダイゴ）に殺到する女の子たちのひとり（竹井みどり）がケガをする。警備していた悦子も骨にヒビが入る。ケガをした女の子の家に、吉岡が謝罪に行く。しかし、一方的に警備会社を責める親に、吉岡は「責任は両方にある」「娘さんを叱りなさい」と言ってしまう。娘は、吉岡を訪ねてくる。「迷惑はかけないで」「自分の責任よ」と言う親に不満を持っている。

第三話　**釧路まで**　（二月一九日放送）

北海道に輸送するカンボジアの石像の爆破予告があり、吉岡たちが船に乗り込み警備をする。犯人の若者（長塚京三）と、戦争中の若者が対比される。「主義や思想のためです」「そういう人間は怖いですよ。自分の生命など考えません」「敵だと思っている人間の生命も考えません」と、同年配の船長（田崎潤）と吉岡は話し合う。戦争中の自分たちと今回の犯人を重ね合わせて「冷静な平和主義者から見れば、あの頃の私たちも頭へ血がのぼったバカヤロウに見えたのかもしれない」と言う船長に、吉岡は「あんな若僧とはちがいます」と否定する。しかし船長は「そうかな？」とつぶやく。

●第三部　一九七七年一一月〜一二月放送・全三話

第一話　**シルバー・シート**　（一一月一二日放送）

空港の警備をしていた陽平と悦子は、話しかけてくる老人の本木（志村喬）を無視してしまうが、そのあとで本木は亡くなってしまう。二人は自責の念から本木の入っていた老人ホームを訪ね、他の老人たちとも知り合う。その老人たちが、都電の車両を老人たちがハイジャックしてしまう。しかし、要求を言わない。吉岡が話を聞くために中に入る。老人の一人（藤原釜足）が語る。「世話になってる人間がこんなことをしちゃあいけねえよ。税金つかって世話になってる人間は温和しくしてりゃあいいよ。そんなことはわかってんだ。それでもな、それでも、ワーッと、ワーッと無茶やりたくなる年寄りの気持を、お前は、あんたは、わからねえんだ。わからねえんだ。お前には――」

抵抗する老人たちを昭和の名優（笠智衆、殿山泰司、加藤嘉、藤原釜足）が演じて話題となった。

第二話　**墓場の島**　（一一月二六日放送）

人気絶頂にある歌手の戸部竜作（根津甚八）は、自分を見いだしてくれたマネージャー（高松英郎）によって作り上げられたイメージに反撥して、「スパッとやめちまう」計画を立てている。舞台の上で引退宣言するつもりなのだ。陽平は「大変な勇気だ」と感動する。しかし、マネージャーから「一生後悔することにならんか」と言われ竜作は揺らぐ。竜作は舞台で引退宣言をすることはできなかった。陽平は泣く。

第三話　**別離**　（一二月三日放送）

悦子が重い病気になる。吉岡の部屋に来て、帰りたくないと言う。なかなか受け入れない吉岡だったが、悦子の看病をするようになる。悦子を好きな陽平は吉岡とぶつかる。悦子が死ぬ間際、吉岡は「一緒になろう」と言う。「やっと言った」と泣く悦子。吉岡は会社を辞め、姿を消す。

●第四部　一九七九年一一月放送・全三話

第一話　**流氷**　（一一月一〇日放送）

吉岡が北海道の根室にいるとわかり、陽平が探しに行く。地元の若者、尾島清次も手伝ってくれる。吉岡は居酒屋の皿洗いをしていた。一緒に東京へ帰ってくれという陽平に、吉岡は承知しないが、「特攻隊で死んだ友達を忘れねえとかなんとか、散々格好いい事を言って、それだけで消えちまっていいんですか？」「どうせ昔のことしゃべるなら、こんな風にいつの間にか人間てのは、戦争する気になって行くんだってえところあたりをしゃべって貰いたいね」「まだ俺は責任があると思うね」と熱く語る陽平に、吉岡もついにほだされる。清次と妹の信子もついてくる。

第二話　**影の領域**　（一一月一七日放送）　**＊本書収録の〈オートバイ〉は当初この回のために書かれたもの**

東京へ戻ってきた吉岡。陽平は「これ以上のつきあいは、ベタベタしそうだから」と姿を消す。清次と信子は警備員になる。清次は上司の磯田順一（梅宮辰夫）の不正にまきこまれる。吉岡は「汚いことは汚いことだ。悪事は悪事だ。それを曖昧にして、結局うまく立ち回った奴が勝ちというような事が多すぎる」と、会社のために不正をしたと主張する磯田と対決する。

第三話　**車輪の一歩**　（一一月二四日放送）

障害者問題をテーマとし、シリーズ中でもとくに名高い作品。ショッピングビルの入口のわきに、藤田（京本政樹）ほか車椅子の青年たち（斉藤洋介、古尾谷雅人ほか）が六人集まって、ずっと動かない。出入りの邪魔になっているので、警備をしていた清次と信子は「いくら車椅子の人だって、人に迷惑をかけていいってことはないんじゃないですか？」と注意する。結局、清次と信子が六人の車椅子を押して外に出すことに。それがきっかけで知り合い、車椅子の生活がいかに大変なものかを知っていく。吉岡は車椅子の若者たちに語りかける――「人に迷惑をかけない」というルールが「君たちを縛っている」と。「むしろ堂堂と、胸をはって、迷惑をかける決心をすべきだ」藤田の文通相手で母親（赤木春恵）とひきこもっている車椅子の少女前原良子（斉藤とも子）も勇気を出して一歩踏み出していく。

●スペシャル　**戦場は遙かになりて**　一九八二年二月一三日放送

小笠原諸島出身の若い警備員、森本直人（本間優二）は、上司の吉岡に対して反抗的な態度をとる。自分の父親も戦中派だからだ。警備中、危険なときには逃げろと指導している吉岡が、犯人たちと勇ましく戦ってしまう。直人は「内心は得意でたまんないんでしょ」「そうだと思ってたんだ。あんた、勇ましがり屋なんだよ！」と吉岡に言う。そして、直人は、自分も警備中に戦おうとして、死んでしまう。直人には妊娠中の恋人（真行寺君枝）がいた。その恋人とともに、吉岡は小笠原に行って、直人の父（ハナ肇）に会う。そして、吉岡は語る。「戦争を経験したものが年を取ってきて、その思い出を美しく語ろうとしている。そんなことでは、風向きが戦争に向き始めたとき、私たちは何の歯止めにもならない。現に、現に私は勇ましがって、息子さんをあおって、そして死なしてしまった」

清次は車椅子の女性（中原理恵）を好きになり、ついに決心して、結婚を申し込む。

●東京タワーが近い情景（昼）

●或るアパートの一室

前シーンの情景は、その窓から見たものだということが分る。見ているのは吉岡と陽平。部屋は空室で何もない。コンクリートの洋風の一DK。隅にベッドだけある。

陽平「どうスか？　東京タワー目の前でしょう？」
吉岡「うむ（と外を見たまま）」
陽平「六本木、すぐそこ。赤坂、麻布だって、ちょいと歩けば出ちまって（声をひそめ）二万円ですよ」
白人の声「（ドアの方で）どうですか？」
陽平「（ドアの方を見て）あ、もうちょっとネ、フフ」
白人「（気のいい白髪の老人）ゆっくりゆっくり（と微笑し）私は一階にいるよ」

陽平「オーケー。アトデ、私、行キマス。フフフ（と微笑してみせ、白人の去ったのを見て吉岡に）こんなのもう絶対にありませんよ。俺は、あいつが、防衛庁の横で腹痛くしてしゃがんでるのを助けてやったんですよ。オーケー、あんたなら、二万円で貸すって。ほんとなら、六七万とりますよ、この部屋」
吉岡「その通りだろうが――」
陽平「なにが気に入らないんですか？　はっきりして下さいよ。この部屋が二万円で借りられるんですよ」
吉岡「人間はな――」
陽平「なんですか？　人間は、そういう事すぐよくいうねえ（とベッドあたりへドスンと腰掛ける）」
吉岡「出来るなら、自分に合った土地を選びたいじゃないか」
陽平「此処は、どうして合わないんですか？」
吉岡「はれがましいよ」
陽平「なにいってんですか。たかが六本木じゃないですか」
吉岡「すまんがな」
陽平「何処なら気に入るんですか？　都電の走ってるあっちですか？」
吉岡「いや、あのあたりは（思い出が多すぎる、という気持）」
陽平「（かぶせるように）大体、根室で住んでたアパートはなんですか？　あのボロアパートの方が、此処よりマシだっていうんですか？」
吉岡「あれでも、私なりに、選んで住んだのだ」

陽平「へえ。あれを選んだとは思わなかったねえ（と向っ腹をたてている）」
吉岡「自由に選べる金はないが、ただ安いから便利だからで、住まいを決めたくないんだ」
陽平「そんならねえ、はじめっから心配なんかしませんよ。探して下さいよ。自分で勝手にさがしたら、いいじゃないですか！」

●隅田川

船が下って行くのを見せる間あって、音楽湧き上り。
メイン・タイトル

●川向うの街

不動産屋と吉岡と「勝手にさがせ」といった筈の陽平が、路地を歩いて行く。
路傍の鉢植などを見せる。
クレジット・タイトル

●木造アパート

この一室を案内されて見る吉岡と陽平。
クレジット・タイトル、続く。

●アパート一室

吉岡と陽平が掃除をしている。いや、もう二人いる。清次と信子である。

クレジット・タイトル、ここまでで終って——。

●**隅田川**（夜景）

●**吉岡のアパート・部屋**

寿司の大桶二つほどを前にして、ビールを注ぎ合っている乾杯前の雰囲気。小田社長、田中、壮十郎、陽平、清次、信子に吉岡である。

小田「まあいいじゃないか」
田中「はあ（と先に注がれる）」
壮十郎「（陽平に注ぎ、注がれるという順）」
小田「（田中に注がれながら）さて、いいかな？」
陽平「えーとォ（と素早く見回す）」
壮十郎「あ、彼女（と信子にビールを持って注ごうとする）」
清次「あ、こいつ（信子）は、まだ未成年だから」
陽平「いいじゃねえか、ビールぐらい」
信子「じゃ、一杯だけ（とコップを持つ）」
清次「駄目だったら駄目だ（と低く信子へ）」
陽平「お前（清次）もまあ。妹にはほんとに威張るんですよ、こいつ（と小田の方へいう）」
小田「まあ無理にのむことはない（と微笑）」
信子「水汲んで来ます（とコップを持って流しへ明るく立って行く）」

小田「今時いいじゃないか。そういうのが、ガードマンになってくれるのは嬉しいよ」
清次「(フフ、と一礼)」
信子「お待たせしましたァ(とコップを持って座る)」
陽平「じゃあ、行きましょう(とコップを持つ)」
田中「社長の御挨拶(と景気よくコップをちょっと上げながら、座り方を改める)」
小田「(コップを持ったまま正座して、テキパキした感じで、田中台詞から間を置かずに)えー、ここにいるみんなに改めていうことはない。私も、みんなと同じ気持だ。よく帰って来てくれた」
吉岡「(一礼)」
小田「心から喜んでいる。お帰り(とコップをあげる)」
壮十郎「お帰りなさい!」
田中「お帰りなさい!」
陽平「お帰りなさい!」
清次「お帰りなさい!(と陽平より一呼吸おくれていう)」
信子「兄ちゃん(と恥かしく小さくいう)」
清次「なんだよ?」
信子「兄ちゃんがお帰りなさいっていうことないでしょう」
清次「じゃ、なんていうんだよ」
陽平「ほら、お前、タイミングずれるだろ」
小田「(笑って)じゃ、乾杯だ!」

壮十郎「乾杯！」
一同、「乾杯！」と吉岡に向けていって、のむ。吉岡感慨の中にいる。
コップを置いて、拍手する一同。
吉岡、嬉しくて一礼。

●**同じ部屋**（時間経過）
空のビール瓶をマイクのつもりで田中が「昔の名前で出ています」かなにかを一所懸命唄っている。みんな、手拍子をとっている。とりにくい。「ヨイショ」などと陽平が間《あい》の手を入れたりする。

●**物干**（時間経過）
昔なつかしい二階のレベルにある物干場である。小田が、窓をあけて、
小田「ほう。こういう物干は、なつかしいねえ（と物干へ上がる）」
吉岡「はあ（と続いて上がり、窓を閉める）」
小田「すまんね、寒いのに」
吉岡「いえ」
小田「仕事の話だ」
吉岡「はい」
小田「復帰して、すぐ制服を着るのも辛いだろうと思った」
吉岡「いいえ。帰って来た以上、なんでもやらせて貰うつもりです」

小田「そういうだろうと思ったが、はじめは本社に来る必要のない仕事を選んだ」
吉岡「(目だけの一礼)」
小田「一人で、私服で、働ける仕事だ」
吉岡「(うなずく)」
小田「徐々に気持を慣らして、それから制服を着てくれればいい。無理をすることはない」
吉岡「ありがとうございます」
小田「千世帯ほどの分譲団地の警備なんだ」
吉岡「分譲団地というと——」
小田「買い取りアパートの団地だ」

●分譲アパート団地（昼）

小田の声「交番が遠いんだ。自治会があってね。それが毎月の費用から、一人だけ夜間警備を頼めないかといって来た」

●団地・事務所

星島「(四十代のサラリーマン風の男) 私が一応理事長なんですがね（とお茶を入れている)」
吉岡「(傍の椅子に掛けていて、うなずく)」
事務員　阿川季子（30)「(われ関せずという感じで事務をとっている)」
星島「なり手がなくてなった。という所がありますね（とお茶を出す)」
吉岡「(一礼)」

星島「(腰をかけながら) 勿論、専任じゃあない。コマーシャルをつくるという仕事をしてるんで、比較的時間の自由がきくということで引受けたんですが、決済の印を押すぐらいがせい一杯なんですよ」
吉岡「(うなずく)」
星島「この人 (季子) に、団地サービスの会社から来て貰ってるんで、事務的なことはいいんですが、夜が、ちょっとね」
吉岡「特別、物騒とか?」
星島「そういわれると困るんだが、例えば (と机の上の整理箱からクリップで止めたメモ用紙ほどの紙をとりながら) こういう依頼が、私あてに来るんですよ」
吉岡「はい」
星島「(一番上の紙を見せながら) 隣のステレオの音がうるさいから、理事長から注意して貰えないか、なんてね」
吉岡「はあ (と読んでいる)」
星島「うるさきゃ自分でいえばいいじゃないか、というのは、こういうアパートを買ったことのない人でね」
吉岡「(うなずく)」
星島「隣と喧嘩したくないんですよ。で、周りのどの家がいったかは分らないという形で、理事長が注意してくれないか、というんですがね」
吉岡「(うなずく)」
星島「そんな事まであなた、仕事を持ってる人間が出来ませんよ」

吉岡「(うなずく)」
星島「だからって警備会社に頼むのはピントはずれなんだが、他に何処へ頼んでいいか分らない」
吉岡「では、夜の勤務の必要はないということでしょうか？」
星島「いや、そこがまあ、虫がいいんだが、ついでにですね、ついでに、夜の警備もして貰いたい、という事なんですよ」
吉岡「(うなずく)」
星島「パトカーが回っては来るんですが、こんなのは短い時間でね」
吉岡「(うなずく)」
星島「夜、此処に灯りがついてるだけでも、いいじゃないか、とそういう事になりましてね」

●団地の道Ⓐ

吉岡「(ひとり、地図を片手に地形を頭に入れるように立つ)」
星島の声「(前シーンと直結で) 御苦労さんですが、お願いしますよ。ハハハハハ」
吉岡「(歩き出す)」

●団地の道Ⓑ

吉岡「(歩いて行く。地形を頭に入れながら)」

●団地の道Ⓑ

吉岡、歩いて行く。

季子の声「なにもないのに、わざわざガードマン、やとうわけないじゃないの」

●団地・事務所（夕方）

吉岡「（季子を見て）しかし、理事長は」

季子「（帰り仕度をしながら、どこか投げやりなモノトーンで）自治会がよ、毎月の会費ふやして人を一人やとうっていうのは大変なことよ」

吉岡「なにがあるんです？」

季子「私は夕方帰っちゃうから知らないけど」

吉岡「（かぶせて）知らない事はないでしょう」

季子「（立上り）夜までいれば分るわよ。理事長がかくしてるのに私がいうわけにいかないわ（とドアの方へ）」

吉岡「何故理事長はかくしてるんです？」

季子「断られたくないのよ。もてあまして誰かにおっつけたいのよ」

吉岡「なにをもて余してるんです？」

季子「だから、夜までいれば分るっていったでしょう（と出て行ってしまう）」

●同じ事務所（夜）

壮十郎「で、理事長に聞いたんですか？」
吉岡「いや」
陽平「どうして？」
吉岡「もう夜だ。じきに分ることなら、聞くこともない」
陽平「しかし、かくしてるっていうのは、おかしいじゃないですか。ガードマンに警備を依頼するなら、洗いざらいいわなきゃいけませんよ。『なんでもない、なんにもない』なんていってって、いざ行くとピストルの弾がピュンピュンとんで来るなんていうんじゃ、警備なんか出来る訳ないじゃないですか」
吉岡「団地にピストルの弾はとんで来んだろう」
壮十郎「もて余してるといいましたね？」
陽平「酔っぱらいかなんかが、毎晩ギャアギャア騒いでよ。注意すると、なんだこの野郎なんていわれるんで、ガードマンに押しつけようっていうんじゃあ（と自分でもあまり自信がなくなり、語尾は力弱くなる）」
壮十郎「（すぐ受けて）ないだろうな」
陽平「じゃあ、なんだよ？」
壮十郎「大抵のことなら、警察に頼むだろう。警察にパトロールを強化してくれとか」
陽平「そんなもん頼んだって、しょっ中いるわけにはいかないんだから、自分らで人をやとって守ろうってわけよ」
壮十郎「事前にいうと断られるっていうのは、余程のことじゃないでしょうか？（と吉岡にいう）」

陽平「ヤクザかなんかが、この辺ウロウロするっていうんじゃないかよ？」
壮十郎「うん？」
陽平「それなら素人は、ちょっと注意しにくいだろ？　警察にいうと、仕返しが怖いとかよ」
壮十郎「理事長に逢った方がいいんじゃありませんか？」
陽平「そりゃ逢った方がいいよ。逢って、断って帰ろうよ。バカにしてるじゃないの。司令補、冗談じゃないスよ」
吉岡「一応引き受けたんだ」
陽平「だまして引き受けさせたんじゃないですか」
吉岡「いいから帰れ。ピストルの弾がとんで来るような事なら、外へ出ないまでだ」
壮十郎「此処にいます」
陽平「俺もいますよ」
吉岡「私がひとりでどうにもならん事なら、君たちがいてもどうにもならん」
陽平「よくいいますねえ、そういう事を」
壮十郎「(吉岡の強がりが可笑しくなり苦笑してしまう)」
吉岡「(苦笑)」
陽平「(ゆっくりかぶりを振りながら、苦笑してしまう)」

●団地・事務所・表

五十女が、勤め帰りの感じで、ドアをノックする。
小沢相子。

●事務室

吉岡「(ひとりになっていて、本から目をあげ)はい(と立つ)」
相子「(あけ)あ(二枚目の吉岡が意外で)あら(と微笑)あんたが、警備会社の人?」
吉岡「そうですが」
相子「私んとこ、一番はずれなのよ。一緒に家の前まで行ってくれないかしら?」
吉岡「なにかありましたか?」
相子「痴漢よ。三の八の向うの角を曲るところが一番怖いのよ」
吉岡「よく出るんですか?」
相子「そりゃもう去年の夏、大変だったのよう」
吉岡「今は、どうなんです?」
相子「いいじゃないの。私だって、あんたをやとうお金、出してるのよ。警備してっていったら警備したらいいじゃないの」

●相子のドアの前

相子「(階段上って来て振りかえり)ありがと。明日またお願いするわ(とドアへ鍵をさす)」
吉岡「(相子をやや見上げる階段の位置にいて)お断りしておきますが」
相子「なにかしら?」
吉岡「この団地にはおよそ千世帯が住んでいます」
相子「だから?」

吉岡「いちいちお宅の前まで送ることは出来ません」
相子「そうそう頼む人はいないわよ（とドアをあける）」
吉岡「ちょっと待って下さい（と上る）」
相子「なによ？（おびえ）女ひとりなのよ」
吉岡「団地のみなさんが困っている事がありますね？」
相子「え？」
吉岡「私をやとった理由を、お聞かせいただけませんか？」
相子「聞いてないの？」
吉岡「聞いていません」
相子「フフ、そりゃ、どういうつもりかしら？　理事の人のする事なんて、私なんか分らないけど」
吉岡「どんな事です？」
相子「（耳をすまして一方を見る）」
吉岡「なにがあるんです？」
相子「あれよ」
吉岡「え？（と相子の見ている方向を見るが、無論なにも見えない）」
相子「聞えるでしょ。あれが、毎晩やってくるのよ（オートバイの音、高くなり）」

●団地の周りの公道

オートバイの青年達が、十人ほど轟音をたててふっとばしている。団地の中ではなく周りである。

●団地・事務所

電話のベルが鳴っている。吉岡、小走りに入って来て、受話器をとる。

吉岡「もしもし」

女の声「(電話の声だが、ボリュームは吉岡の声とかわらず)警備員の人?」

吉岡「そうですが」

女の声「聞こえるわね? あの音を、とめて貰いたいのよ。毎晩毎晩、あの音でたまらない思いをしてるのよ。とめて貰いたいのよ」

その声を押し消すようにオートバイの轟音、高くなって。(このシーンの音処理は非現実でかまわない)

●団地の周りの公道

轟音をたてて走るオートバイの青年達。

●団地の中の道

吉岡が公道へ行くために走る。

●いくつかの窓

フラッシュのように、細目にあけた窓から、吉岡を見下ろして見送るいくつかの顔と目。

●団地の周りの公道

吉岡「(団地から道の脇へとび出して来て、轟音の方を見る)」

●走るヘッドライトの群

●団地の周りの公道

吉岡「(道へとび出して、懐中電灯をつけ、止まれ、というように横に振る)」
　オートバイたち、急に現われた吉岡におどろき、急ブレーキをかけて、それぞれ停る。

吉岡「エンジンを切れ、エンジンを切れ！(と叫ぶ)」
　静かになる、オートバイ。青年達は寒さを防ぐ防備で異様な姿。顔や目の色など、もとより分らない。

吉岡「リーダーは誰だ？　リーダーと話したい！」
　答えない青年達。

吉岡「リーダーは誰だ？(中央にいた青年に)君か？」

青年「(河原周平［21］、吉岡を見る。しかし深い色の眼鏡ごしなので無表情)」

吉岡「なぜ返事をしない？　返事をしないか！(と周りの青年たちにもいう)」

周平「(口のあたりをおおっていたタオルをゆっくりはずす)」

吉岡「私は、この団地の警備員だ。夜になって、大きな音をたてて走れば、住んでる人間が迷惑するぐらいのことは分るだろう！」

周平「ここは（といい出した声は、意外なほど幼なく、ドスは一向にきいていない）団地の外だからね」
吉岡「団地の外でも団地の傍にはちがいないだろう！　こんな所でオートバイを走らせれば、みんなが困ることぐらい分らないのか！」
周平「じゃあ、何処で走ったら、いいのよ？」
吉岡「何処でもあるだろう！」
周平「何処にあるのよ？　走っていいとこが、何処にあるのよッ！」
吉岡「山でも何処でも行ったらいいだろう！」
周平「人の住んでねえ山なんて何処にあるよ！」
吉岡「とにかく、この道がいかんことは分るだろう！　帰れ！　住宅の周りを走るなんて非常識もはなはだしい！」
周平「――」
吉岡「帰れ！　帰らんか！」
　青年達、動かず不気味に吉岡を見ている。
吉岡「何をしている？　さっさとエンジンをかけて帰るんだ！（動かない青年達に）お前達は、この団地の人に、何度も注意された筈だ。それを無視して、走っていた。そうだな？　そうだろうが」
周平「――」
吉岡「大方警察が来ると、風をくらって逃げたんだろう。汚ない奴らだ。相手を見て、こずるく態度を変えるような奴は大嫌いだ。二度と来るな。私が許さん」

周平「(一歩前へ)」

吉岡「(ひるまず) なんだ?」

　他の青年達も、オートバイからおりたり、一歩前へ出たりする。

吉岡「私をやっつけようというわけか? そうはいかんぞ。お前らの十人やそこら、私ひとりで(いいかける吉岡に)」

周平「(とびかかって行く)」

吉岡「(パッとよけて、たたきつける)」

周平「(見事にころがって、痛がる)」

吉岡「(素早く体勢をととのえ) どうした? 怖くなったか?」

　青年A「ウォーッ」ととびかかって行く。

　それをはり倒すスキにBがとびかかりCもとびかかり、吉岡、ひき倒され蹴り上げられる。DもEも加わって吉岡を蹴とばそうとする。その時、その一画がやぶられ、BとCがひき倒される。陽平と壮十郎である。沈黙の中で、青年達、主として壮十郎の活躍で、忽ち殴り倒される。倒れるオートバイ。

●団地・事務室

　星島をはじめとして、男女合せて六人ほどの理事が、吉岡、壮十郎、陽平をかこむようにして腰をおろし、女性三人ほどが、お茶菓子と紅茶を各人へくばっている。吉岡は、脇腹をおさえてはいるが、痛い顔はせず椅子にかけ、目を伏せている。

星島「(シーンの頭から、嬉しく) ここまでやって下さるとは思いませんでした。こんなことなら、はじめからお話をしておけばよかった」

大きくうなずいたり「ねえ」という女性がいたりする。

星島「実は、ふた月ほど前から、あのオートバイがこの辺を回り出したんです。はじめは警察にいいましたが、実に情報が早くてパトカーが来ると、忽ちいなくなっている。しかし、殆んど毎日必ずこのあたりを十周や十五周するんです。やかましくて、まいりましてねえ。警察に頼むかたわら、私なんかも抗議しようと、そこの道まで出たんですが、いざとなるとおはずかしいが怖くて、どうしても声が出ない。第一、あんまり強硬手段に出て、仕返しでもされたら、これも大変です。自治会で何度か集まりまして、これはもうプロの警備会社へお願いした方がいいんじゃないかということに――」

陽平「なら、はじめから何故そういわなかったんです？」

吉岡「（たしなめるように陽平を見る）」

星島「暴走族を追い払ってくれなどといって、引受けて貰えましたか？」

陽平「引受けましたね」

星島「しかし人数がいるでしょう？　沢山の人をお願いする予算がなかったんです」

陽平「だから欺して一人でつれて来て、一人でぶつからせようとした訳ですか？」

星島「意気地のない話ですが、こっちが迷惑しているという事を一度も向うへ伝えてないのです。せめて、それだけでも伝えて貰えればいい、と思ったのです」

陽平「伝えて殴られて入院しても、ここの人間じゃあないからいいだろう、ということですか？」

吉岡「よさないか」

陽平「俺たちが気になってそこのスナックにいたからよかったんだ。いなけりゃ司令補は袋叩きで重傷だったかもしれないんだ!」
星島「――」
吉岡「もういい。問題は、今夜のことがどんな結果を生むかでしょう(星島を見る)」
星島「いや大丈夫なんじゃないかな。この頃の若いのは、喧嘩慣れしてないから、あれだけ痛めつけられりゃあ、懲りるんじゃないかなあ(わざと希望を持つ)」
吉岡「本当にそう思いますか?」
星島「いや。心配は、そりゃあ。心配じゃないことはないですが――」
吉岡「私を、どうします?」
星島「はあ?」
吉岡「まだやといますか?」
星島「勿論ですよ。(心からいう)」
陽平「とんでもないよ。(吉岡へ)とんでもないスよ。一人でこんな所にいて仕返しに来たらどうするんですか?」
星島「しかし、ここでやめて貰っては」
陽平「なんですか?」
星島「復讐に来た時――」
陽平「復讐には来ないってあんたいったじゃないですか」
星島「心配はしてますよ」
陽平「仕返しされてからやめろというんですか?」
吉岡「此処まで首をつっこんだ以上、様子を見るのは当り前だ」

陽平「じゃあ、三人やとって貰おうじゃないですか。俺と壮十郎もやとって貰おうじゃないですか」
吉岡「大丈夫だ。今度は、相手の力も分っている」
陽平「司令補はもう四年前とはちがうんですよ。若かないんですよ」
壮十郎「条件がありますよ（と星島の方へいう）」
星島「条件？」
陽平「なんの条件？」
壮十郎「三人やとえというのは、無理でしょう」
陽平「どうして無理だよ？　一人ずつの出す金は知れたもんだろうが。千世帯あるんだぞ」
壮十郎「こっちからいい出すことじゃないよ」
陽平「守られたきゃ、それだけの金を出すのが当然じゃないかね？」
壮十郎「（無視して星島に）もし復讐に来たら、司令補だけにまかせないで下さい。みなさんも、出て行って、一緒になってたたかって下さい」
星島「そりゃあ、目の前で、そういうことがあれば——」
壮十郎「それを約束して貰えなければ、一人で置いて行くわけには行きません」
吉岡「いい加減にしないか。私はまだ、お前らに、そんな心配されるほど老いぼれてはおらん！」

●警備会社・研修所の一室（昼）

清次「（研修用の制服でドアをあけ中へ）今日は」
陽平「（制服で）よう。気になってな。今日から俺、指導員だ」

清次「なかなか、わるくないねえ（と入って来る）」
陽平「そりゃそうだよ。俺なんかお前（と自慢話をしようとしてドアの方を見て）あれェ」
信子「（同じく研修用の制服で）今日は（と微笑する）」
陽平「どういう事よ？　美容院つとめるっていってたじゃないの」
信子「私は、そうしたかったんだけど、兄ちゃんがね」
陽平「兄ちゃん、なにいった？」
信子「目をはなすと勝手をするから同じ職場にいろって」
陽平「おうおう、この兄ちゃんはやっかましい兄ちゃんだねえ（と、清次をのぞき込む）」
清次「（苦笑）」
陽平「まあ、いいじゃないの。ガードマンもそう悪い仕事じゃないよ。頑張ってよ、可愛いがってやるから。ヒヒヒヒ」
清次「（急にキッとなり）陽平さんよ」
陽平「なんだよ？」
清次「可愛いがってやるとはなんだよ？」
陽平「大事にしてやろうということじゃねえか。変な想像するんじゃないよ！」

●団地（夜）

人通りのない情景に、十台ほどのオートバイの音が、遠くから聞こえて来る。

●団地・事務室

吉岡「（机に向かって本を読んでいて顔をあげる）」
壮十郎「（ひとり来ていて顔をあげる）」
　オートバイの音やや大きくなる。
壮十郎「来ましたね」
吉岡「うむ」

●団地

　人通りのない団地内の道、オートバイの音、更に大きく。

●団地のいくつかの窓

　細目にあいていたのが、バタン、バタンと閉まる。オートバイの音高く。

●団地・事務所の表

吉岡「（素早く出て来て、音の方向を見る）」
壮十郎「（続く）」

●団地・中央広場

　一画から、ライトを連ねて、十台のオートバイが、轟音をたてて現われ、中央へ近づく。吉岡と壮十郎が、走って来て、彼等の前へ立ちはだかる。

　オートバイ、二人を避けて、遠巻きにするように動く。

吉岡「ここは団地内だ。エンジンを停めろ。エンジンを止めろ！」
壮十郎「(にらんでいる)」
　遠巻きにしたまま回っている。

●星島の家・電話のところ

　オートバイの音あって、
星島「(電話へ) そうです。約十台です。急いでお願いします。パトカー一台では手におえないかもしれません」

●中央広場

　周平の単車が、吉岡に向って来る。吉岡、パッとよけ、
吉岡「いい加減にしないか！」
壮十郎「エンジンを止めろ！」
周平「(吉岡に向ってつっこんだスピードのまま、中央広場を一回りし、二回りする)」
吉岡「――(見ている)」
壮十郎「――(見ている)」
周平「(三回りしながら、ひき返すぞ、という合図を他の単車に片手をあげるだけでして、来た方向へ走り去って行く)」
　他の単車も走り去る。パトカーの音が遠く聞えて来る。
吉岡「――(見送っている)」

壮十郎「――（見送っている）」

●団地・事務室

理事たちと吉岡と壮十郎。

星島「（壮十郎へ）私は事実をいってるんです」
壮十郎「非難がましいじゃありませんか？」
吉岡「やめないか」
星島「非難をするつもりはありませんよ。昨夜のことは、私たちがお願いしたことです。しかし、その結果、団地の外を走っていた奴らが、団地の中にまで入って来たというのは事実でしょう。それをどう考えるかということです」
壮十郎「どう考えるのです？」
星島「やり方を変えなければならないでしょう」
吉岡「どう変えます？」
星島「力で彼等を追い出そうとして失敗したんです。力をふるえば、向うは更に反発して、なにをするか分らない」
壮十郎「話し合えとでもいうんですか？　奴らとパーティでもひらけというんですか？」
星島「だから方法については、私も分りませんよ。ただ、力で押しつぶそうとすれば、向うは、更にエスカレートするばかりでしょう」
吉岡「失礼ですが、私は力が失敗したとは思わない」
星島「勿論あなたはよくやって下さいましたよ。それはそれとして（いいかけるのを）」

吉岡「わけの分からん奴らです。甘やかせばキリがない。団地でオートバイを走らせることが迷惑なことぐらい、誰にだって分る。それが奴らには分らない。そんな人間に話をして、なにが解決しますか？　力ですよ。私は、力しかないと思う。向うが反発して来たら更に力を加える。更に反発して来たら、更に大きな力で叩きつぶす。みなさんに、その覚悟があるかどうかです。徹底的に奴らとたたかって、自分の生活を自分で守る覚悟があるかどうかです。私と一緒にたたかう気がありますか？　ありますか？」

●研修所・グラウンド（昼）

体操をしている研修生。
田中が指導している。
研修生の中に、清次と信子がいる。

●研修所の一室

その体操を遠く見ながら陽平、制服で外を見ている。
壮十郎、私服で椅子にかけ、煙草に火をつけている。
陽平「それで、どうなったのよ？」
壮十郎「司令補は、毎晩団地の人が何人か事務所につめて、奴らが来たら、一緒に追い払おうじゃないか、といった」
陽平「（そんなこと実現しない、という苦笑）」
壮十郎「否決されたよ」

陽平「当り前じゃないの」
壮十郎「疲れて帰って来て、そんなことは出来ないといわれた」
陽平「怖《お》っかないしな。ハハハハ」
壮十郎「ガードマンを増やす、ということになった。俺とあんただ」
陽平「嫌だね」
壮十郎「司令補が希望して、社長の了解もとったんだ」
陽平「三人で、またぞろ十人とやり合おうっていうのか？　どうせ増やすなら、十人か二十人にして貰おうじゃないの。今度は、こないだみたいに、うまく行かないかもしれない。十人にいいように殴られるかもしれないじゃないの」
壮十郎「俺と司令補とあんた、そんな事はない」
陽平「生憎だけど、俺にはそんな力はない」
壮十郎「大丈夫だ。奴らは、喧嘩に慣れていない。三人いれば、充分だ」
陽平「（パッと振りかえり）呆れたね」
壮十郎「なにが？」
陽平「年はとりたくないよ（と背を向ける）」
壮十郎「なにをいっている？」
陽平「（グランドを見ながら）あんたも力には力だと思ってるのか？」
壮十郎「他に、どんな方法がある？」
陽平「奴らは、なんで団地の周りを走るんだ？　他にいくらでも道はあるのに、何故団地の周りを走るんだ？」

壮十郎「迷惑かけるのが面白いんだろう」
陽平「その程度にしかあんたはもう想像力がないのか？」
壮十郎「お前は、なにが分ってる？」
陽平「あんたと司令補の回りをぐるぐるぐる何度も回ったといったな」
壮十郎「ああ」
陽平「なにか、いいたいんじゃないかって気はしなかったかい？」
壮十郎「しなかったな。ただ、俺たちをおどかしただけだ。お前も甘いことを考えるじゃないか。奴らが、俺たちに、なにをいいたいんだ？　研修は緒方さんと交替だ。六時までに団地の事務所へ来るんだ。昼寝しとくんだな（と出て行く）」
陽平「――（グランドを見ている）」

●グランド

清次「（体操をしている）」
信子「（体操をしている）」

●団地・事務所・前（夜）

横巾二メートルの持ち運び出来る簡単なバリケードを、丸太を縄で縛って釘を打ってつくっている吉岡と壮十郎。チャチな感じは少しもなく、追っ払うことをリアルに考えている印象が欲しい。
壮十郎「（間あって）陽平、来ませんね（と腕時計をチラと見る）」

吉岡「あいつが、これをひきずり回すといいんだが」
壮十郎「まあ、陽平来なくても、これがあれば広場へ入る前に遮断出来ますから（陽平をかばうように）」
吉岡「うむ」
壮十郎「二人でもなんとか追い払うことは出来ると思います」
吉岡「ああ、二人で出来るさ。あいつは元々雑用のつもりだ」
壮十郎「（うなずき、目を伏せる）」
吉岡「来なきゃ来ないでいいさ」
壮十郎「ただ――」
吉岡「うむ？」
壮十郎「本当にいいんでしょうか？」
吉岡「うむ？」
壮十郎「力ずくで追い払うだけでいいんでしょうか？」
吉岡「どうしろというんだ？」
壮十郎「奴らの気持を聞くというような、そういう姿勢を見せなくていいでしょうか？」
吉岡「いいか」
壮十郎「はい」
吉岡「例えば物を盗んだ子供がいるとする」
壮十郎「はい」
吉岡「悪い、といって叱らなくてどうするんだ？　叱る前に、環境を調べ、気持を忖度し、この子が盗んだのは、親のせいであり、環境のせいであり、この子に罪はないというような議論をして子供がよくなるか?」
壮十郎「(目を伏せ、うなずく)」
吉岡「悪いものは悪いんだ。どんな気持であれ、どんな事情であれ、団地の中にオートバイを走らせることは、悪いことだ。悪いことは悪い、というはっきりした態度を示せばいいんだ。そういう事をしないから、奴らは甘えるんだ。気持など聞く必要はない。悪いことは悪い、ということを、徹底して思い知らせればいいんだ」
壮十郎「――(目を伏せている)」
吉岡「殴られて、殴った奴の気持を聞いてどうする? 殴られたら殴り返すだけだ。そうじゃないか?」
壮十郎「は?」
吉岡「そうじゃないかね?」
壮十郎「(目を伏せ) はい。そう思いますが――」

●走るオートバイの一群

●団地の脇の道

オートバイの一群来て、先頭の周平の車停る。次々と停るオートバイ。

道をさえぎるように、ボロのカローラかなにかが停っていて、その傍で信子が、可愛いという感じの私服で「すいません」と一礼する。

周平たち、黙って信子を見ている。

信子「あの、私、まだおぼえたてなんですよね。車、なんか、動かなくなっちゃったの」
周平「――」
信子「見てくれますか？　お願いします（と一礼）」
周平「――」
信子「お願い出来ないでしょうか？（とちょっと怖くなる）」
周平「――」
信子「フフ、だめかしら？（と目を伏せる）」
周平「（エンジンを止める）」
信子「（見て）すいません」
周平「（ゆっくりおりて、カローラへ近づく）」
信子「フフ（気味悪く、ちょっとあとずさりする）」

と入れかわりに、たとえば道の脇から、パッととび出して来た、清次が、周平を背後からはがいじめにする。

同時に陽平、料理包丁をピタリと周平ののどのあたりにつきつけ、

陽平「動くなよ。動くと、こいつ、命《いのち》ないぞ！（とオートバイたちを見る）」

オートバイたち、それでも、ちょっと動きかかるが、

陽平「動くなあッ！（と叫ぶので）」

オートバイたち、動きを止めてしまう。

陽平「今日は解散しろ、さもないと、こいつの命はないぞ！　解散！　解散！」

●カローラのフロント越し夜景（走行中）

●カローラの中

陽平「（かなりのスピードで運転している）」
信子「（その横にいて、緊張して前を見ている）」
清次「（周平を後ろ手にねじって押さえている）」
周平「（ヘルメット、タオルの覆面のままねじ伏せられている）」
陽平「いいかよ、単車のお兄いさんよ。そいつは、北海道で船に乗ってたんだ。手前なんかより、余程リキがあるんだ。さからうと腕折るぞ。温和《おとな》しくしてるんだな（と派手にハンドルを回してカーブする）」

●陽平のアパート・部屋

パチンと灯りがつく。つけたのはドアの傍にいる陽平である。靴を脱ぎ上る。続いて、押されてヘルメットと覆面の周平が、清次に腕をねじられたまま入って来る。

●廊下

信子「（周囲を見回して、中に入り、ドアを閉める）」

●陽平のアパート・部屋

石油ストーブが燃えている。それを調節している陽平。
ヘルメットと覆面の周平、壁によりかかって腰をおろしており、傍に清次が腰をおろしている。信子、薬缶に水を入れ、ガスにかける。
陽平「頭へ来てるだろうけどよ。これは、むしろ、あんたのためを思ってしたことなんだ」
周平「――」
陽平「こうでもしなきゃ、仕様がねえと思ったんだ」
周平「――」
陽平「あんたら、今日も団地の中、行くつもりだったろ？　行ってたら、どうなると思う？　こないだあんたらをやっつけた奴らがよ。今夜は本気で待ってるんだ。バリケードなんかつくってよ。あんたらを徹底的にいためつけようってわけよ！」
周平「――」
陽平「そりゃあんたらはさからうだろう。向うはそんな事は百も承知だ。いくらさからっても、それ以上の力で叩きつぶすっていってるんだ」
周平「――」
陽平「俺たちは同じ警備会社の人間だよ。しかし、そんな風に、やたらに力ふるってあんたらをつぶすのは気に入らねえんだ。つぶすにしたって、やり方があるよ。一度ぐらい口をきいたらいいじゃねえか。頭から訳の分らねえ奴らだと決めこむことねえじゃねえか」
周平「――」
陽平「年寄りだからな。言ったって分らねえや。こっちは勝手に動いた。勝手にあんたをさらって来たってわけよ」

周平「――」
陽平「一度は、あんたらの話を聞きたかったんだ」
周平「――」
陽平「寒いさ中に、団地の周りを毎晩回ってるってェのは、普通じゃねえ。訳が、あるんじゃねえか、と思ったんだ」
周平「――」
陽平「ヘルメット、とれよ。眼鏡も覆面もとれよ。逃げなきゃ、なにもしないぜ」
周平「――」
陽平「いうことはないのかよ？（低く）殴り合った方がいいのかよ？」
周平「（思い切ったようにヘルメットをとる）」
信子「（見ている）」
周平「（覆面もとる。しかし眼鏡はとらない）」
清次「（周平を見ないようにして動かない）」
周平「（ドスのきかない、並の声）俺は、喧嘩なんかする気ねえよ」
陽平「ふっかけてるじゃねえか。団地の周り走りゃあ喧嘩ふっかけてるようなもんじゃねえか」
周平「――」
陽平「学生か？」
周平「床屋だよ」
陽平「リーダーかよ？」
周平「リーダーなんていねえけど、テクニックじゃよ（俺が一番という感じ）」

陽平「（かぶせて）お前が一番か？」
周平「（急に感情溢れて）俺たちはよう、バイクに乗ってもいけねえのかよう？」
陽平「誰もそんな事いってねえだろ！」
周平「いってねえなんて（と口惜しくて、よく声が出ない）」
陽平「団地の周りを夜走るのはやめろっていってんだ！　他所で走りゃあ、文句なんかいうか！」
周平「他所って、何処だ？　他所って何処だよ！」
陽平「何処でもあるだろ」
周平「いい加減なこというなよ！」
陽平「（その周平を短く見て目を伏せ）しゃべれよ」
周平「一人学生いるけど、あとはみんな働いてんだよ。八百屋とか英会話のカセットのセールスとか、美容院とか、クリーニングとかよ」
陽平「（うなずく）」
周平「バイクが好きで集まったわけよ。集まってよ、何処行ったってロクな事はねえんだ。去年の夏、環七と甲州街道の交差点で殴られたのがはじまりでよ」
陽平「誰に？」
周平「分るだろ」
陽平「こいつら（清次と信子）は分らねえんだ」
信子「暴走族にでしょ？」
周平「警察にも追っぱらわれたよ」
清次「――」

陽平「で？」
周平「笑いたきゃ笑えよ」
陽平「どうしたんだ？」
周平「おっかなくて、バイクなんか乗れなくなったんだ」
陽平「――」
周平「好きだから、チョロチョロは走ってたけど、面白かねえや」
陽平「（うなずく）」
周平「寒くなりゃあ、ああいうグループだって、減ってくるだろう？」
陽平「ああ」
周平「冬になりゃあ、のり回しても変なのに巻き込まれねえんじゃねえかと思ってよ。冬になるの待ってたんだ」
陽平「ああ」
周平「大井で、二十台ぐらいにやられたよ」
陽平「――」
周平「東名行ったって何処行ったって、いいことないんだ。街走れば、すぐお巡りにやられるしよ」
陽平「――」
周平「一日働いてよ、バイクだけが楽しみでよ、金みんな注ぎこんでよ。冬になったって、走るとこねえんだ！」
陽平「――」

周平「ちょっとよさそうな所行きゃあ、必ずからまれるんだ」
陽平「団地の周りなら安全ってわけか」
周平「迷惑は分ってるけど、遠慮してたら、俺たちは、何処でもバイクなんか乗れねえんだ！」
陽平「――」
周平「団地も追い出そうとしてやがる。こっちはよう、こっちは、いい加減頭に来るんだ。温和しくしてりゃあ、キリがねえじゃねえか」
陽平「――（ある事に気がつく）」
周平「ハイハイいってりゃあ、なんにも出来やしねえ、このままつぶされやしねえぞ。団地のよう、団地の中、せめて一晩ガンガン走らせてよう、それから、お前やめるとかしなきゃ」
陽平「おい（と周平を見る）あいつら、解散したと思うか？」
周平「うん？」
陽平「お前の仲間だ。お前さらって解散しろっていった。温和しく解散したと思うかよ？」
清次「――（そうした議論に心を動かされず、ぼんやりしている）」
信子「しないわ、きっと」
周平「――」
陽平「お前をさらったのは、団地の連中だと思ったかもしれねえ」
周平「頭へ来てっからな。そりゃ、殴り込んだかもしれねえさ」
陽平「バカヤロ！　スゴんでるんじゃないよ（と立ち上がる）」

●団地・中央広場

　パトカーが二台ほど停って、現場を検証している。
　吉岡と壮十郎が、様子を聞かれている。こわれたバリケード。

●団地・事務所

吉岡「(ドアに背を向けて立ち上がり) 殴りこんで来たのを追っぱらったんだ。なにが悪い?」
陽平「(ドアの前に、清次、信子、周平を従えて立っていて) 司令補のこった、いきなり殴ったんでしょう!」
壮十郎「(吉岡と陽平の間にいて) いきなり、殴って来たのは、向うの方だ」
吉岡「時間に来ないで、今頃までなにをしてた? (振りかえる)」
陽平「俺は、今度の事じゃ、司令補のやり方は全然気に入らないね。頭から相手を敵だと決めてるじゃないか。相手の事情を聞こうともしないじゃないか」
吉岡「どういう事情があるというんだ!」
陽平「いったってね、いったって分からねえかもしれないけど」
吉岡「分からんな。面白半分に人に迷惑をかける連中の、下らん事情をいくら聞いても、私の態度はかわらない」
陽平「下らんていうけどね」
吉岡「オートバイに乗らなければ、死ぬか? あの連中は、ああやって乗り回さなければ死んでしまうか?」

陽平「死ぬわけないでしょう」
吉岡「つまりは遊びじゃないか。遊びで人に迷惑をかける資格は誰にもない」
陽平「そういってしまえば終りだよ！」
吉岡「私はやめるまで叩く。いい訳を聞いても仕方がない！」
いきなりドアにぶつかるような音がしてドアがあき、周平、とび出して行く。
陽平「おい！ 待てよ！ おい（ぼんやりしている清次を、外へとび出しながら）なにしてんだ、お前は（とつきとばす）」

●団地・事務所の前

陽平「おい！ 待てよ！ おい！（名前も分からず、しかし、あまり立止まらずに走り去る）」

●スナック

陽平、清次、信子が、それぞれののみ物を前にしてカウンターに向って腰掛けている。
陽平「（間あって）何故、あいつを逃がした？」
清次「え？」
陽平「司令補とあいつとをしゃべらせようとしたんじゃねえか。何故、逃がした？」
清次「逃がしたわけじゃねえさ」
陽平「逃がしたじゃねえか」
清次「ただあいつが逃げてっただけだよ。ちっと手ェはなしたら、パーッって」
陽平「何故手をはなしたんだ？」

清次「分らねえよ」
陽平「お前は一体なにを考えてるんだ。俺と一緒にあいつを摑まえたんじゃねえか」
清次「そりゃ、力かせっていうから」
陽平「それだけか？　力かせっていったから、かしただけか？」
清次「俺は、よく分らねえよ。関係ねえよ。たかがバイクに乗るぐれェのことで、ゴタゴタゴタゴタ」
陽平「簡単に行かねえから揉めてるんだろうが」
信子「私ね」
陽平「なによ？」
信子「司令補のいう方が正しいと思う」
陽平「ただぶん殴った方がいいっていうのかよ？」
信子「だって、あの人たち悪いもん。あの団地にバイクで乗り込むのがいいなんていえないじゃない」
陽平「いいとはいってないさ。そりあ、あいつら悪いよ。悪いけどよ、悪いったって、いろんな悪さがあるわけよ。話聞いたろ？　聞けば、ただの暴走族じゃないじゃないか。そうすりゃ、叩き方も変ろうってもんじゃないか」
信子「そうかしら？」
陽平「そりゃそうだよ。派手がってギンギン格好つける奴とは、全然ちがうじゃないか」
信子「やってることは同じじゃない」
陽平「同じかねえ」

信子「そんな気ィつかうことないと思う。司令補のいう通り、悪いことをしたら悪いって、ガンガンて叩いた方がいいと思う」
陽平「たたけば歯向うよ。歯向うのを、また叩く。また歯向うのを叩く。そうやってりゃあね。あいつら段々、ヤケになってよ」
信子「ヤケになるなんて甘ったれてると思うわ」
陽平「そりゃそうかもしれないけどな！」
信子「やっつけちゃえばいいと思うわ」
陽平「おどろいたね。俺より若いのがそういう事いうかねえ」
信子「全然魅力ないもん、あんなの」
陽平「ホホ（と絶望して）いいのかねえ、若いのが、こんな事いい出していいのかねえ」
壮十郎「（ドアをあける）」
陽平「おうおう、もう一人来やがった。どうせね、どうせ俺は甘っちょろいですよ。どうせねえ」
壮十郎「（陽平の傍へ立ち）ちょっといいか？」

●床屋Ⓐ（昼）

主人「（仕事をしながら、陽平と壮十郎に）百七十ぐらい？　肥ってんのかい？（このあたり周平のキャストに合せる）」
陽平「ええ、肥って、髪、この辺までのばしてて」
主人「うちにゃあいないねぇ。近くの店にもそんなのいねえんじゃねえかな」

●床屋Ⓑ

女主人「（掃除をしながら）警察が来たわよ。バイクに乗って、この頃この辺うろうろしてるの知らないかって」
壮十郎「で、なんて？」
女主人「知らないもの。そりゃバイクに乗ってるのはいるけど、暴走族とか、そういうのじゃ全然ないもん」
陽平「それでいいんです。暴走族さがしてんじゃないんです。バイク乗ってる床屋の人、知らないですか？」
女主人「床屋？」
陽平「ええ、床屋で働いてて、バイクが好きな、こんな髪した、この位の（背丈）」
女主人「知らないわねえ。うちなんか、真面目なもんよ。夜なんか、スナックに行くぐらいだよね、哲ちゃん」
若い職人「フフ（と笑って仕事をしている）」

●ハンバーガースタンド

陽平と壮十郎、黙々と食べている。
陽平「（のみこんで）さがすくらいなら、あン時、司令補の味方しねえで、俺を援護すりゃあよかったんだ」
壮十郎「司令補の味方をした訳じゃない」

陽平「俺の味方もしなかったよなあ」
壮十郎「その通りだ。司令補が間違っているといい切る自信がなかった」
陽平「間違ってるさ。叩くことしか考えてないじゃないか」
壮十郎「それが本当に悪いか？」
陽平「なにいってるのよ？（今更）」
壮十郎「どう相手が反発しても、悪いことは悪いと、徹底していい続けることが悪いか？」
陽平「じゃあなんで俺のとこへ来た？　床屋の兄《あん》ちゃんさがそうなんていって来たんだ？」
壮十郎「仲間を相当いためつけたからな。また今夜、仕返しに来ようなんて考えてるかもしれない」
陽平「ああ、考えてるだろうさ」
壮十郎「それを無駄だといいたかった。今夜は警察もはっている。もう諦めろといいたかった。話をつけたかったんだ」
陽平「そうかよ。それじゃあ結局司令補の使いみたいなもんじゃねえか」
壮十郎「使いじゃあないさ。司令補は、みんな捕まえちまえばいい、といっている。俺はそうは思わない。そんな事をすれば、恨みが深くなって、出て来た時に、また団地を荒すかもしれない」
陽平「その時は、また徹底的に叩くと司令補はいうさ」
壮十郎「しかし、それじゃあキリがない。警察が入る前に、話をつけたいんだ」
陽平「つまりは、あんたもバイクに乗る奴の身にはなってない。うまく解決したいだけじゃないか」

壮十郎「何をいいたいのか知らないが、お前は周りで批評しているだけだ」
陽平「床屋と話をしたのは、俺なんだぞ」
壮十郎「やめろといったか？　向うの、甘ったれた心境を聞いただけだろう！」
陽平「聞く前に、やめろといったって、やめるかよ」
壮十郎「俺たちは依頼を受けて、出来るだけいい形で解決しなければならないんだ。司令補はムキになりすぎている」
陽平「俺は理屈をこねている。現実主義者はあんただけってわけか？」
壮十郎「とにかく、暗くなれば警察がはり込むんだ。その前に解決したいんだ」
陽平「理事長たちが、そういってるんだろう？」
壮十郎「（図星で、しかしそれがどうした？　という気持で）それが悪いか？　警察沙汰になって、いつまでも後を引くのはさけたい、といっている。その前に解決したい、といっている。住んでる人なら、当然だろう！　だから、俺は、お前が逢った床屋に逢いたいんだ。何故名前ぐらい聞いとかなかったんだ！」

●**団地の道**（夕方）

吉岡、事務所への道を歩いて来る。一方に目をやり、立止り、その方へ行く。
たとえば、牛乳瓶が割れて小公園の道にある。
子供にあぶないという印象。
比較的大きい破片の中へ、小さい破片を拾って入れて行く。
星島の声「吉岡さん」

吉岡「(見て）ああ（一礼し）今日わ」
星島「(ポスターをまるめたものを三、四本かかえて現れ）早いじゃないですか」
吉岡「ええ。今夜は、きまりをつけたいと思っていますから（と拾っている)」
星島「いや。本当によくやっていただいて」
吉岡「いいえ（と拾っている)」
星島「(いいにくいが微笑して）ただ――」
吉岡「は？」
星島「団地の中で警察が奴らを捕まえたとなると、あとをひきませんかね？　この団地が暴走族の目の敵になるようなこと、ありませんかね？」
吉岡「じゃあ、どうしたらいいんです？」
星島「どうしたら、といって――」
吉岡「ひるみを見せるのが一番いけないと思います。どこまでも、この団地を守るという、意志をあいつらに見せるのが、いまは一番必要です。ひるめば、つけ込んで来ます」
星島「そりゃあ、その通りなんでしょうが（といいかけて、一方の気配にハッとするかしないうちに殴られている)」
吉岡も、背後から棒で殴られ、ふらつくところをひき倒され、あっという間に異様な十人の集団に蹴とばされ、殴りつけられる。
周囲にいた人たち、ただ呆然と見ている。

●病院・廊下（夜）

陽平と壮十郎が走って来る。陽平、病室を迷ってみつけられないうちに、壮十郎見つけてノック。陽平、その背後へつく。気がせいている。壮十郎、あける。

●病室

星島「（振りかえる）」
壮十郎「どうも（と一礼して、足早にベッドに行き）司令補」
陽平「司令補」
吉岡「大丈夫だ（と頭に繃帯を巻いて天上を見ていて、漸くいう）」
陽平「こんなことになるんじゃないかと思ってたよ（こういう時には本気で心配する）」
吉岡「来るのは夜だと、油断をしていた」
陽平「みんな見てたそうじゃないですか。見てて、助けようとしなかったそうじゃないですか！」
吉岡「よさないか」
星島「（ムッとして目をそむける）」
吉岡「見ていたのは、子供や御婦人だ。あんな連中に手が出るわけがない」
陽平「それだって、キャアとかやめてとか、どなることぐらい出来たでしょうが。子供に聞いたらね、みんなで、ただ見てたって。救急車だって、随分おくれて来たって」
星島「あんたは、この前から、そういう事ばかりいっている」
陽平「（この方を見る）」

星島「（立上り）団地の人間は、臆病でエゴイストだとでもいいたいらしいが、棒を持った十人もの若い男が暴れてるのを、君なら、止めることが出来たかね？」
陽平「少くとも、僕なら（いいかかるのを）」
壮十郎「よさないか（とはっきり止める）」
星島「私たちはみなさんの努力には感謝しています。今になって、やり方がどうのと非難する気はありません」
陽平「当り前だよ」
星島「（ムッとして陽平を見、壮十郎を見てから）しかし、私は、何度も、少し正面からぶつかりすぎないか、という疑問を呈して来たつもりです。こちら（吉岡）は、強引に自分のやり方を押し通した。その結果、警察は入る、こんな事にはなるというように、忽ち紛争がエスカレートした」
陽平「その前に紛争がなかったのは当り前でしょう。あんたたちは怖がって黙っていたんだから、紛争の起こりようがなかった」
星島「とにかく、私たちは、これ以上事を大きくしたくない」
壮十郎「それは、私たちも同じです」
星島「これまでのことには、お礼をいいます。ここの治療費も自治会が持たせて貰います」
吉岡「理事長」
星島「気を悪くされるのは分かっていますが、一時、少くとも一時、お宅さんとの縁を切った方がいいと思うんです」
吉岡「（うなずく）」

星島「今日のことでも分かるように奴らは、お宅さんを狙っている。その警備会社に、これからも団地がお願いしているということになると、奴らを刺激すると思うのです」
陽平「――（目を伏せている）」
星島「勿論、頼んでおいて、こんな風に逃げ腰になるのは悪いが、現実的に考えて下さい。（壮十郎へ）このまま、あなたがたが事務所へ毎晩つめていれば、奴らはきっとまたやって来ますよ」
陽平「いなけりゃ、やって来ませんか？」
星島「無論分かりません。しかし、今日のことで警察も、かなり本気でさがしはじめています。彼らも、そう簡単には動けないでしょう。おかげさまで一段落じゃないかと思うんです。ありがとうございました。御苦労さまでした」
壮十郎「――」
陽平「――」
吉岡「――」
星島「また、明日にでも。お大事に（と一礼して出て行ってしまう）」

――O・L――

●病院・表（昼）

雪まじりの風が吹いている。

●病室

吉岡「(天井を向いて目をあけている)」
陽平「(ひとり来ていて、お茶をのみ)司令補」
吉岡「うん?」
陽平「俺は、司令補を殴った奴らを絶対とっつかまえて、ただじゃおかないつもりだけどね」
吉岡「うむ」
陽平「司令補も、今度のことじゃよくないような気がするんだよね」
吉岡「そうか」
陽平「悪い事は悪いから叩きつぶすっていうけど、悪い事にだっていろんなニュアンスがあると思うんだよね」
吉岡「うむ」
陽平「たとえば、会社を馘になった人がいるとするだろ。それだっていろいろだと思うんだよな。本当に駄目で馘になったのや、不況で仕方なしに馘になったのや、無実の罪みたいに馘になったのや、いろいろいると思うんだよな」
吉岡「うむ」
陽平「それを全部、馘になるような奴は駄目だっていえるかい? いえないよね」
吉岡「――」
陽平「それと同じような気がするんだ。悪い事は悪いって、決めつけて、ガンガンやっつけようとしている司令補見ていると、全然あいつらを分ろうとしないじゃないかって、イライラしちゃうんだよね」
吉岡「盗人にも三分の理がある。どんな悪党にだって、立入ってみれば、無理もないという所があるもんだ」
陽平「あいつら、そんなに悪党じゃないんだよね」
吉岡「悪党だ。オートバイをのり回して、人の迷惑を考えない奴に同情する気はない」
陽平「そりゃ、やったことは悪いけど」
吉岡「悪ければ叩くだけだ。世間というものはそういうものだ。いちいち立入って同情などしない。それを思い知らせてやるだけでも、叩くだけ叩いた方がいいんだ」
ノック。
陽平「はい」
壮十郎「(あけ) お早うございます (と笑顔なくいう)」
吉岡「よう」
壮十郎「すいません (と吉岡に軽く会釈して) 陽平に警察の人が」
陽平「警察? (と立上る)」
壮十郎「(外へ) どうぞ (と脇へ寄る)」
刑事「(中年の男が、若い男を従えて現われ) お早うございます」
若い刑事「お早うございます」
吉岡「ああ、昨日はどうも」
刑事「いかがですか?」
吉岡「いや (さっぱりと) 大丈夫です (微笑)」
刑事「ひでェことをしやがるよねえ」
陽平「警察が、俺に、なんの用ですか?」

刑事「ああ、××署の佐古田です（と陽平に一礼）」
壮十郎「ぼくが話したんだ」
陽平「なにを？」
刑事「メンバーの一人と話したそうですね？」
陽平「そ、そんなことを、なんで（と壮十郎を見る）」
壮十郎「司令補を殴ったんだぞ。そんな奴をかばう理由が何処にある？」
陽平「――（つまる）」
刑事「床屋だといったそうだね？」
陽平「分りませんよ。サングラスしてたしね。顔なんかよく分らなかったな」
刑事「若いからいいつけるような事はしたくないんだろうが、君の上役をこんな目にあわした奴を、ほっといていいのかね？」
陽平「自分でさがしてやっつけますよ」
吉岡「刑事さん」
刑事「は？」
吉岡「こいつ（陽平）から聞くのはやめて貰えませんか？」
刑事「理由はなんです？ 奴らと、なんかあるんですか？（と微笑でいう）」
吉岡「いや、そういうわけじゃありませんが」
陽平「捕まえてどうするんですか？ 刑務所へぶちこむんですか？」
刑事「そこまではいかんだろう。そこまではいかんよ、多分」
陽平「そうですか――（迷っているうちに）」

●床屋Ⓒ・表

雪まじりの風が吹いている。その季節に、あまり異和感のない帽子とサングラスで顔をかくした陽平が、はなれて立ち、中へ入って行く。

●床屋Ⓒ・店内

床屋の旦那「いらっしゃい」
周平「いらっしゃい」

陽平、うなずいて二人ほど待っている椅子の端にかける。周平、仕事をしている。眼鏡をとった周平は、おどろくほど人の好い顔で、ハハハハと客との話に笑っている。

周平「そう。大体、結婚式とかそういうの、日曜とか、そういう時でしょう。うちら月曜休みだから、なかなか出られないのよね」
客「うむ」
周平「出らんなくて幸いン時もあるけど、あいつのには出てェなあ、なんて思った結婚式出られなくて、淋しい時もあるねえ」
客「そうか」
陽平「(立上る)」
床屋の旦那「(陽平を思わず見る)」
陽平「(一礼して、ドアへ)」
床屋の旦那「すぐ出来ますよ。じき、母ちゃん来るし」

陽平「(口の中で) いえ (つい周平を見る)」
周平「(見ている)」
陽平「(一礼して、パッととび出してしまう)」

●床屋Ⓒの表

陽平「(ちょっと逆上して、手前へぐいぐい歩いて、角にかくれている壮十郎と刑事二人の前も通りすぎてしまう)」
壮十郎「おい (と追う)」
刑事「――(追う)」

●電車が走る (夜)

●電車の中

気のいい顔で、乗っている周平。

はなれて、刑事ふたり。その若い方の刑事が、つとはなれて、更にはなれた位置に立っている陽平と壮十郎の所へ行く。陽平と壮十郎、なにをいいに来たか分っているので、刑事の方は見ない。刑事、小さな声で、
若い刑事「何度もいうようだけど、ひきとって貰えないかな」
壮十郎「邪魔はしません」
陽平「――」

若い刑事「君らのせいで、なにかあった時は、厄介だよ」
壮十郎「分っています」
若い刑事「はなれてくれよね（と戻りかけて）」

●駅・ホーム

電車、すべり込んで来て、ドアがあく。
周平、おりて改札口へ。続いて別の口から二人の刑事。
更に、別の口から陽平と壮十郎。

●駅前

周平、一方へ。それを、さり気なく距離を置いて刑事ふたり。更に、はなれて、壮十郎と陽平。

●道

周平、歩く。はなれて、刑事ふたり小走りに来て、周平の後姿を伺い、尾行する。刑事たちが周平を伺った位置（曲り角のような場所）に、壮十郎と陽平来て、周平と刑事を伺う。
しかし、すぐ陽平身体を起こし、
陽平「（やりきれなく）大げさじゃねえか。まるで殺人犯でも追いかけてるようじゃねぇか」
壮十郎「（一瞬目を落すが）行くぞ（と小さくいって刑事を追う）」
陽平「（続く）」

●道

周平、行く。刑事行く。壮十郎と陽平、ちょっとはなれて立止り、先を伺う。

陽平「奴らがなにをした？　もっとカラッと捕まえて、尋問すりゃあいいじゃねえか」

壮十郎「（パッと背後の陽平をふりかえって、陽平を建物の壁面へ押しつけ）これ以上しゃべるなら、帰れ」

陽平「分ったよ（と押し返す）」

●ある自動車修理工場

夜なべで、修理をしている二人の青年。

周平「（来てちょっと淋しく）今晩わ」

青年「（二十七ぐらい）おう」

周平「来てますか？」

青年「おう」

●裏手のトタン屋根の鉄屑置場

十台のバイクが、置かれている。裸電球の下で、キラキラ光っているマシン。それを六人ほどの青年が、それぞれ自分のマシンにとりついて、手入れをしている。

周平「（来て）よう（と淋しさのある声）」

青年達も、チラと顔をあげるだけ、またそれぞれ、とりかかっている。

周平「(たとえばオーバーを脱ぎ、脇につるしてあるツナギをとりに行き、オーバーをかけながら独り言のように) 仕様がねえな、毎晩みがいてるだけじゃ」
青年達、ただ、みがいたりしている。
周平「いつか、何処かで、思い切り、ふっとばして——みてえもんだな (着替えている。その間あって)」
刑事「(周平の来たコースで、ゆっくり現われ) 今晩は (のんびりいっているようで、威圧するものがある)」
一同、刑事の方へ顔をあげる。
若い刑事「(反対側に現われ) 警察だ。手を上げて、外へ出るんだ (と普通の声でいい、強く) 両手を上げるんだ!」
周平たち、思わず、手を上げる。

●床屋Ⓒ・表(昼)

雨。

●床屋Ⓒ・店内

床屋の旦那「(仕事をしながら) 周ちゃん (と隣の椅子を倒して、客にタオルをあてたまま、ぼんやりしている周平に) 周ちゃん」
周平「(気がついて) あ?」
床屋の旦那「ぼんやりしてるんじゃないよ」

周平「あ、すいません（とタオルをとり、ひげ剃りの仕度にかかる）」

●吉岡のアパート・廊下

田中「（ドアをあけ、入口の方を見て）お帰りなさい」
吉岡、退院の日である。陽平と壮十郎が一緒に戻って来たところである。
吉岡「こりゃ、どうも」
信子「（田中の後ろから現われ）お帰りなさい」
清次「（信子の後ろから現われ）お帰りなさい」
吉岡「いいのかい、こんなに来ちまって」
田中「社長が、くれぐれもということでした」
吉岡「そうですか（と一礼）」
田中「復帰して最初の仕事で、本当にとんだことでした」
吉岡「ありがとう」
田中「さあ、どうぞ」
信子「退院、おめでとうございます（フフ、と脇へどいて、吉岡がはいれるようにする）」
清次「（どき）おめでとうございます」

●吉岡の部屋

食卓に、御馳走が並び、中央に花が飾られている。
吉岡「（ドアの所で、それを見て）こりゃ豪勢だな」

壮十郎「すごいな」
陽平「やったァ（ちょっと無理に合せているような所がある）」

●吉岡の部屋（時間経過）

一同、食卓をかこみ、田中が、吉岡のコップにビールを注ぎながら、
田中「（前シーンを受けるように陽気に笑って）とにかく、奴らは、すっかりおそれ入っちまってね。全員、もうバイクには乗らない。真面目に働くって、素直なもんだったそうですよ」
吉岡「そう（と田中に注ぐ）」
田中「バイクをね、一人残らず、売っちまったってんだから、こりゃもう団地の連中も安心してますよ」
吉岡「そりゃまあ、一段落だ（とビールを置き、コップを持ち）どうも、ありがとう、今日は」
田中「おめでとうございます」
壮十郎「おめでとうございます」
信子「おめでとうございます（ジュース）」
清次「おめでとうございます」
陽平「（目を伏せて、乾杯の仕草だけ、みんなと合せ、のむ）」
吉岡「（ちょとのんで）陽平」
陽平「あ、（明るく）なんスか？」
吉岡「なにが気に入らない？」
田中「気に入らない？」

陽平「いや、気に入らないことはないけど」
吉岡「なんだ？」
陽平「いや、めでたいっていやぁめでたいけど――」
壮十郎「いい加減にしろ」
陽平「あいつらとちょっとしゃべったりしたもんでね。単純に悪い奴だって思えなくてね（と微笑）」
田中「いい事をしたとでもいうのか？」
陽平「そうじゃないよ」
壮十郎「だったら、もうよせ」
吉岡「かまわんよ、いうだけいってみろ」
陽平「司令補には悪いけど、あんなにバイクが好きだった奴らが、バイク売っちまって、どうするんだと思うよ」
壮十郎「同情しろとでもいうのか？」
陽平「簡単にいえば、そういうことだ」
田中「なにをいってる」
陽平「（清次に）お前らは、どうだ。悪い事をしたから叩きつぶした、めでたいって、単純に祝えるか？」
清次「そりゃあ――」
陽平「なんだ？」
清次「悪い事したにちがいないんだからね、叩かれるのは仕様がないんじゃないかね」

壮十郎「仕様がないさ。当り前だ」
吉岡「お前（陽平）の気持も分らんじゃないが、社会というものは不都合な人間を切って行かなければ、忽ち目茶目茶になってしまうんだ。悪い事は悪い、としなくてどうする？　乱暴な人間が温和しくなれば、目出度いんだ。そういうもんなんだよ」
陽平「そうですかね。悪い事は悪い。そんな、ニュアンスのないことでいいんですかね。そんな風に悪い奴を叩きつぶしていいもんですかね？」

●床屋Ⓒ・店内

周平、働いている。雨。

——O・L——

●八百屋

青年A、働いている。雨。

——O・L——

●クリーニング屋

青年B、働いている。雨。

——O・L——

●美容院

青年C、働いている。雨。

――O・L――

●トタン屋根の屑鉄置場

輝くばかりのバイクが十台近く置かれている。それをいつくしむようにキャメラ移動して行き、バイク達の全景になると、バイク達、色あせるように、消えてしまう。

バイク一台もない鉄屑置場。雨、振り続けて。

終

今は港にいる二人

登場人物

小島隆平（27）
〃　千恵子（24）
石田正義（40）
沢村誠（23）
谷川国江（29）
〃　昇一（32）
〃　淳（8）
小島盛雄（30）
丸山刑事（40）
藤波
飯田
サラ金業者A
〃　B
〃　C
葬儀屋
青年

マスター
女事務員
春さん
中年の工員
村岡
桶谷
清瀬課長
サラ金社員
サラ金女事務員
野次馬
中年工員A
〃　B
中年女性工員A
〃　B
佐々木
果物屋の主人
学生風A
〃　B
店の人

●**商店街**（昼）

有名なスーパー・チェーン、デパートのストア規模の店舗、銀行、信用金庫などがある東京近郊のごみごみと賑やかな街。

千恵子の声「（慣れたリズムで）さあ、いらっしゃいいらっしゃい、おみかんとリンゴが安いよ、おみかんとリンゴ」

●**果物店**

洒落た店ではなく、もっぱら安売りを前面に出した商売ぶりで――。

千恵子「（手提げにもなるビニール袋へ、ビニール籠一山のみかんを入れながら）おみかんはキロ××円から願ってますよ。御利用下さい（客へ渡しながら）はい、ありがとうございました。千円おあずかりね、六百五十円のお返し（とつるしてある現金入りのざるからつりをとりかかりながら）さあ、いらっしゃいいらっしゃいッ」

●取調室（警察）

シンとしている。千恵子、疲れた顔。
千恵子「そう。パートっていうより、もう専属みたいにして、私はフルーツの店へつとめててね」

●農機具部品工場（昼）

働いている隆平。はじめ現実音なく。
千恵子の声「うちの人は、農機具の部品つくってる工場で、現場の係長やってて。とってもみんなからしたわれてたんですよ（犯人扱いしないで、という思い溢れている）」
忽ちやかましい機械音。その中を誠が「係長」と便所の帰りでベルト締めながら隆平に近づいて、
誠「電話だって、お姉さんから電話（と行ってしまう）」
隆平「（やりかけの仕事中で迷惑だなあ、と思いつつ）電話？」

●駅裏

おびただしい自転車が置かれている。
隆平、一方を見ながら来て、自転車をへだてて、
隆平「なにしてるの、姉さん（東北なまりがある）」
一隅に、捨てられたとおぼしき自転車が、乱暴に積み上げられている。それをどかしている

国江。すでに四台ほどを、どかした感じで、尚次の一台をひき上げようとしている。
国江「淳の自転車が、この下にあるの」
隆平「なんだって、そんな所に？（と近づいて行く）」
国江「(自転車ひっぱり上げてどかしながら）盗まれたのよ。さっき、ここ通ったら、名前が見えたの」
隆平「そんな事で俺呼び出したの？」
国江「そんな事で、呼び出す、わけないでしょ（と自転車をひき上げにかかる）」

●歩道橋の階段

隆平が、古びた子供用の二輪自転車をかかえるように持って、国江と上って行く。
国江「(笑いながら）淳はきっと見つかったっていったら、がっかりするわ。なくなったのいい事にして、三段ギアの、こんなハンドルの買えって、こないだお父ちゃんにいってたもの」
隆平「ああ（とちょっと置き）結構重てェな、こりゃ」

●歩道橋の上から見た道路

車が、轟々と走っている。
隆平の声「用事はなに？」

●歩道橋の上

国江「(手すりから下を見ていて）うん？」

隆平「（並んで）なに？　用事は？」
国江「いいでしょう、せっつかねえでも」
隆平「せっつくさあ。こっちは仕事中だよ。大事な話で夜まで待てねえっていうから、工場に無理いって走って来たんじゃねえの。困るよ、のんびりしてられちゃ」
国江「——」
隆平「どうしたの？　また金かね？」
国江「金なんていってないでしょう」
隆平「じゃあ、なに？」
国江「そんないい方すっことないでしょう」
隆平「まさか、まだ競輪やっとるんじゃないだろうね？」
国江「やってないよ」
隆平「だったらいいけど——もう年なんだから、パチンコぐらいにしておけって」
国江「隆平」
隆平「なに？」
国江「そいじゃね（と反対側の階段の方へ走る）」
隆平「そいじゃって（自転車をかかえながら）人呼び出しといて」
国江「（角を曲りぎわで、はじめて悲しく）さよならねッ（と叫ぶ）」
隆平「（ギクリとして）姉さん、ちょっと待てッ（と自転車ほうり出して走る）」

●歩道橋の下

国江、ころげるようにおりて来て走り、そのままの勢いで、車道へとび出す。
キーッという急ブレーキと共に、ぶつかりはねられた音。
隆平「アーッ」とショックで口が大きくあいてしまい、立止って震えてしまう。

●団地の階段・入口（雨）

葬儀車、個人タクシー、ライトバンと傘々。国江の棺を葬儀車へ入れる人々。
淋しい人数。

●メイン・タイトル

サラ金業者Aの声「人並のことというんじゃねえよッ」

●谷川家・部屋

サラ金業者らしい七、八人が、隆平と向き合っている。安価な祭壇を片付けている葬儀屋の若い人ふたりほど。
サラ金A「大体こんな葬式よく出せたもんだよ」
隆平「そりゃないでしょう。内輪の、ギリギリの葬式ですよ」
サラ金B「私はね、こんな日に踏みこみたかないよ。しかしね、紳士的にやっとったら」
サラ金C「こっちが、とび込まなきゃならねえんだよ！」
サラ金A「その通り！」
隆平「いまですね、仏の亭主は」

●タクシーの中

　雨。走行中。国江の夫、昇一とその子淳（８）が、乗っている。小さな国江の写真。
隆平の声「子供連れて火葬場に向ってます。みなさんが来たことに、ショックを受けてます」
サラ金Ａ「だから、なんだっていうだ？」

●谷川家・部屋

隆平「いいですか！　借金の本人が死んだら、周りに返済の義務はないんですよ！」
サラ金Ａ「道義的責任はないのか？」
サラ金Ｂ「（同時に）そんないい草はねえだろ！」
サラ金Ｃ「（同時に）はいそうですかってひきさがってられるかッ！」
サラ金Ｄ「（同時に）バカヤロウ！」
サラ金Ｅ「（同時に）それですむと思ってるのかッ！」

●スナックの表（夜）

青年「（ひとりドアをあけて出て来ながら）お休み」
マスターの声「ありがとうございました」

●スナックの店内

隆平「（酔っていて、カラオケのマイクを持って立ち）マスター、ごめんね」

マスター「いえ」
　カウンターに石田と誠。
隆平「他のお客さん、帰ったんで、ちょっと一曲、亡き姉に捧げる歌なんてのをやらせて貰いてェと思います」
誠「(笑顔なく、ポンポンポンポンと拍手)」
隆平「一昨日は、誠も石田さんも、雨の中棺桶まで持って貰って、すんませんでした。いやあ、昨日もね、サラ金と弁護士の人と、いろいろあって、ろくな御礼もいえませんでした(一礼)姉はバカヤロでね、競輪が好きで、やめられねえで、サラ金十二軒に二百五六十万の借金をして、死んじまいました。元は百五十万ちょっとなんだよね」
石田「──」
隆平「こんなにふくらむ前に、どうして実家や亭主に相談しなかったかって、みんないうとったけど、競輪の金じゃ、いえないよね」
誠「──」
隆平「バカヤロだよね、バカヤロだけど、バカヤロだから死んでも悲しくねえってことはないんでね。最後に、亭主でもなく、子供でもなく、弟の俺に別れをいって死んで行った姉を──(唄い出す。小林旭である)夜がまた来るぅ、思い出連れてェ」
千恵子「(走って来てドアをあけ)あ──唄なんか、うたっててェ」
隆平「いや、お前──」
千恵子「大変だよ、昇一さん、淳ちゃん連れて、いなくなったって」

●谷川家・部屋

茶簞笥が倒され、新聞紙が散らばったり、ガラスが割れていたりしている。その中の、隆平、千恵子、隆平の兄の盛雄。

隆平「あーあ、ひでェことしやがるねえ（と淳のこわれたおもちゃを拾う）」
盛雄「腹いせだな」
隆平「電話で、泣いとったって？」
盛雄「ああ」
隆平「兄さん出たの？」
盛雄「いや、女房だ。かわるっていったが、いいですよろしくって」
隆平「身ィかくすって？」
盛雄「ああ、もうたまらんて、泣き声で切っちまったと」
隆平「昇一さん、気ィ小さいからねえ」
千恵子「淳ちゃん連れて、どこへ身ィかくすの？　会社どうするの？」
隆平「頑張っとりゃあええんだよ。出て行くことないよ」
千恵子「警察へ、いわないで、いいかしら？」
隆平「そりゃあ、いった方がいい。こんなことされて黙っとることはねえよ」
千恵子「二人も、さがした方がいいしね」
盛雄「いや、考えもんだな」
隆平「考えもんて？」

盛雄「警察来たら、なんだかんだ時間かかるし、サラ金つかまえたって仕様がねえし」
隆平「仕様がねえっていうけど」
盛雄「捜索願いだなんてことになったら、夜が明けちまうぞ」
隆平「だからって、ほっとくわけにもいかねえんじゃねえの？」
盛雄「電話あったことだし、ええだろう」
隆平「そうかな？（と自信がない）」
盛雄「サラ金だって、とりっぱぐれたんだ。多少は暴れてェやな」
隆平「そんなこといったって」
盛雄「様子見て、俺ンとこやお前ンとこまで押しかけてくるようなら、その時は考えべ」
隆平「そうかね？　さがさなくていいかね？（と千恵子を見る）」
千恵子「どういうもんだろうね（と自信がない）」
今は港にいる二人

●海岸（昼）

かもめの鳴き声。断崖。その下で、昇一と淳の死体を、布でくるみ網で上へあげる作業をしている警察の人々。

隆平の声「やっぱり、さがせばよかったねえ」
盛雄の声「そんなお前、どうせ、あんな海の方まで、さがし切れたもんじゃねえ」

●警察・廊下

隆平「（ベンチにかけていて）そいでも、すぐさがしゃあ、駅とかなんかで、つかまったかもしれねえ（と声低くいう）」
盛雄「（並んでかけていて）大体、お前（警官が二人ほど通る）こんなことで、こう簡単に死んじまうってのが、おかしいんだよ。どうかしとる一家なんだ。国江もアホなら、亭主もアホだ。なんも死ぬことはねえよ（と迷惑だし、腹立たしくいう）」

●小島家・部屋（夜）

私営アパートの一室。二間に小さな台所。
その台所で、野菜いためをつくっている千恵子。
千恵子「はい、もういいよ、御飯よそってェ（とガスをとめる）」
隆平「（奥の部屋で窓に近く背を向けている。その部屋には灯りがついていない）――」
千恵子「（皿にフライパンから野菜いためを移しながら）隆さん、御飯よそって」
隆平「――」
千恵子「なにむくれてるの？　仕様がないでしょ、おっさん帰って来なかったんだから。店おっぽらかして帰って来るわけにもいかないでしょ」
隆平「――」
千恵子「さあ、来て。私、スープよそうんだから、御飯よそって」
隆平「――」
千恵子「隆さん。隆平。なに黙ってるのよ」
隆平「（泣き声をおさえて）いま行くよ」
千恵子「――どうしたの？」

隆平「どうもしねえよ」
千恵子「また、なんかあったの？」
隆平「なんもねえ（と立って、鼻すする）」
千恵子「なに、泣いとるの？」
隆平「（背中のまま）仏三人も送って、忙しくて——」
千恵子「うん？」
隆平「しみじみ、姉さんのこと思っとる暇なかったからな」
千恵子「うん」
隆平「いまになって、なんか、泣けて来てな（とお膳の方へ来る）」
千恵子「——」
隆平「つまんねえ、昔のこと思い出してな。へへ、へへ（と鼻こする）」
千恵子「そう」
隆平「まったく、なんで、死んじまったのかなあ？（たまらず泣き出してしまう。声出して、泣いてしまう）」
千恵子「——」

●農機具部品工場（昼）

隆平、働いている。誠も働いている。石田も働いている。ピタッと現実音、消え、
隆平の声「噂？　どんな噂だ」

●工場の裏（昼休み）

誠 「いや、なにも、お姉さんのことじゃねえんだけど」
隆平「じゃあ、誰のことだ？」
誠 「なんでもねえんだって」
隆平「いってみろ。いろいろなにが流れてるだ？」
誠 「根も葉もないことだって」
隆平「いいから、いってみろ」
誠 「――（困ったなあ、という顔）」
隆平「いってみろ」
誠 「つまり――」
隆平「なんだ？」
誠 「借金を返せねえと、させるって」
隆平「なにを？　誰が、なにを？」
誠 「――」
隆平「なにをさせるっちゅうだ？」
誠 「売春を――」
隆平「（ショック）」
誠 「だから、お姉さんのことじゃねえんだって」

●ロッカー・ルーム

隆平「だから、あんたは、誰から聞いたの?」
女事務員「(おびえて) 私は、経理の春さんから」

●事務所・廊下

肥った中年の女性、春さんが、隆平に問いつめられていて、
隆平「春さんは、誰から聞いたって聞いとるんです」
春「誰って、みんないってるし」
隆平「みんなって誰です? みんなって誰ですか?」

●作業の終った機械の傍

中年の工員「弱ったなあ、こりゃあ」
隆平「誰から聞いたかいってくれればいいんです!」

●工場の便所

掃除しているおばさん (村岡)
村岡「こんなこと私しゃ、知らないよ」
隆平「いゃあ、知っとる筈だよ。工場の人間八人に聞いたよ。つきつめて行くと、村岡さんだよ (と指し) おばさんは誰から聞いたの? いったってべつにバチあたらないでしょう」

村岡「これよ（と頰に傷の仕草）」
隆平「これって？」
村岡「ヤクザ」
隆平「ヤクザがやらせたっていったの？」
村岡「そんなこといいやしないわよ」
隆平「じゃあ、なんていったんですか？」
村岡「こんなね、人が犯罪でも犯したように、血相かえてたらしゃべれないでしょう」
隆平「――じゃあ、なんて、いったんですか？」
村岡「セイケンてサラ金あるでしょう？」
隆平「ああ。生活向上研究所っていうの」
村岡「そう。あそこじゃ、返せない主婦に売春させるんだって」
隆平「――」
村岡「あのチェーンは、暴力団ついてるからね。おっかないのよ」
隆平「――で」
村岡「前にもね、売春させられて、自殺した主婦いたのよ」
隆平「――」
村岡「こういっちゃ悪いけど、お姉さん、お金で死んだんじゃなくて、そういうことさせられて、
　それでじゃないかっていうのよ」
隆平「――」
村岡「御主人の方だって、返済の義務ないんだもんね。それあんた、少々おどかされたからって

死ぬのは、おかしいでしょう」
隆平「――」
村岡「嫌がらせに、奥さん売春してたって、あることないこといったんじゃないかっていうの」
隆平「――」
村岡「それで、ショックを受けて、やんなって死んだんじゃないかっていうの」
隆平「――」
村岡「私しゃね、なにも、面白ずくでいったんじゃないのよ。こういう怖いこともあるからって、警告の意味でみんなにいったのよ」

●パチンコ屋（夜）

賑わっている。

●その横の路地

一人、立っている隆平。裏口の戸があいて、桶谷（25）が顔を出す。やくざ風である。隆平「あ」と笑顔を作って一礼。
桶谷「なんか用？」
隆平「あ（と近づき）オレ、工場で村岡のおばちゃんと一緒のもんなんだけど、おばちゃんに、聞いたんだけど、フフ、（小声で、桶谷を見られず）素人の女世話してくれるルートがあるとかってね」
桶谷「（出て戸を閉め）こっち、おいで（と、路地の奥へ行く）」

隆平「ハハ、すんませんね（とつくり笑いをして後を追う）」

●路地の先

裏の細い通り。ドブ川に面していてもいい。

桶谷「（振りかえり）小島さんかい？」
隆平「あ、どうして？（俺の名前を）」
桶谷「おばちゃんから、電話あってな」
隆平「そうですか」
桶谷「どうしようってェんだい？」
隆平「あ？」
桶谷「本当かどうか確めて、どうしようってんだ」
隆平「いや、どうしようって、そういうことより、実の姉のことだしね、そういうこと本当かなって、本当に、そんなことあるのかなって——その」
桶谷「知りてェだけか？」
隆平「ええ——だって、死んじまったんだし、今更、どうしようもないし」
桶谷「警察にいえるじゃねえか」
隆平「でも、立証できますか？　本人死んでるんだし」
桶谷「現行犯よ」
隆平「現行犯？」
桶谷「今でも、やってらあな。これ、させは、間接的には、復讐になるってもんだ」

隆平「じゃ、その、やっぱり」
桶谷「――」
隆平「姉も――」
桶谷「――」
隆平「そういうこと、させられてたんですか？」
桶谷「どうせ、あんた、つきとめるだろうから、てっとり早く言ってやるが」
隆平「はい――」
桶谷「いくらでもあることったよ」
隆平「――」
桶谷「あそこは、おどしがすげェからな」
隆平「――」
桶谷「あんたの姉さんも、十中八九、まわされて無理矢理客をとらされて」
隆平「（ふるえる）」
桶谷「どうする？」
隆平「――」
桶谷「黙ってるかい？　ただ、聞いて、大人しくしてられるかい？　どうだい？」
隆平「してられません。警察に――こんなこと警察にいわねえで」
桶谷「（いきなり胸ぐらをつかみ）そうはいかねえんだ」
隆平「（は？　という感じ）」
桶谷「うっかりあのばばあにしゃべったがな。俺の口から漏れたなんて知れたら、どんなめに合うかも分らねえ。お前に、勝手な真似させるわけにいかねえんだ」
隆平「――」
桶谷「いいか。お前だって、下手な真似すりゃあ、命はねえぞ。亭主と子供をみてみろ」
隆平「え？」
桶谷「心中だってことになってるが、もしかすりゃあ、お前みてえに、余計なこと知って、警察へ行きたがったせいかもしれねえ」
隆平「――そんな」
桶谷「（隆平の腹を殴る）」
隆平「ウッ」
桶谷「（その隆平の顔をはりとばし、ころがった隆平を蹴上げる）」
隆平「ウッ」
桶谷「なんにもするな。忘れるんだ。さもねえと、こんなことじゃすまねえぞ（また蹴上げる）」
隆平「ウッ」

●農機具部品工場（昼）

働いている隆平。顔に殴られたあとがある。

●工場の一画（A）

掃除している村岡のおばさんも、殴られて、顔がはれている。

●工場の一画（B）

弁当をひとり食べている隆平。

その前に立つ石田。

石田「（自動販売のコーヒーかなにか持っていて）いいですか？」
隆平「あ、どうぞ」
石田「出がけに、アパートに、奥さんから電話があってね」
隆平「女房から？」
石田「（座り）なにがあったんですか？」
隆平「いや」
石田「どうしてもいわねえんでって、奥さん」
隆平「フフ（と一礼）」
石田「その顔見りゃあ、誰だって気になる」
隆平「つまらねえ喧嘩で、負けちまって、みっともねえから、女房にもいいたくないし」
石田「そうじゃないでしょう？」
隆平「――」
石田「誠から聞きましたよ」
隆平「なにを、ですか？」
石田「顔色かえて、お姉さんのこと、聞き回ってたそうじゃないですか？」
隆平「――」

石田「どうだったんです？」
隆平「いいんです」
石田「いいっていうけど――」
隆平「忘れて下さい。ほっときゃあ、噂も七十五日です（と食べる）」
石田「――ほんとに、そう思ってるなら、それもいいけど――」
中年の清瀬課長、さがしながら来た感じで、
清瀬「あ、石田さんよ、これあんただろこれ（と部品を持って近づく）」
石田「あ（と立上り）はい」
清瀬「まだ、こんな雑な仕事やってんのかよ？　え？」
石田「いや、まだ、これ終ってないんで」
清瀬「終ってない？　冗談じゃないよ」
隆平「課長（と立上る）」
清瀬「入ってもう三月《みつき》以上だろ。いい加減にしてくれよ」
隆平「いや、俺が、その」
清瀬「あんたが、補佐するっていったんだぞ。教育して、責任もつから、やとってくれっていったんだぞ」
隆平「そうです」
清瀬「だったら責任持ってくれよ。ほっといちゃ駄目じゃねえか」
隆平「すいません、ちょっと今日」
清瀬「ちょっと今日じゃないよ。こんなもんうっかり持ってたら（と部品を隆平に押しつけるよ

うに渡し）それで発注ストップになっちまうよ。中学生だってね（と行きかかりながら）もうちっと早く仕事をおぼえるよ（消え）真面目にやってくれよッ」
石田「――」
隆平「威張りやがって」
石田「いや、われながら不器用で（一礼）」
隆平「大丈夫、手伝いますよ。やっちゃいましょう（と微笑して、食べかけの弁当持って工場の方へ行く）」
石田「――（短くその背中を見て、続く）」

●小島家・部屋（夜）

千恵子「（食事中で、茶碗を持ったまま向き合った隆平を見ている）」
隆平「――（夕刊を見ながら、食べている）」
千恵子「隆さん」
隆平「うん？」
千恵子「みんな、いってるんだって？」
隆平「なにを？」
千恵子「お姉さんのこと――」
隆平「誰がいってた？」
千恵子「店のおかみさん」
隆平「なんだって？」

千恵子「だから、お姉さん、男の相手させられて」
隆平「あんな店まで（ひろがってるのかの意）」
千恵子「警察も動いたんだって？」
隆平「知らねえ。動いたって？」
千恵子「電話しなかった？」
隆平「何処へ？」
千恵子「警察」
隆平「しねえ」
千恵子「おかみさん、隆さんじゃないかっていってたけど」
隆平「オレじゃねえ」
千恵子「ほんとに？」
隆平「ほんとだ」
千恵子「じゃあ、その怪我はなに？」
隆平「つまらねえ喧嘩だっていったろうが」
千恵子「警察へいったんで、サラ金の人に殴られたんじゃない？」
隆平「ちがうって」
千恵子「なんでかくすの？」
隆平「かくさねえ」
千恵子「おかみさんがいろいろ知ってて、妻の私が、なんにも知らなくて、恥かいたよ」
隆平「そいで、警察どうしたって？」

千恵子「しらばっくれて」
隆平「そんなことねえよ。なんも知らねえ。警察、サラ金、つかまえたのか？」
千恵子「――」
隆平「どういってた？」
千恵子「普通通りやってるって」
隆平「そうか」
千恵子「（その隆平を見ながら）危いと見たら、サッと真面目なサラ金に戻って。そうすりゃ、ああいうのは現行犯だから、どうにもならないし、ましてお姉さんの頃の証拠残しとくはずないし、警察は、なんにも出来なかったろうって」
隆平「そうか」
千恵子「ほんとに、知らなかったの？」
隆平「知らん」
千恵子「おかみさん、隆さんに気をつけろって」
隆平「オレに？」
千恵子「個人的に、復讐考えてるんじゃないかって」
隆平「そんな」
千恵子「やめてよ」
隆平「当り前だ」
千恵子「相手は暴力団だから」
隆平「なんもせん」

千恵子「ほんとに？」
隆平「ほんとだ。なに言ってる。一人で、ヤクザ相手に、なにが出来る？」
千恵子「だけど、お姉さん思いだし」
隆平「俺の臆病知っとるだろうが。回転するジェットコースター、ビビッてのらなかったろうが」
千恵子「おかみさん、隆さんが、なにもしないはずないって」
隆平「余計なことを」
千恵子「私もちょっと、そう思うよ」
隆平「買いかぶりだ。俺は、そんな人間じゃねえ」
千恵子「ほんとに？」
隆平「ほんとだって」
千恵子「赤ん坊出来たんだから」
隆平「赤ん坊？」
千恵子「（うなずく）」
隆平「いつ分った？」
千恵子「さっき。夕方。早めに、伊藤医院行ったら、もう三月に入っとるって」
隆平「ようやくじゃねえか（嬉しい）」
千恵子「うん。ようやくだ（と笑う）」

●工場の裏手の一画（昼）

隆平「(ひっぱられて来て) なんだっちゅうだ?」
誠「手伝えることねえかと思って」
隆平「なんの?」
誠「なんのって、水くせえェじゃないですか?」
隆平「なにを一人でいってるだ?」
誠「一人じゃねえよ。みんな、係長なんかするって」
隆平「また」
誠「サラ金へダイナマイトほうり込むとか」
隆平「そんなことしたら、死人が出るだろうが」
誠「じゃ、どんなことですか?」
隆平「なんもせん」
誠「そんな——お姉さん一家があんなことになって、ただ黙っとる係長じゃねえって、みんな」
隆平「お前ら、面白がってるのか? 面白がって俺をあおってるのか? 俺は、なんもせんよ。ほっといてくれよ」
誠「係長 (と止び止める)」
隆平「なんだ?」
誠「俺を巻きこみたくない気持は分るけど」
隆平「なにいってる」
誠「ぐれてた俺を、拾ってくれて、叩き直してくれた恩を忘れていませんッ」

隆平「なに、お前、マジに（と改めて誠を見る）」
誠「手伝わして下さい」
隆平「（ちょっと返事に迷い）いいんだ。大丈夫だ、一人で（と行ってしまう）」
誠「――やっぱり（やっぱりやる気なんだと、敬意をもって見送る）」

●石田のアパート・部屋（夜）

台所もない四畳半。隅に布団がキチンとたたんで置いてあり、壁に、ジャンパーシャツがかけてある他、あまりなにもない部屋。

石田「（一升瓶を持って、隆平の前にコップを置き、それに酒を注ぎながら）寝るだけの部屋で、人に来て貰えたもんじゃねえんだが」
隆平「いえ（とコップを持って注がれる）」
石田「スナックってェ訳にも、いかねえ話なもんでね」
隆平「ええ」
石田「いや、三月十日ほどになるかねえ」
隆平「はあ」
石田「あのスナックであんたと逢って」
隆平「はあ」
石田「あんた、誠になにか説教してた」
隆平「ええ――」
石田「それが、親身でね」

隆平「いえ」
石田「誠も、よくきいてた。あんたを信じてるってェところがあった」
隆平「（一礼）」
石田「あ、やって下さい」
隆平「ええ（とのむ）」
石田「こっちは、一人で気ィ弱くなってて、堅気の仕事がバカによく見えてて」
隆平「（うなずく）」
石田「つい、工場に口はないですか、なんてきいちまった」
隆平「（うなずく）」
石田「それから、随分世話になりました（一礼）」
隆平「いえ」
石田「駄目だ、しかし」
隆平「なにいってるんですか」
石田「いや駄目。不器用も不器用だが、やっぱりね、この年まで、楽な仕事を転々として、あわよくばボロ儲けなんてことをしてると、工場は、つとまりませんよ」
隆平「そんなことないと思うなあ。一所懸命で、おどろいてるくらいです」
石田「それは、口きいてくれたあんたへの仁義って奴で、本当に真面目な訳じゃあない」
隆平「よくやってますよ」
石田「すまねえが、続きません（一礼）」
隆平「やめて、どうするんですか？」

石田「そう、この年じゃ、ヒモになる女もつかまらねえし」
隆平「いて欲しいなあ、俺は」
石田「――係長」
隆平「え？」
石田「どうやります？」
隆平「どうって」
石田「一人で、素人が、こらしめに行くったって、そりゃうまく行くわけがない」
隆平「いや」
石田「自分も怪我して、刑務所入る気ならなんだけど、向うだけやっつけるなんて事、出来ませんよ」
隆平「――ええ」
石田「あんた、人情に厚くて、曲ったこと嫌いで」
隆平「いえ」
石田「誠なんか、このまま泣き寝入りする人じゃないって、気ィ揉んでるけど」
隆平「――ええ」
石田「奥さんもいるんだ。警察に、つかまるような事、しちゃいけませんよ」
隆平「――（一礼）」
石田「そりゃあねえ、姉さん一家があんなことになって、それっきりっていうんじゃ気がすまないかもしれないが、暴れこんだって、いい事はない」
隆平「――」

石田「いいですね？」
隆平「――しかし、それで、あのサラ金は、警察にもつかまらねえで、ずっと金儲けしていて、なにも――なにも起らねえってェのは――いまいましいねえ」
石田「――」
隆平「浮ばれねえだろうと、思っちまう――」
石田「――」
隆平「――これで、終りじゃね」
石田「――」
隆平「――」
石田「気持、すまないかね？」
隆平「そりゃ、誰だって、すまないよ」
隆平「ま、世の中、こんなことはいくらでもあるっていやあ、あるんだろうけど」
石田「――」
石田「ひとつだけ、手がある」
隆平「え？」
石田「私と組むんだ」
隆平「いやあ、石田さんを、そんな事に巻き込むのは」
石田「巻き込まれやしない」
隆平「――」
石田「あそこの社長と手下の二、三人を、あんたと二人で殴りつける」

隆平「しかし――」
石田「誰がやったかは分らない。こっちはアリバイがある」
隆平「(石田を見る)」
石田「ま、相手が、誰にやられたか分らないんじゃ、あんたは気がすまないかもしれないが」
隆平「いいえ。しかし、そんな事が出来ますか?」
石田「出来るよ。こう見えても、そういう場数は踏んでるんだ。俺に、まかせれば、つかまりゃしない」
隆平「――」
石田「どうだい?」
隆平「はい、もし、本当に、そんなこと出来るなら」

●商店街（昼）

果物店の店先で、「いらっしゃい、いらっしゃい」と大声を出している千恵子。「リンゴが安いですよ、リンゴが。津軽リンゴ、御利用下さいませェ。この際を御利用下さいませェ」

●工場

働いている隆平。

●小さなビルの入口

石田、出て来て、一息あって、向いの斜めの喫茶店の方へ行く。

ドアを押す前にふり向いて、いま出て来たビルの二階あたりを見て、中へ、入って行く。

石田の見たビルの二階。

「サラリーマン、主婦、ＯＬのための、生活向上研究所」の看板。「三十万まで即！」など。

電話のベル。

●小島家・部屋（夜）

千恵子「（台所から電話へ行き）はい、小島です」

●赤電話

隆平「あ、いた？」

●小島家・部屋

千恵子「うん。いまさっき」

●赤電話

隆平「今日、夕飯いいから」

●小島家・部屋

千恵子「あら（ちょっと惜しい献立なのに）」

●赤電話

隆平「いや、あの、石田さんがな、急にやめるっていい出してな」

●小島家・部屋

千恵子「どうして？」

●赤電話

隆平「とにかく、誠と、ひき止めるっていうか、ちょっと、のんで帰るから」

●小島家・部屋

千恵子「分った」

●赤電話

隆平「あ、千恵子」

●小島家・部屋

千恵子「う？」

●赤電話

隆平「いや、赤ん坊、大事にしなきゃな。フフ」

●小島家・部屋

千恵子「なに、それ?」

●赤電話

隆平「(ガチャンと切る)」

●小島家・部屋

千恵子「ちょっと、隆さん」

●石田の部屋(夜)

石田「(西洋風の投げナイフを畳に置く)」
隆平「(おどろき) 石田さん、俺はなにも、こんな、あの」
石田「使おうっていうんじゃない。こういうもの持ってると、度胸がつくからね」
隆平「しかし、うっかり使っちまったら」
石田「――」
隆平「アハ、その、殺人犯になっちまうから、フフ」
石田「じゃ――よすか? (と、ナイフをとる)」
隆平「ええ。なんとか、棒かなんかでやりますから」

石田「八時閉店でね」
隆平「はい」
石田「早めに女の子なんかは、帰るって話で――」
隆平「ええ」
石田「様子見て、入る」
隆平「入るって――」
石田「いや、昼間ちょっと細工をしてね」
隆平「鍵かなんかに？」
石田「そうじゃあない。高利で、ちょっとまとまった金を借りてェってなことをね」
隆平「ああ――」
石田「時間外に、相談に行くと、電話でいってある」
隆平「（うなずき）なるほど」
石田「下見はね、目立たねえようにして来た。ドアの前で、これ、かぶって（とストッキングを置く）」
隆平「あ、なんか強盗みたいですね」
石田「そう。強盗の気構えでね。素早く、一気に押し込まなくちゃいけない」
隆平「あの、オレ、考えてたんだけど、これ、強盗だとは思われないですか？　もし、万が一、つかまった時は、強盗だと思われちまうと、こりゃあ、一生にかかわることになっちまうし」
石田「――」
隆平「（黙っている石田が、ちょっと怖いような気があり）なんか昨日の今日で、もう少し慎重に考えた方がいいとか、そういうことはないですよね。ハハ、フフ」

●小島家・部屋

千恵子「(やはり不安で、立上る)」

●スナック

誠「(他に客はなく) マスター」
マスター「うん?」
誠「信用して、相談するんだけど」
マスター「なに?」
誠「係長と石田さんのアリバイつくるの」
マスター「アリバイ?」
誠「力かしてくれないかな?」
マスター「——(その誠を見つめる)」
誠「いや、犯罪じゃないんだよ。話聞きゃあ、マスター、喜んで力かしてくれると思ってるんだ(ドアがあくので、その方を見る)」
千恵子「ひとり?」
誠「え?」
千恵子「うちの人、何処?」
誠「あ」

千恵子「やっぱり、なんかあるのね?」
誠「なんのこと?」
千恵子「何処? 石田さん、何処?」
誠「工場だよ、工場。ちょっと残業してんだよ。すぐ、来るよ、二人とも」

●ビルの入口

二十代と三十代の女性が出て来て一方へ。
石田の声「ああ、あれだ。出て来た」
隆平の声「ええ」

●喫茶店

その窓際に腰かけて、窓の外のビルの方を伺っている石田と隆平。
隆平「(身体を戻し)出て来ましたね」
石田「じゃ(と、煙草を消しながら)そろそろ、やるかね?」
隆平「あ、そろそろね――フフ、ハハハハ(と、調子狂わせて笑う)」
石田「どしたの?」
隆平「あ、いえ――」
石田「姉さん、死んで、口惜しいんでしょう?」
隆平「ええ、勿論」
石田「じゃ、いいんですね?」

隆平「あ、ちょっと、あの、五分、いや三分ちょっと、待って貰えますか?」
石田「――」
隆平「いや、俺、つくづくね、いや、つくづく思うけど、その俺、曲ったこと嫌いだとかいって、会社と威勢よくぶつかったりして、社長とわたり合ったりもして、自分でも結構勇ましいつもりだったけど、やっぱり限界があるっていうか、身体はって、その、悪い奴を叩くっていうのは、やっぱり、イザやるとなると、その――」
石田「怖いの?」
隆平「いや、そんなことないですよ、あと一分、すいません。気持ぐっと落着けなくちゃ。ウーッ(と、息を深く吸い、咳込む)」

●**道**

千恵子、走る。
誠「(追いながら)困るよ。俺だって、来ちゃいけねえって、いわれたんだから(と、千恵子の腕を摑む)」
千恵子「(ふり切って走る)」

●**サラ金・店内**

閉店後。
ウワッと、サラ金の若い男、ドア近くで殴られてひっくり返る。
ストッキングをかぶり、杖を持った石田に殴られたのである。

他に二人の男、その一人は飯田という。
飯田「なんだ、手前は！」
男「この野郎、入るとこにこと欠いて」
石田「(喧嘩慣れした感じでツツーっと二人を追いつめる)」
飯田「金なんかねえぞ」
男「ここが誰のもんか分ってんだろうな」
石田「(前へじりっと進む)」
つい立ての陰に藤波がいて、待ちかまえている。
飯田「よし、そこに二十万ばか丁度ある、持ってけよ（と机を顎で示す)」
石田「(かまわずジリッと前へ出た時)」
藤波「(とびかかる)」
若い男、非常ベルのスイッチを入れる。
リャアリャアと鳴るベル。
その中で石田、短く藤波たちと乱斗になるが、彼らの方が強く、結局たたきのめされてしまう。

●ビルの入口

非常ベルの音はピタリと消え、野次馬の騒ぎの声。
パトカー、停っている。
入口を警備する警官。

野次馬の中で、誠、不安の中で、入口をくい入るように見ていて、後ろへ引っぱられる。

千恵子が、誠の腕を摑まえて、ひっぱり出して、後方の電柱なり、壁なりへ誠を押しつけ、
千恵子「(小声で)そんな顔してたら、あんたも疑われるじゃないの」

誠「(情けなく泣きたく)こういうことにはならないって、いったんだよね」

千恵子「いい? ここ動くんじゃないわよ」

どっと、野次馬、どよめく。

「来た」「来たよ」「バカヤロー」「強盗!」

千恵子「(すぐ野次馬の間へとびこんで行く)」

石田、額から血を出して、みじめな中年男の印象で、ちょっとよろけて膝をつく。

そして、警官にパトカーまで連れて行かれる。

「一人か?」

「一人だ」

という、野次馬の声。

「オジンじゃないの」

千恵子「(入口を見る。続いて夫が出て来ると思う)」

しかし、警官のひとりで入口に立つ。

パトカー警笛を鳴らして走りはじめる。

千恵子「(そのパトカーの方を見て)一人? 一人だったの? (と思わず傍の野次馬に聞く)」

隆平「(電柱の傍で、ちょっとふるえながら立っている誠の傍に立ち)誠(といって目をそらす)」

誠「(見て)係長──(と小さくいう。訳が分らない)」

●小島家・部屋

隆平、へたりこんでいる。それを、千恵子と誠が座って見ている。

誠　「ビビったって、そりゃ、どういうことスか？」
隆平「どういうことって――」
千恵子「（誠に）分るでしょう。ビビッて当り前よ。あんた、平気？　あんなヤクザがいるところへ、平気で殴りこめる？」
誠　「いや、勿論、平気じゃないけど」
千恵子「だったら聞くことないわよ。普通の人間なら当り前よ。あんなとこ怖くて行けるわけないじゃない」
隆平「そんなことないよ」
千恵子「そんなことあるわよ（誠に）わるいけど帰って、力になってくれてありがとう。でも、今日は帰って」
隆平「のんでってくれよ」
千恵子「駄目。こんな時のめば、ろくなことないわよ」
隆平「余計なこというなッ。俺がひきとめてるんだ！」
誠　「いや、帰ります」
隆平「帰るな。のんでけ（と立つ）」
誠　「いいんです」
隆平「のんでってくれよ」

誠「はじめっから、のむ気はないです」
隆平「なんでだ？　なんでだよ？」
誠「お休みなさい」
隆平「おい、ちょっと待て（と腕をつかむ）」
誠「（ふりはらって）すいません（と靴を急ぎはく）」
千恵子「（その二人のやりとりを見ていて）ちょっと待って（と低くいう）」
誠「さよなら（と一礼して出て行こうとする）」
千恵子「（サッとその誠の方へ走り、誠をつかまえて）やっぱり待って。のんでって。いいたいことといってってって」
誠「俺は、なにもいうことなんか」
千恵子「あるわよ。身体中で、あるっていってるわ」
隆平「のんで、行けよ（とうつむいていう）」
千恵子「入って。ドア閉めて（と誠をひっぱり、一度あいたドアを閉める）」
誠「俺——」
千恵子「上って」
隆平「——来いよ」
誠「今日は、のまねえ方がいいです。よく分らねえ」
千恵子「——仕度するから（と台所へ行く）」
誠「今度のことは、係長の問題で、石田さんは助っ人じゃあないんですか？」
隆平「——」

誠　「助っ人ひとりでやるなんて、係長とも思えねえ」
隆平「その通りだ」
千恵子「――（手を止め、なにかいいたい）」
誠　「なんか訳があるんじゃないんですか？」
千恵子「そうよ。ちゃんと筋道聞いて貰えば（といいかけるのを）」
隆平「訳なんかねえよッ」
誠　「――」
隆平「怖くなって。いざ行くとなると、腰ぬけたようになって、気持悪くなって」
千恵子「――」
隆平「立上らねえもんで、石田さん、黙って行っちまった。追いかけなきゃいけねえ。いけねえ、と思いながら、とうとう行けなかった」
誠　「――」
隆平「二人だったら、つかまらなかったかもしれねえのに」
千恵子「そんなことないよ。ああいうとこ警備をつけてるもの。同じよ」
誠　「――」
千恵子「大体助っ人だなんて余計なこと、して貰いたくなかったわよ」
隆平「そんなこというな」
千恵子「隆さんひとりなら、あんなとこ行くはずないじゃないッ（誠に）赤ん坊うまれるのよッ、殴り込みなんてバカなこと考えるわけないじゃない」
隆平「人のせいにするなッ（誠に）俺が考えたことだ。俺が考えて、石田さんに助っ人を頼んだ。

そのくせビビッて、石田さんだけにやらせちまった」
千恵子「私は、なんかちがうんじゃないかって思うよ（といいかけるのを）」
隆平「（かまわず誠に）警察にいうよ。万事、俺のせいだって、警察にはっきりいうよ」
千恵子「どうして隆さんのせいよ？　石田さんは、いわれりゃあ、なんでもするの？」
隆平「黙っとれッ、なんもいうなッ」
誠「――（出て行って、バタンと戸を閉める）」
隆平「（閉める音で、気づき）誠」

●部屋の外の廊下

誠、急ぎ出て行く。

●警察・取調室

同じ夜。向き合っている隆平と刑事の丸山。
話が一段落した感じで、
丸山「（溜息をつき）なるほどね（と煙草の灰を落し）たしかに、あのサラ金は、そのくらいのことをしそうだよ」
隆平「しそうじゃないです。十中八九やってます」
丸山「だからってねえ、個人的に復讐しようなんて（急に怒鳴る）そんなのは、駄目だよッ！」
隆平「（すくむが、息をのみこんで）はい」
丸山「警察だって、とっくに目をつけてるんだよ。向うもしたたかで、尻尾をつかませねえ」

隆平「(うなずくように一礼)」
丸山「いつまでもほっときゃあしないよ(ノックの音)はい」
若い警察官「(ドアをあけ)お待たせしました(と調書を持って入って来て丸山に渡す)」
丸山「ああ、ありがとう(と受取り、ちょっと見る)」
若い警察官「失礼します(と一礼して去る)」
丸山「これ、今日あんたが、しゃべったことだ(と隆平の方へすべらせ)目を通して、異議がなかったら署名捺印して下さい」
隆平「はい(と目を通しはじめる)」
丸山「しかし、そんなことで、強盗の容疑は消えないね」
隆平「(顔を上げ)何故ですか? 石田さんは、本当に、強盗なんかじゃありませんッ」
丸山「ま、あんたがそう思ってるのは、嘘じゃないようだが」
隆平「思ってるんじゃなく事実です」
丸山「石田はね」
隆平「はい」
丸山「ポケットにあそこの金を二十万ほど入れてたんだ」
隆平「そんな。すぐつかまったっていったじゃないですか」
丸山「しかし、入れてたんだ」
隆平「奴らが、入れたんですよ。強盗にしちまおうとしたんです」
丸山「自分で入れたと石田はいっている」
隆平「だって三、四人で、あっという間につかまえたんじゃないんですか?」

丸山「本人が強盗を目的の単独犯だと自供している」
隆平「そりゃあ、ちがいます。オレをかばってるんです」
丸山「そんな玉じゃあないよ。前科二犯だ」
隆平「逢えませんか。石田さんに、逢わして貰えませんか？」

●工場（昼）

働いている隆平。現実音、パタリと消えて――。
中年女性工員Aの声「そりゃ、おっかねえもの」

●従業員休憩室

ロッカーの隅のストーブをかこんで、弁当を食べながら、五人ほどがいる。
中年女性工員A「おじけづいて当り前だよ」
中年工員A「しかし、そこまで段取ったんだべ、段取って仕掛けて、当人がいかねえで、助っ人だけ行かしてよ」
中年女性工員B「強盗だってってつかまってるのは、知らん顔っていうのは（やっぱりちょっとよくないよねえ）」
隆平「（ガラッとドアをあける）」
五人、咄嗟で、声が出ない。ごまかせずに、黙って食べる。
隆平「いうとくけど、俺は、昨夜のうちに、警察へ行って、石田さんは強盗じゃねえ、頼んだのは俺だって、いって来てる。裁判でも証言することになっている。知らん顔しとるわけじゃないよ（とまたドアを閉める）」

●廊下

隆平「（行きかけて、中の声で停まる）」
中年工員Aの声「バカに立派だけど」
中年女性工員Aの声「いるよ、まだ」
中年工員Aの声「仕掛人が腰抜かしたことにかわりはねえべさ」
中年女性工員Aの声「よしなって」
中年女性工員B「（同時に）ククク（と笑う）」
隆平「――（廊下を行こうとしてまた止まる）」
誠「――」
隆平「おう（と目をそらし気味にすれちがいかける）」
誠「係長」
隆平「うん？」
誠「今晩、よかったら、のまねえスか？」
隆平「――ああ」
誠「人間、そういうこともあるよね（と行ってしまう）」
隆平「（見送る。ちょっとホロリとする）」

●スナック（夜）

誠　「（酔っている）人間、そういうこともあるよね」
隆平「（並んでウィスキーを前にしている）」
誠　「工場の奴ら、臆病とか卑怯とか、よくいうよ」
隆平「――」
誠　「似たようなもんよ、みんな」
隆平「――」
誠　「係長」
隆平「うん？」
誠　「尊敬する係長」
隆平「よせよ」
誠　「尊敬してた、尊敬してたよ、ずっと」
隆平「――」
誠　「俺が、鑑別所を出てるのを、社長が知ってさ、履歴書がちがうっていった時、それがどうしたって、社長にくってかかってくれた。今が真面目なら、昔なんか関係ねえって――俺をかばってくれた」
隆平「――」
誠　「でも係長は、そこ止まり。相手は社長どまり」
隆平「――」
誠　「社長はね、いくらくってかかったって、殴って来ねえもんね。半殺しにしたりしねえもんね。へへ」

隆平「――」

誠「そういうとこなら、綺麗なこともいってられるよ。社長たって、あの工場の社長だし、係長にやめられりゃあ困るし、少しぐらい係長が強いこといったって、我慢してる」

隆平「――」

誠「しかし、相手が暴力団じゃ、そうはいかねえや。下手なことといいに行きゃあ、忽ち腕の一本も折られちまう」

隆平「――」

誠「そういうとこじゃ、いっちゃ悪いけど、俺の方が強いね」

隆平「――」

誠「俺は、はっきりいえるね。俺なら、あんなことはしねえ。石田さんだけやって、自分は動かねえなんて、そんな、みっともねえことは絶対しねえよ」

マスター「誠さん」

誠「なによ？」

マスター「いい加減にしなよ」

隆平「いいんだ、マスター」

誠「いいんだ、マスター」

隆平「――」

誠「石田さんは、いい人だった」

隆平「――」

誠「その石田さんが、あんたのために、留置場にいるんだぞ」

隆平「――」
誠「よく酒なんか、のめるなッ」
隆平「――」
誠「その程度の根性で、よくまあ、曲ったことは嫌いだなんて、いえたもんよッ」

●小島家・前の廊下

千恵子「(中からドアをあけ)お帰り」
隆平「(うなずいて、入って行く)」

●小島家・部屋

千恵子「(身をひき)誠、のもうっていったんだって?」
隆平「ああ(と顔を見せたくなく、上衣など脱ぐ)」
千恵子「いうと思ったわ」
隆平「(台所へ)」
千恵子「わかるっていったでしょ?」
隆平「(手を洗っている)」
千恵子「無理もないっていったでしょ?」
隆平「――ああ」
千恵子「誰だって、そう思うわよ。暴力団のところへ殴りこむなんて、普通の人なら、誰だって怖いわよ」

隆平「――」
千恵子「もっと、おそくまで、のんで来ていいのに」
隆平「ああ――（と顔を洗う）」

●工場（昼）

働いている隆平。
働いている誠、すまない、という気持あって隆平を見る。
働いている隆平。

●工場の隅

誠、来て立つ。はなれて隆平、ひとりで弁当を食べている。

誠「（近づき）係長」
隆平「（目を合せず）なんだ？（と食べる）」
誠「昨夜は、いいすぎて（と一礼）」
隆平「――」
誠「すんませんでした」
隆平「そんなことはねえよ。お前のいう通りだ」
誠「いやぁ」
隆平「いいか」
誠「はい」

隆平「酔っぱらっていったことを、あとであやまるな」
誠「そうだけど――」
隆平「お前のいう通りだ」
誠「そんな――」
隆平「なんも間違ったことはいってねえ」
誠「いえ」
隆平「俺は臆じ気づいて石田さんひとりを刑務所へやっちまった」
誠「――」
隆平「手前は、のほほんと、弁当なんか食ってる（と弁当をたたきつける）」
誠「係長」
隆平「行ってくれ」
誠「――」
隆平「行っちまってくれッ」
誠「――」
隆平「――（身の置き所がない）」

●拘置所・面会室

石田、額に繃帯をした、みじめな姿で、奥から現われる。隆平、それを見て立上る。
石田「（立ったまま）やあ」
隆平「（向き合って立っていて一礼）」

石田「よく、来てくれたね（と椅子にかける）」
隆平「いいえ。拘置所へ入るまで、面会出来ねえっていうんで（と椅子にかけ）おそくなっちまって」
石田「いいんだよ」
隆平「今度のことじゃ、ほんとに、面目ねえことを（と一礼）」
石田「なんのこと？」
隆平「なんのことって」
石田「あんたとは（なにもいうな、と手で制し）なんの関係もない」
隆平「そんな――」
石田「俺は、一人で押し込みやって、ドジ踏んだだけ」
隆平「いえ――」
石田「強いつもりが、年だよ、あんた」
隆平「傷は、どんなですか？」
石田「工場じゃ能なしでも、押し込みなら自信あったんだけどねえ。へへ、ザマはないや」
隆平「そんな――」
石田「脇からとびつかれて、いいように殴られて、手も足も出ねえで、つかまっちまった」
隆平「俺が一緒なら――」
石田「バカいうんじゃないよ」
隆平「石田さん」
石田「いいかい」

隆平「俺――」
石田「もし、多少とも、俺の気持を汲む気がするならね」
隆平「(うなずく)」
石田「ほっといてくれ」
隆平「――」
石田「俺のことは、忘れるんだ」
隆平「――」
石田「姉さんのこともね」
隆平「――」
石田「過ぎたことは忘れて――おかみさん、大事にするんだ」
隆平「石田さん――」
石田「(立つ)」
隆平「――石田さん(と立つ)」

●小島家のあるアパート・階段(夜)

隆平、酔っぱらって帰って来て、ころがるように階段に手をつき、泣くような声を出す。
千恵子「(上から)隆さん(とかけおりて来て)どうしたかと思ったわ。こんな、のんで(とひっぱり上げるようにしながら)石田さんに逢えたの? 面会出来たの?」
隆平「どうして俺は――どうして、あン時、ビビッちまったか」
千恵子「まだ、そんなこといってるの。当り前でしょ。子供がうまれるのよ。世帯持ちの男なら、そんな無茶出来ないの、当り前よ」
隆平「（ふり切ろうとする）」
千恵子「隆さん（とふり切られる）」
隆平「手前は、俺の、はずかしさが分らねえのか？　当り前当り前って、当り前ですむかよ！」
千恵子「大きな声出さないで！」

●**小島家・部屋**（朝）

千恵子「（電話をかけている）――すいません――ええ、八度三分――ええ。午後にでも診て貰います――風邪だと思いますけど」
隆平「（蒲団にもぐっている）」
千恵子「はい、ありがとうございます。――どうも、すいません（と切り）お大事にって――」
隆平「――」
千恵子「（立って）聞えた？（と外出の仕度）」
隆平「うん――」
千恵子「風邪だろうっていってあるわよ。二日酔だなんていえないもんね」
隆平「――」
千恵子「じゃ、お店行くわよ。お昼、鍋にシチューつくってあるから。御飯はタイムスイッチ入れてあるから」
隆平「う――」
千恵子「――（と短く隆平に目を置き、出て行く）」

隆平「――」

●アパート・階段

千恵子、トントンとおりて来て、途中で足踏みをしはじめる。

●小島家・部屋

隆平「(急ぎ、シャツを着て、セーターを着ている)」
千恵子「(いきなりドアをあける)」
隆平「(おどろいて見る)」
千恵子「何処行くの？(ドアを閉める)」
隆平「何処って、そうそう寝てもいられねえから」
千恵子「(鋭く) 嘘よ。サラ金に行こうとしてるのよ」
隆平「なにいってるんだ」
千恵子「二日酔がね、嘘なの、すぐ分ったもの。いつもと全然ちがうんだもの」
隆平「――」
千恵子「隆さん正直だから、すぐばれるのよ」
隆平「ひと疑って、なにいってる」
千恵子「サラ金へ一人で殴りこもうとしてるのよ」
隆平「冗談じゃねえ」
千恵子「こっちも冗談じゃないわ」

隆平「そんなことしたって、やられちまうだけじゃねえか」
千恵子「それでもいいと思ってるんでしょう！」
隆平「――なに勝手に――」
千恵子「やられても、自分が臆病じゃないって証明出来ればいいんでしょ」
隆平「うがったようなことをいうな」
千恵子「自分でいったもの」
隆平「自分で？」
千恵子「昨夜酔っぱらっていったわよ。みんな俺を弱虫と思ってる。このままにしとくことは出来ねえ。がむしゃらに殴りこんでやる」
隆平「（自信なく）いうか、そんな」
千恵子「自分がいい格好出来れば、私なんかどうでもいいの？」
隆平「そんなこといってねえだろう」
千恵子「子供がうまれた時、隆さん刑務所入ってるなんてことになってもいいの？」
隆平「――」
千恵子「いいじゃない。多少男らしくないって思われたって、こだわらなきゃすむことでしょ？」
隆平「こだわらねえでいられるか？　石田さんは俺が頼んだ。頼んだ俺がここにいて、石田さんは刑務所だ」
千恵子「石田さん、何故ひとりで行ったの？　隆さんが怖がったら一緒にやめたらいいじゃない」
隆平「俺がいけねえと見て、それじゃあ一人でって、こらしめに行ってくれたんだろうが」

千恵子「ちがうかもしれないじゃない」
隆平「ちがう？」
千恵子「あんたを巻き込んで、はじめから強盗しようと思ってたのかもしれない」
隆平「そんな人じゃねえよッ」
千恵子「大体お姉さんの売春だって、本当のところは分らないんじゃない。本当だったら、もっと警察だって動いてるわよ。隆さん、勝手に噂で、あのサラ金を恨んでるのよ」
隆平「そんなことはねえ」
千恵子「だったら、そう思ってよ。そう思って、もう忘れてよ。あんなサラ金ほっといてよ。石田さんだって、隆さんのためだけで、あんな事まですると思う。それほど人がいい？」
隆平「──」
千恵子「ほっとこうよ」
隆平「──」
千恵子「ね、ほっとこう」
隆平「駄目だ」
千恵子「どうして？」
隆平「ほっかむりして暮しとるんじゃ一生浮ばれねぇ」
千恵子「──」
隆平「阿呆かもしれねえが、石田さんがやったことを俺もやる」
千恵子「半殺しになるの？」
隆平「そうだ（行こうとする）」

千恵子「それで、お姉さん喜ぶ？（とひきとめる）」
隆平「（尚行こうとする）」
千恵子「（ひきとめつつ）やるならやっつけなきゃ意味ないじゃない。いまカーッとなって行けば、やられるだけじゃない」
隆平「――」
千恵子「やるなら勝ってよ。半殺しにされて、それでも勇気だけはあったなんていわれるんじゃ、私やだよ」
隆平「――」
千恵子「その店行ったことあるの？」
隆平「前まではな」
千恵子「そんなことで、勝つわけないじゃない」
隆平「どうせ勝ちようがねえべ。暴力団相手にして、どうやって俺が勝つ？」
千恵子「力になるよ」
隆平「お前が力になったって」
千恵子「店、見に行こう。二人で、どんな店のどんな奴やっつけるか行ってみようよ」
隆平「――」
千恵子「行ってみよう」

●サラ金の店内

事務机の両側に椅子のあるしつらえが二組あり、一組には若い男と女事務員が客の主婦を相手にして腰掛けている。
もう一つの机には中年の事務員（女）がいて、顔をあげ、
事務員「（ものうく）いらっしゃいませェ」
隆平と千恵子、眼鏡をかけて、やや変装をした感じでドアのところに立っていて、うなずくように一礼。
奥についたてがある。
事務員「どうぞ。そこ、どうぞ（といいながら千恵子のためにもう一つ椅子をとりに立つ）」
隆平「ええ」
事務員「紹介ですか？」
隆平「あ、なんか紹介がいるんですか？」
事務員「そうじゃないの。どうぞ、奥さん（と隆平の椅子の横に椅子を置く）」
千恵子「あ、どうも」
事務員「他のお店からのお客さんもいるもんでね（と座る）」
隆平「ああ、そう」
事務員「御新規？」
隆平「ええ、新規も新規。こういうの借りるの、はじめてなんだよね」
事務員「社員証とか給料明細お持ちですか？」
隆平「あ、そういうの、いるんですか？」
事務員「なきゃないでいいの」
隆平「あ、いや、夫婦でも借りられるっていうからハンコと保険証でもありゃあいいか、なん

て」
事務員「いいのよ。保険証どうぞ（と書類を出したりしている）」
隆平「あ、保険証、保険証と（とわざとらしくポケットをさがす）」
千恵子「あら、どうした？」
隆平「いや、たしか入れて来たはずだったけど（ポケットさぐる）」
千恵子「じゃ、あそこ置いたままなんだわ」
隆平「こりゃ、いけねえな」
千恵子「とって来なきゃ」
隆平「アハ、すいません。また来ます（と立つ）」
千恵子「すいません（と立つ）」
二人、ハッとする。
背後にサングラスの藤波が立っている。
藤波「保険証いいスよ」
隆平「いいって――」
千恵子「（ハッと一方を見る）」
つい立ての陰から飯田ともう一人が現われて、二人の傍へ来る。
二人、ちょっとこれはまずい、と思う。
藤波「小島さんでしょ？」
千恵子「あ、そうだけど――」
隆平「よく、そんなことが――」

飯田「分るさ」
隆平「（その方を見る）」
藤波「こっちはあんた迷惑してるんだぜ」
千恵子「迷惑って？」
飯田「なんの用だい？」
隆平「なんのって――」
藤波「金借りに来たんじゃねぇだろう」
千恵子「他になんで来るっていうの？」
隆平「借りに来たんですよ（ビビっている）」
飯田「知ってんだぜ、おい」
隆平「なにをでしょうか？」
藤波「石田をそそのかしたのは、お前さんだろうが」
千恵子「なにいってんだか――」
隆平「なんのことか、あの」
飯田「とぼけてりゃあいいさ」
藤波「俺たちはな、お前らを手荒らに扱おうと思えば、いくらでも出来るんだぜ（と千恵子の腕をつかむ）」
千恵子「よしてよ（と千恵子、荒っぽくふりはらおうとするが、動かない）」
藤波「（強いのである）」
隆平「あ、すみません。ちょっと、はなしてやって下さい。フフフ」

今は港にいる二人

藤波「（千恵子をはなしたかと思うと隆平の胸ぐらをつかみ）いいか」
隆平「はい」
藤波「サツがかぎ回ってやがるからな」
隆平「そうですか？」
藤波「お前らぶん殴って、痛くもねえ腹さぐられたかねぇや」
隆平「はい」
飯田「なに企んでやがる？」
隆平「なんにもです」
千恵子「そうよ。なんにもよ」
飯田「いくらだ？」
隆平「いくらって？」
飯田「金借りに来たんだろう」
隆平「あ、一万ほど」
藤波「一万？」
千恵子「あ、三万よ、三万」
飯田「ふざけてんのか？」
隆平「そんなことないです。ただ、あまり借りると、俺なんか返せなくなるし」
飯田「帰んな」
隆平「え？」
藤波「帰って頭冷やすんだ」

飯田「俺たちに刃向おうなんて、命知らずは、やめとくんだな（といいながら隆平の腕をつかんで、ドドドッとドアの方へ）」
千恵子「（藤波にドーッとドアの方へひっぱられる）」

●部屋の外

二人、ドドッと押し出されて、ドア、バタンと閉められる。

●歩道

車道を轟々と車が通っている。
千恵子と隆平、トボトボ歩いている。
千恵子「分ったわ。今日はじめて、ほんとにあいつらが悪いの分ったわ」
隆平「――」
千恵子「刃向うと命がないっていったじゃない。やましくなきゃ、あんなこといわないよね」
隆平「――」
千恵子「隆さんがいった通りよ。お姉さん、やつらに、ひどいことされたのよ」
隆平「――（しゃがむ）」
千恵子「どした？」
隆平「気持――わりィ」
千恵子「やだ。はきたい？」
隆平「よすか？」

千恵子「なにを？」
隆平「やっぱり、かないっこねぇなあ」
千恵子「そりゃ、まともにぶつかったらそうだけど」
隆平「どうやったって、かないっこねえよ」
千恵子「だからって」
隆平「（立上り）いいや、もう（と歩き出し）警察にまかしときゃいいや」
千恵子「――」
隆平「大体お前は、そういう意見だったべ」
千恵子「――」
隆平「いいよ、もう。いいや。仕様がねえよ（と歩く）」
千恵子「――（ついて行く）」

●スナック（昼）

マスター「（カウンターの隆平と千恵子を相手にしながらコップをみがいていて）分るなあ」
隆平「（露骨ではないが、気持としてはとびつくように）そうだろ？　分るだろ？　フフ、ま、意気地がないっていえば意気地がないし、石田さんがああいうことになってるのに、俺が怖いなんていうのはたしかに格好はよくないけど」
マスター「ま」
隆平「え？（すかさずきく。弁護してくれる言葉が欲しい）」
マスター「石田さんは――ちょっと特別の人っていうか」

隆平「そうなんだよ。なんてったってあの人は俺たちとは元々ちがうんでね。過去に喧嘩もいろいろ経験してる、ヤクザにも慣れてる、こういっちゃなんだけど前科もある――そのさ、その石田さんにしてからが、こてんぱんにやられちゃったんだよね」
マスター「そう」
隆平「強いんだよ（千恵子へ）なあ、お前がこうやったって（振りはらおうとする仕草）ビクともしなかったよなあ」
千恵子「（淋しくうなずく）」
隆平「いやあね、実際に、こうとりかこまれるとね、ジワッとね、ああやっぱり暴力団っていうのは暴力のプロなんだなあっていうのがグーッと分るのよ」
マスター「ああ（ねえ）」
隆平「なんだかんだいったってね、やっぱり直接の暴力っていうのは、怖いのよ、マスター」
マスター「そりゃあねぇ」
隆平「いくらめっちゃくちゃに怒鳴り合っても、暴力にはならねえってところなら結構みんな強いこというよね。だけどこれが下手なこといやあ殴られるとか刺されるとかになったら、こりゃあ大抵の奴が弱いよ」
マスター「そりゃそう」
隆平「大げさなことをいうようだけど、いまあんたマスコミで景気のいいことといってる連中だってね、政府が本気で拷問しても弾圧するなんてことになったら、九割方ピタリだと思うね。まず黙っちまうね」
マスター「そうねえ」

隆平「(千恵子へ) なんだよ。なんで、ブスーッとしてるんだよ」
千恵子「別に――」
隆平「別にじゃないだろ？　お前さっきから批判がましいよ」
千恵子「そんなことないよ」
隆平「いいたいことあったら、いってみろよ」
千恵子「ただささ」
隆平「ただ、なんだよ？」
千恵子「あいつら、癪だなって」
隆平「癪だよ、俺だって癪だよ、そんなことは分ってるよ」
千恵子「うん――」
隆平「だけど、どうしようもねえっていってるんだよ。この俺、非難できるか？　え？　お前になんかいえるか？　いえる奴は少いと思うねえ」
千恵子「いいよ」
隆平「うん？」
千恵子「隆さんが、それでいいなら、いいけど――」
隆平「いいとはいってないだろ。仕様がねえっていってんだよ。ひっかかるようなことというなよ」
千恵子「――」
マスター「――」
隆平「ビール、ビール貰おうかな？」

●工場

働いている隆平。はじめ現実音。それから音楽になって――。

●果物店

働いている千恵子。音楽。

●小島家・部屋（夜）

夕食を食べている隆平と千恵子。

●回想（歩道橋上）

国江「さよならねッ」

音楽は、前シーンから淡々と続き――。

●小島家・部屋

隆平、食べている。

●回想（面会室）

石田「俺のことは忘れるんだ」

隆平「――」

石田「姉さんのこともね」
隆平「――」
石田「過ぎたことは忘れて――おかみさん、大事にするんだ」
隆平「石田さん――」
石田「(立つ)」

●小島家・部屋

食べ終りの隆平。

隆平の声「(回想の声) 石田さんッ」
隆平「(なに気なさを努めて) ああ、うまかったッ。何時だ? 風呂行って、パチンコでもやっか?」

●パチンコ店

隆平と千恵子、パチンコをやっている。

●工場の一隅 (昼)

ひとり弁当を食べている隆平。

●歩道橋の上 (昼)

誠「(パンと牛乳を手にしている) どんな風って――」

千恵子「どうしとる？　工場で、どうしとる、うちの人」
誠「元気ないね」
千恵子「そう」
誠「前には現場とりしきってるような感じあったけど」
千恵子「うん――」
誠「いまは、なんか気力がないって感じで――」
千恵子「そう」
誠「誰も、係長を、弱虫だなんて思ってないんだよね。相手が暴力団じゃ、仕様がないって思ってるよ。でも、なんか、係長こだわってるね」

●小島家・部屋（夜）

テレビを見ている隆平。お笑い番組だが、隆平、ただ真顔で見ている。
台所で、食器を拭きながら、そっと隆平の方を見る千恵子。

●工場（昼）

働いている隆平。

●ボクシング・ジム（夜）

激しい練習をしている若い人々。
それをジムのトレーナーの佐々木と並んでゆっくり歩きながら見て行く隆平。

隆平の声「やっぱり、俺なんかじゃ、ちょっと遅いんだろうねえ」

　短く時間とんで――。

佐々木「（ジムのサンドバッグを間にして隆平と向き合っていて）いくつですか？」

隆平「三十」

佐々木「（隆平を見ながら）まあ、プロになるっちゅうんじゃなければ」

隆平「（サンドバッグを叩き）ああ、イテ」

佐々木「疲れて、黄だんになって、入院してるのいるからね」

隆平「俺はあんた工場できたえてるから、事務のサラリーマンみてェなことはないよ」

佐々木「じゃあ、ちょっと、俺打ってみてよ」

隆平「どこを？」

佐々木「どこでも――」

隆平「どこでもって」

佐々木「本気で打っていいよ、本気で」

隆平「知らねえよ、怪我したって」

佐々木「いいから」

隆平「そんな――（とちょっとはずしたりして、いきなりワッと殴りかかる）」

佐々木「（思わず手が出てしまう）」

隆平「（ひっくりかえっている）」

佐々木「あ、大丈夫ですか？　もしもし、もしもーし」

●小島家・部屋

夕食の膳をひっくり返す隆平。

千恵子「(向き合って食べていて、おどろき) なにすんのッ！」
隆平「人をバカにしやがって」
千恵子「バカになんかしてないよ」
隆平「お前の思ってることぐらい分ってんだ」
千恵子「なんにも思ってないよ」
隆平「人のことを——意気地なしだのなんだのって」
千恵子「そんなこといわないでしょう！」
隆平「いわなくたって分ってる」
千恵子「いい加減にしてよ。拾いなさいよ。拾って食べなさいよね折角私がつくったもん」
隆平「——」
千恵子「頭冷やしてよ」
隆平「——」
千恵子「なにひがんでるのよ」
隆平「——(目を伏せる)」
千恵子「拾いなさいよ」
隆平「——(拾い出す)」
千恵子「——(見ている)」

隆平「――（拾っている）」
千恵子「隆さん――」
隆平「――（拾っている）」
千恵子「やっぱり、あいつら、やっつけよう」
隆平「――」
千恵子「このまんまじゃ、おさまりそうもないよ」
隆平「――」
千恵子「このままだと、隆さん、一生、こだわるよ」
隆平「――」
千恵子「そんなの私、やだよ」
隆平「――」
千恵子「二人で、手を考えて、やつら、とにかく一度、ひっぱたこう」
隆平「――」
千恵子「そうしなきゃ、隆さんも、私も、いいことないよ」
隆平「――」
千恵子「やろう」
隆平「いいか――」
千恵子「なに？」
隆平「やるなら、俺が勝手にやる」
千恵子「だって一人で――」

隆平「お前がいたからって、なにになる？」
千恵子「棒持てば一人ぐらい倒せるよ」
隆平「とんでもねぇッ」
千恵子「やりたいよ、私だって」
隆平「子供が出来んだぞ」
千恵子「分ってるけど――」
隆平「そんな無茶は許さねえ」
千恵子「だけど――」
隆平「これは俺の問題だ。姉さんは俺の姉さんだ。石田さんは俺のつき合いだ」
千恵子「私は妻だよ」
隆平「やるもやらねえも、俺の勝手だ」
千恵子「そんな勝手なこと――」
隆平「今後一切このことでなんかいうなッ」
千恵子「よくもいばりくさって」
隆平「そんじゃねえと離婚だッ」
千恵子「――」
隆平「そんじゃねえと別れるぞ」
千恵子「――」
隆平「一切、なんもいうなッ」
千恵子「――」

●剣道道場（夜）

何組かの生徒が、それぞれ打ち合っている。

その中で、ひときわ激しく一人が打ちかかっている。

面をつけているから分らないが隆平である。

流儀もなにもない打ちかかりで、相手はどんどん追いつめられて行く感じあって、急に見事な胴をとる。

隆平、痛がる。

●道場の外

剣道の道具などは持たずに、ただ打たれたところが痛くて、押さえながら帰って行く隆平。

ものかげから、それを見送る千恵子。

千恵子の声「そうなの。道具は道場に置いて」

●果物店の脇（昼）

千恵子「（工場の休み時間に来てくれた誠に）ならってること、かくしてるんだけど、やっぱりあの人やる気なの」
誠　「（ハンバーガーを食べながら立っていて）いや、俺もね」
千恵子「うん？」
誠　「ひと頃と、ちょっと係長かわったなと思ってたの」

千恵子「どんな風に？」
誠　「相変らず、前みてェには口をきかねぇんだけど」
千恵子「うん？」

●工場の裏

隆平、一点をにらんでいる。
誠の声「昼休みなんか、裏の方でね」
隆平「ウォッ（とブロックを二つ地面に置いて板をわたしたものを、拳固で割ろうとする。全然割れず。ただ手が痛く）ウーッ」
誠の声「やたら一人で、なにかぶん殴ってるんだよね」

●果物店の脇

千恵子「どうしたもんかねぇ」
誠　「どうしたもんて（いわれても）」
千恵子「あの人、あのサラ金へひとりでのり込むつもりなのよね」
誠　「だけど――」
千恵子「かないっこないよねぇ」
誠　「そりゃあ、まあ――」
千恵子「とめた方がいいよねぇ」
誠　「止《と》められりゃあ」

千恵子「止《と》められると思うの。あの人臆病なとこあるから、いろんなこといえば、やめちゃうと
　思うの」
誠「だったら――」
千恵子「だけど、止《と》めたくない気持もあるの。あの人、そうしたいなら、やればいい。その方が
　あの人の一生のためにはいいんじゃないかって、そういう風にも思うの」
誠「うん――」
千恵子「どうだろ？」
誠「うん？」
千恵子「もし、あの人がいよいよって気配あったら、手伝って貰えないかね？」
誠「あ」
千恵子「あんた、前には随分悪いことしてたんでしょ？」
誠「そりゃまあ」
千恵子「うちの人より、喧嘩も強そうだもの」
誠「そんなことはないよ。係長、結構腕だって太いし」
千恵子「いやなの？」
誠「いや」
千恵子「怖いの？」
誠「怖かないよ」
千恵子「だったら、助っ人になってくれるね？」
誠「――いいよ」

千恵子「さあ行きそうっていう時、電話するから、バットかなんか持って、あのサラ金へ来てよね」
誠「(わり切って)分った」
千恵子「まだまだ、剣道はじめたばっかりだし、先のことだと思うけど」
果物店の主人の声「千恵ちゃん」
千恵子「はい」
果物店の主人「(のぞいて)あんまり、人妻が、しゃべってると、いわれるよ」
千恵子「そんなんじゃないです」

●**小島家・部屋**(夜)

またテレビを見ている隆平。
しかし、また心そこになく、じっと一点に目を置いて考えている気配。
千恵子「(それに気づかず、銭湯へ行く仕度をして)はい。いいわよ。いこう隆さん(とドアの方へ)」
隆平「――」
千恵子「(サンダルをつっかけながら)隆さん(と何気なくふりかえる)」
隆平「――(聞えないらしいのだ)」
千恵子「――(小さく)隆さん」
隆平「あ、うん?(と見る)」
千恵子「やだ。テレビ、とめて。お風呂行くの」

隆平「ああ（と止める）」
千恵子「なに、ぼんやりしてるの。さっきからいってるのに」
隆平「俺、いいや」
千恵子「行こうよ、一昨日から入ってないんだから」
隆平「行って来いよ（と立つ）」
千恵子「どうして？」
隆平「いいだろう、どうしてだって（と窓をあける）」
千恵子「勝手なんだから（とドアをあける）」
隆平「あ、千恵」
千恵子「うん？」
隆平「鍵持ったな？」
千恵子「どっか行くの？」
隆平「いや、行かねえ」
千恵子「行かなきゃいいでしょう」
隆平「それでも念のために持っとれよ！」
千恵子「なにいってるの？」
隆平「どんな（自制し）どんなことで出るかも分らねえ」
千恵子「(なにか変だとその隆平の方を見る)」
隆平「いつでも鍵は、持っとれよ」
千恵子「持ってるよ」

隆平「だったらいいよ。行って来い」
千恵子「――」
隆平「行って来いってッ」
千恵子「なにも、そんないい方することないでしょう（とドアを閉める）」
隆平「――」

●部屋の前

千恵子「（ドアを閉めた形で、ドアを見る）」

●部屋

隆平「――（動かない）」

●部屋の前

千恵子「（はなれる）」

●部屋

隆平「（振りかえってドアを見、たとえば物差しをミシンかなにかの脇からゆっくりとり出し、簞笥と壁の間につっこんで、なにかをかき出すようにする）」
出て来るナイフ。それをとり、隆平、ベルトにはさみ、ジャンパーを壁からはずして、ドアの方へ行き、灯りを消す。

●アパートの階段

ジャンパーを着た隆平が、階段の上で立停り、それから心を決めたようにおりて来る。道の方へ行く。物陰から千恵子現われ、ゆっくり続く。

●道A

隆平、どんどん行く。

千恵子、あとを尾行して行く。

●道Bと空地

隆平、来て、立止り、それとなく周囲に目がないかを確かめて、すっと脇の空地へ入る。

千恵子、はなれて息をひそめている。

隆平、空地に捨てられたぺしゃんこになった自動車数台の間へ入ってしゃがむ。一台の下から、新聞紙でくるんだ棒のようなものをひき出す。紙をとると、ゴルフクラブである。無論あらかじめ隠していたのである。

千恵子、ハッと身をかくす。

隆平、ゴルフクラブを持って、また歩き出す。

千恵子、尾行をまたはじめる。

●道C

隆平、行く。千恵子、つける。

●商店街A

隆平、行く。千恵子、つける。

●商店街B

隆平、来て立ち止る。サラ金のあるビルが見える。

その看板を見ている隆平。

千恵子、はなれて立っていて、ポケットから小さなメモ帳をとり出し、赤電話へ走る。風呂用の洗面器を道へ置く。

隆平、歩き出す。

千恵子、一度持った受話器を置いて、洗面具をとる。

隆平、ビルの前まで来る。

千恵子「(はなれて息をのんでいる)」

隆平「――(立ち止っている)」

千恵子「――」

隆平「――(入らずに先へ)」

千恵子「――(何処へ行くのかと思い、続く)」

●パチンコ屋

隆平、パチンコをやっている。

●スナック

電話のベル。

マスター「はい。スナック・トロイカでございます」

●パチンコ屋のある道

千恵子「(赤電話で) あ、誠さん行ってます? (いない、といわれ) あ、そう。アパートの方、電話してもいなくて、(どうかしました?) あ、いえ、なんでもないのかもしれないんだけど、もしかすると、助けて貰いたくて (ハッとパチンコ屋の方を見る)」

隆平「(パチンコ屋から出て来る)」

千恵子「あ、じゃ、あの、すいませんでした (と切る)」

隆平「(千恵子に背を向けて歩き出す)」

千恵子「(息をつめて見ている)」

隆平「(立ち止る)」

千恵子「――」

隆平「(くるりと今度は千恵子の方へ来る)」

千恵子「(慌ててかくれる)」

隆平「（前を通って行く）」
千恵子「（追う）」

●商店街B

隆平「（サラ金のビルの前まで来て、その狭い入口を入って階段を上って行く）」
千恵子「（ハッとしていて、急ぎ、ビルの前を通過し、赤電話のところへ行き百十番を回す）もしもし――もしもし――あ（と、ビルの方を見る）」
隆平「（ビルの外へ出て来ている）」
千恵子「――（切る）」
隆平「（目を伏せ、千恵子の方へ来る）」
千恵子「（その隆平をじっと見ている）」
隆平「（気づかずに通りすぎる）」
千恵子「隆さん」
隆平「――（立ち止る）」
千恵子「（すっと背後へ行き）どうした？」
隆平「（つと歩き出す）」

●路地

隆平「（入って立ち止る）」
千恵子「（来て）どうした？」

隆平「なにがどうしたか？（振りかえり）大体、俺のようなもんに、なにが出来るっちゅうだ？（悲しい）」
千恵子「——」
隆平「お前は——俺を（目を伏せ）怪我させてェのか？　殺してェのか？」
千恵子「——」
隆平「そうそう、女が思うように、男らしくはいかねえよ（と、行きかかるのを）」
千恵子「隆さん、困った！」
隆平「——」
千恵子「百十番しちゃった」
隆平「なんだと？」
千恵子「隆さんが、あのビル入るのを見て、私、あのサラ金で、喧嘩だって、百十番しちゃった」
隆平「——」
千恵子「どうしよう？」
隆平「ほっとけばいい」
千恵子「行って」
隆平「なんだと？」
千恵子「ビル行って暴れて来て」
隆平「——」
千恵子「すぐパトカーが来るもん。思い切ってあばれて！」

隆平「――」
千恵子「早く。すぐ来る、すぐパトカーが来るもの」
隆平「――」
千恵子「パトカーが助けてくれるから」
隆平「――」
千恵子「やらないと、一生浮かばれねぇって、隆さんいったよ。いったじゃない」
隆平「――」
千恵子「行かしたかないけど――」
隆平「――」
千恵子「――」
隆平「(決断し) お前は、絶対に来るんじゃねえぞ (と千恵子を押しのけるようにして通りへ行き) いい赤ん坊うむんだぞッ (とビルの方へ)」
千恵子「―― (パッと通りへ)」

●商店街B

千恵子「(赤電話へ走る)」
チンピラ学生風二人ほどがいて、電話をかけているのを、
千恵子「すいません、百十番をかけさせて下さい (と受話器をとろうとする)」
学生風A「(咄嗟で) なにすんだよッ」
赤電話、道へころげ落ちる。

千恵子「あ、すいません。百十番（と受話器をひったくり、地面の赤電話へ金を入れるため、金を出そうとしながら）かけたっていって、かけてないから」
店の人「あらあら、なにしたの？」
学生風Ａ「知らねえよ、俺たちは」
学生風Ｂ「いきなりよう」

●ビルの階段

隆平、ゴルフクラブを刀のようにかまえて、悲壮に上って行く。
千恵子の声「すいません。百十番かけたいんだけど、なんだか十円玉が（と泣きそうになっていう）」

●赤電話の傍

店の人「百十番て、なにがあったの？」
千恵子「喧嘩です。あそこのビルの二階で（と夢中で指さす）」

●サラ金の店内

隆平「（ドアを思い切ってあける）」
女事務員二人と男が、ただならぬあけ方に、隆平の方を見る。
隆平「女の人は、外へ出てな。野郎らに――小島隆平が用があるッ」

●赤電話の傍

店の人「(店の奥から) 百十番は、この鍵でたしか、無料だったのよ (と出て来る)」

●サラ金・店内

つい立ての陰から、ゾロゾロとすごいのが、藤波、飯田の他にも三人ほど現われる。

●赤電話の傍

千恵子「ね、お願い (と店の人がのろのろしているのに、たまりかねて) かけて下さい。あそこのサラ金が大変だって、かけて下さいねッ (といって走る)」

●サラ金・店内

藤波「なんだよ。それはなんの真似だ? (と前へ出る)」
隆平「姉のカタキ (と、いいながらあとずさる)」

●ビルの入口内部

千恵子、とびこんで来て階段を上る。

●サラ金・店内

隆平「(あとずさって壁にぶつかってしまう。ゴルフクラブをかまえている)」

藤波「(ニヤリと笑う)」
千恵子「(パッと店の中へ入る) 隆さん」
隆平「(ふるえている)」
藤波「(ニヤリと近づく)」
千恵子「隆さんッ」
隆平「――」
千恵子「頑張れッ」
隆平「ウォーッ (とゴルフクラブをふり回す)」
藤波「(さっとよける)」
隆平「ウォーッ (とふり回す)」
千恵子「頑張れッ! 隆さん、頑張れッ!」
隆平「ウォーッ (とふり回していく)」
男たち、ドドッとそのクラブをよけて散る。
隆平「(漸く自分の力に気づき、油断なく見回し) 俺は――俺は――腰抜けじゃあねえぞッ (と花瓶かなにかをクラブで叩き倒す)」
倒れて床にくだける。
男たち、顔色ひきしまる。本気で、対抗する構えになる。
飯田「この野郎――(低く笑う)」
藤波「――」
他の男の一人が、スパッと飛び出しナイフを出す。

千恵子「（ハッとする）」
別の男「（短刀をぬいている）」
隆平「（ひるみが、浮ぶ）」
千恵子「そこまでェ！　フフフフ（と必死で笑い）そこまで。隆さんよくやった。よくやったわ（と隆平の首に抱きついて泣いてしまう）」
　みんな気勢をそがれる。
　千恵子、ワーワーと泣く。一所懸命、泣く。
藤波「なんじゃいなんじゃい。手前ら、ここへいちゃつきに来たのかッ！（と短刀をぬいて机に刺す）」
　隆平、千恵子抱き合っている。強く。
　千恵子、泣いていない。
飯田「（フンと笑い）いやあ、いい度胸だ。じっくり（とひき出しからピストルを出し）じっくり、いちゃついて貰おうじゃねえか」
別の男「ヒヒヒヒヒ」
　隆平、千恵子抱き合っている。
藤波「いい加減にしやがれッ。なにいつまでもくっついてやがるんだッ」
飯田「いいじゃねえか。いいじゃねえか。場所移してゆっくりやって貰おうじゃねえか」
隆平「（ドキリとする）」
千恵子「（ドキリとする）」
飯田「木村ッ」

男　「はいッ」
千恵子「隆さん」
隆平「大丈夫だ。俺がついてる」
飯田「裏へ車回しとけ」
男　「はいッ」
男、行きかけてハッとする。
若い警官の声「全員動くなッ」
ハッと一同、ドアの方を見る。
ドアのかげからピストルがぬーっと出て、若い警察官が、緊張しきって現われる。
続いて、もう一人の若い警察官もピストルを構えて、ふるえるようにピリピリと現われる。
ピーポーというパトカーの音、急速に近づいて来る中で、男たち両手をあげる。
千恵子、気力がぬけて、泣くような声で、へたり込んでしまう。

●**取調室**（昼）
丸山「（千恵子と向き合っていて）奴らは銃砲刀剣不法所持、旦那は住居侵入、器物破損」
千恵子「――」
丸山「しかし、あんた、頭がいいね。血を見るとこ、よくくいとめたよ。頭いいよ」
千恵子「（うつむいたまま）頭じゃなくて」
丸山「うん？」
千恵子「（照れくさく顔を上げニコリとして）心です」

丸山「(苦笑して) いうじゃねえか (と指さし) ワハハハ」
千恵子「フフフフ (と嬉しく笑う)」
丸山「(ダンと机を叩き) しかしねえッ」
千恵子「はいッ」
丸山「私刑《リンチ》は駄目だよ。私刑は私刑を生むんだよ。こういうことをしちゃあ、駄目だよッ! (ダンと机を叩く)」

●走る急行列車 (昼)

●その急行の中

隆平、千恵子、弁当を食べている。

千恵子の声「うちの人は、なんとか刑務所へ入らずにすみました。でも、あの町からは離れることになりました。やっぱりあんなことをしたんだし、仕返しが怖かったのです」

●漁港

千恵子の声「いまいるのは、小さな港町です。名前はいえません。そこで、うちの人が、どうしてるかというと」

●焚火の輪

隆平「(前シーンの千恵子の台詞と直結で、周囲の人に) ほんとにね、ほんとに悪を憎む気持があれば、警察にまかしてばっかりはいられねえはずだよ。自分で、ガーッと乗りこんで行けるはずだよ」

●別の場所

隆平「（前シーンと直結で）ほんとの男はね、やっちまうとね。男ならあんた、我慢ばっかりしてられないよう」

●また別の場所

隆平「（前シーンと直結で）いや、ここだけの話だけどね、他じゃいったことないけどね、俺はね、かって、数十人のヤクザ向うに回してね、一人でね、殴りこみやったのよ。ヒャッヒャッヒャッ（と得意で笑う）」

●漁港商店街（夕方）

賑わっている。

千恵子の声「つけ上って、バカバカしくなるけど、しょんぼりしてられるよりはいいし」

●面会室

石田のフィルター越しの顔。

千恵子の声「石田さんへの面会と」

●墓場

千恵子の声「お姉さん一家のお墓参りに一度ずつ行った他は」

●漁港商店街

千恵子の声「この街を出ないで、なんとか元気にやってます」

●工場で働く誠

千恵子の声「工場の人が、時々なつかしいですけれど――」

●八百屋

千恵子「さあ、いらっしゃい、いらっしゃい、御利用、御利用御利用。安いですよ。大根がお安くなっていますよ」

その千恵子、お腹がかなり大きい。

●海の上の漁船

網をたくし上げる漁師の中にいる隆平。

●八百屋

働いている千恵子。

（終）

殺人者を求む

登場人物

宮坂　四十三才　映画館主
K　三十才
阿部　五十二才　私立探偵

●都心の雑踏（夜）

Kが歩く。時計を見る。

●都心の別の雑踏（夜）

阿部が歩く。時計を見る。

●都心の映画館前（夜）

カメラ、その入口より窓たちをナメながら昇り、一つの窓に止まる。

●その窓の中

屋根裏。床一つ下は観客席。防音が不完全で、下の外国映画の種々な音が小さく聞こえている。と言っても妻を失くした宮坂が住居にしているくらいで、部屋の調度は、かなり上等。

頭がつかえたりすることはない。

宮坂、電話をかける。（内線である）

宮坂「あ、マチ君か。いいね、言っといたように今夜はおりて行かんから。う？——そうだ、売上げも明日の朝見る。いつものところへ置いとけばいい——ああ、そうだ——どうだ、入りは？——ふん——まあ、そんなもんだろう——そうだ——ふん、事務室の鍵は忘れずにかけろよ——あ、よし、じゃ頼む——ああ、わかってる、それも明日だ——あ（と電話を置く）」

宮坂、部屋を見まわし、少しいらいらしている。窓に近寄る。

●映画館前の街路（宮坂の見た目で）

Kが来て、何気なく立止る。カメラ、パンすると、車道をへだてた人道に阿部が現われ、車道を横切って来る。

●屋根裏の居間

宮坂、窓よりはなれて、いらつきながら、キッチンの方へ。

●屋根裏のキッチン

宮坂、入って来て、バケツにけつまずく。

●けとばされたバケツ

●映画館前

Ｋと阿部。通行人の自然さで切れる。

●映画館裏の非常階段

Ｋと阿部。やって来て、昇って行く。

●キッチン

宮坂、水をのむ。

●非常階段

昇って行くＫと阿部、ドアの前へ来る。ノックするＫ。

●キッチン

宮坂、ドアがノックされたのを聞いて、急いで居間へ。

●居間

宮坂、来てドアに駈けより、開ける。

宮坂「さ、早く入ってくれたまえ」

Ｋと阿部、入って来る。Ｋも阿部も異端なところの少しもない身綺麗な勤め人風。

Ｋ　「（落ちついて）はじめまして――」
宮坂「わかってる、わかってる。かけたまえ。（阿部に）君もだ」
　宮坂がソファ、二人はそばの椅子に、それぞれ腰を下す。
宮坂「大丈夫かね、誰にも見られなかったろうね」
Ｋ　「ええ、まず大丈夫です」
宮坂「まずか」
Ｋ　「九分通りは――」
宮坂「九分通り。ふん、やっぱり、そうか。考えていたんだ。君、こういうことは完全でなければ、駄目だよ。（阿部に）阿部さん、こりゃ、とりやめだね」
阿部「はあ――しかしですね。この男が九分通りと申したのは、つまり人の力の及ばないことが起るとしての話でして――私どもとしては――」
宮坂「いや、気を悪くされちゃ困る。僕は何も君たちが全力を尽くしたか、どうかなんて疑ってるんじゃないんだ。さっきから、考えていたんだ。君たちと、ここで会ったのは、まずかったよ。君たちが、いくら要心してくれても、ここで会ったのでは、なにもならない。きっと、誰かに見られている」
阿部「はあ」
宮坂「人の力の及ばないことって、阿部さん、今言ったけど、ここで会っちゃ、それが起るね。（Ｋに）失礼だが、そうだろう」
Ｋ　「そうですね。誰かに見られたか、どうか、と言うことについてだけ考えれば、たしかに、ここは安全ではありません」

宮坂「そうだよ。無茶だったよ。どうして、そんなことに気がつかなかったかね」
K　「いえ、ところがですね。おわかり下さらないかも知りませんが、御依頼の件については、百パーセント御安心願えるのです。つまり、仮に見られたとしてもですね、別に御心配なことはないのです」
宮坂「冗談を言ってもらっちゃ困る。見られてどうして大丈夫なものか。僕は危い橋は渡らん。君たちに、どれだけ経験があるのか知らんが、どうも不用心なようだ。こんなことに冒険は禁物だよ。やるなら、もっと慎重にしなけりゃ、駄目だ」
K　「(ゆっくり) 駄目でしょうか」
宮坂「うん、やめにしよう」
K　「(ゆっくり) どうしても駄目でしょうか」
宮坂「どうしても、って君 (とKの方を見る。Kがじっと宮坂を見ているのでドギマギして) そりゃ、今更、こんなことを言うのは、僕が悪いよ。しかし、ね (とKを見て、また動揺し) いや、勿論、ここまで御足労願ったのだから、失礼だが、それだけのことはさせて貰うよ。ただね――(阿部に) 阿部さん」
阿部「はあ」
宮坂「いや (ちょっと黙ってから) 結局、僕が悪かった。もっと早く、気がつけばよかった」
K　「では、とりやめますか」
宮坂「うん、すまないがね。心配になった」
K　「阿部さん、どうします？」
阿部「どうって、私はどうでも、よろしいです」

K　「（黙っている）」
宮坂「君たちにしたって、そうだ。つまらないことをして、僕から足がついたりしちゃ馬鹿馬鹿しいだろう（阿部に）阿部さん、よそうよ、これは」
阿部「そうしますか」
宮坂「そうして下さい。いや、どうもわざわざ来てもらって、すまないことをしました。まあ、怒らんで下さい」
阿部「怒るなんて、とんでもない。こちらにも落度のあることで――」
宮坂「いやいや、そう話がわかってもらえるとありがたい（ちょっと、どうしようか、と考えて）ええと、それじゃ――（と立ち上る）」
阿部「（立ち上る）」
K　「（坐ったままである）」
宮坂「（阿部に）追い出すようで、すまないがね（とKの方を見る）――そうだ。御足労願ったお礼と言っちゃ失礼だが（と寝室の方へ行きかけようとするが、やめて）まあ、今夜は――いずれ、その事は阿部さんを通して、ということにして（阿部に）ね、阿部さん、頼むよ」
阿部「そりゃ、もう」
K　「宮坂さん」
宮坂「え？」
K　「お忙しくなければ、もう少しお邪魔していたいのですが（見廻す）ここが気に入りましたよ」
阿部「そんなこと、あんた」

宮坂「気に入った？　有難う。僕も自分の部屋を気に入られるのは嬉しいよ。だが、残念だね（と時計を見る）これから映画館組合の野暮用があってね、どうも、ほっとけない事だもんで――」
K「宮坂さん、わたしが怖いですか？」
宮坂「ふふ、怖いなんて、君。どうして？」
K「仕事はしないことになったのでしょう。それなら、わたしといくら会っていたって危険はありませんよ」
宮坂「無論、無論だよ、君。僕はなにも君を避けてるわけじゃないんだ。組合の野暮用が――」
K「宮坂さん、阿部さんは私立探偵です」
宮坂「え？」
K「（微笑して）組合の野望用って何んですか」
宮坂「（笑って）そうか。まけた、まけたよ。見えすいた嘘を言った。（腰を下す）白状しよう。どうもね、君のような商売をやっている人に慣れていないものでね、はは」
K「ふふ」
宮坂「（立っている阿部に気がつき）なんだ阿部さん、掛けたまえ、掛けたまえ」
阿部「（掛ける）」
宮坂「（Kがじっとしているので、居心地がわるい。部屋を見まわし、半ば独り言のように）ふむ、気に入った、か。こんな部屋にも、とり得があるかね（Kに）はは、やかましいでしょう？」
K「え？」

宮坂「下の音ですよ、映画の。防音がうまく行かなくてね」
K「はあ」
宮坂「やかましくないですか？」
K「ええ、別に、ちょっと趣きのあるものですね」
宮坂「ふむ、一時間や、そこらならね。しかし、ここで暮すとなると——まあ、僕はあれで食ってるんだから我慢も出来るが——」
K「……」
宮坂「(Kの顔を見て) しかし、君は本当にあれをやるんですか？」
K「あれ？」
宮坂「つまり、その、人を殺す仕事をですよ」
K「ええ、まあ」
宮坂「それにしちゃあ、どうも身綺麗にしてるね。僕は、また、ジャンパーかなんか着た、物凄い顔つきの男でも現われるか、と想像してたんだが」
K「わたしはギャングのお抱えとは違うのです（この辺り、二人共口先だけの会話）」
宮坂「うむ、聞いたよ。つまり小市民の味方なんだね。実は阿部さんから聞いて、僕も感心してるんだ。そう聞いたから、僕も君に頼む気になったんだよ」
K「いえ、ほめていただくほどのものでもありませんが」
宮坂「いや、どうして、どうして」
K「つまり、大抵の人が、一人位は、いなければいい、と思う人を持っている」
宮坂「そうだよ、御多分に洩れず、僕もね」

K「ところが、その殆ど無数の要求に応えて、では殺してあげましょう、と言う商売がありませんでした」
宮坂「不思議なくらいだ」
K「もっとも、こう言う商売は目立ちませんから、あったのかも知りませんが」
宮坂「いや、僕が見るところじゃ、君が草分けだね」
K「(謙遜に)さあ、どうでしょうか」
宮坂「いや、実を言って人を殺すほど商売人を必要とするものはないよ。我々素人がやると、どうも尻尾を出してしまう。気弱くなっちまうんだね」
K「ええ」
宮坂「それを君が殺してくれる。値段も、失礼だが、まずまずだ。実に合理的な仕事だ(と煙草を出し)どうです、やりませんか?」
K「いえ、わたしは」
宮坂「そう(阿部に)君、どう(とさし出す)」
阿部「有難うございます。私も煙草はやりませんので」
宮坂「おや、そう。じゃ、お二人とも、もっぱら、これの方か(と酒をのむ仕草をし、自分だけ煙草をくわえ、火をつける)」
宮坂「(一口すって)ああちょっと(と耳をすます、他の二人もつられる。下から聞こえる映画が何か連続した大爆発を起しているらしい。音楽もたかまって、悲鳴や叫声が聞こえる)ああ、もう終りになる(と時計を見る)あの音はね、地球が大爆発を起している音です。地球にある何んとか言う元素を、何んとか言う惑星の人間が造った機械が吸収してしまう。それで地球上のいろいろな物質が分解する。あれは分解している音ですよ。はは、馬鹿馬鹿しいもんです。しかし、妙なもので、こんなものが、わり合い入りがいい。どういう訳ですかね」
阿部「あの――」
宮坂「え？」
阿部「それで、地球はなくなってしまうのですか？　としたら、ちょっと変った映画ですな。拝見しますかな」
宮坂「これは、どうも。阿部さんが空想科学映画のファンだとは思わなかった。しかし、残念ながら、なくなりやしませんよ。空想なんだから、なくしちまったっていいようなもんですがね。きわどい所で、インド人が機械を発明してしまう」
阿部「ほう、インド人がね」
宮坂「インド映画なんですよ」
阿部「ははあ」
宮坂「この機械で吸収された元素を、こっちでまた吸収してしまってね」
阿部「なるほど」
宮坂「ほら、静かになったでしょう。今頃、発明家は女に抱かれてますよ。はは。じゃ、ちょっと失礼して（と腰をうかす）」
K　「（先手をうって立上り、落着いて）なんです？」
宮坂「（気押されて）下へね、もう終るので」
K　「私どもが、そんなにお邪魔ですか？」
宮坂「いや、何も君。一つ小屋を持っているといろいろ用があるんだよ。なにね、場内アナウンスをやる子が変ったんで、ちょっと様子を見よう、と思ってね」
K　「うまく、やりますよ（とじっと宮坂を見る）」
宮坂「そうかな。そうだな。うまくやるだろう（諦めて、腰を深く落す）」
K　「（腰を下す）」
しばらく沈黙。やがて、音楽が少し大きく聞こえて絶える。
阿部「終りましたな」
宮坂「終った」

●映画館観客席（鳥観）

明るくなり、人々立ち上ったり、通路を歩いたり。それにかぶせて「ありがとうございました。ありがとうございました。第四回目の終映でございます。お帰りの方はお忘れものなきよう——」などのアナウンス。

●屋根裏の居間

アナウンス聞こえている。
K　「うまくやってる。なかなかいい。あなたはいい子をお雇いになった」
宮坂「うむ（と言うが、不安になっている。しかし、気をひきたてて、煙草をまた一本とり、Kにもすすめる）どうです（それから気がついて）おっと、やらないんでしたな」
K　「（ポケットからマッチを出し、する）どうぞ」
宮坂「う？　や、どうも（と煙草をくわえ、火をもらう）」

K「（火を消しながら、寝室の方へ目をやり、何かに気付いて立ち上る）」
宮坂「（不安そうにKを見る）」
K「（つかつかとドアに近づき、ドアの下のすき間から、何かをひき出す。ナイロン製の女の靴下である。K、明るく微笑して）女がいますか？」
宮坂「（複雑な微笑になり）こりゃ、どうも。無論、いません。もっとも、昼下りまでいましたがね（と言って、やっと我にかえり）これは、とんだ恥を、ははは（と笑う）」
K「（一緒になって明るく笑いながら、何気なくドアを開け、抜け目なく見、すぐ閉める）なかなか御立派な寝室だ（やって来ながら）どうです、床一つ下には人間が一杯つまって何やら興奮している。その上で女と寝るなんて、ちょっとオツな気分でしょう」
宮坂「はは、君は人が悪い。どうも女房が死んで四年もたつとね」
K「おいくつですか？」
宮坂「いや、どうも、ははは（気がついて）あ、女房の年ですか？」
K「いいえ、あなたの」
宮坂「こりゃ、ははは。しかし、これは阿部私立探偵がよく御存じでしょう」
阿部「四十二才になられます」
宮坂「いや四十三です」
阿部「これは。また、ボロを出しました」
三人、笑う。
宮坂「いやね、僕も阿部さんに尾行されているのに気がついた時は驚きましたよ」
阿部「どうもお恥しいことです」

宮坂「それでね、こりゃ、どうしても捕まえて誰に頼まれたか聞き出さなくては、と思ってね。そりゃ、そうでしょう。僕は阿部さんを知らないのだから、誰かに頼まれたにちがいない、と思った」

K「なるほど」

宮坂「それで、わざと真昼間、例のビル――あんたも御存じと思うが」

K「ええ、阿部さんから聞いています」

宮坂「あのビルから、真昼間、そうだね二時頃だったかね、阿部さん？」

阿部「そうです、その時分でした」

宮坂「うん、その頃、ひょいと出たのよ。はたして阿部さんが立っている。僕は気づかないふりをして、阿部さんの方へ歩いて行った。阿部さんは、下を向いて――（阿部に）おや、あんた煙草やるじゃないか。あの時、たしか君、下を向いて煙草に火をつけてた」

阿部「はあ、たしかに。しかし、どうも調子が悪いので、つとめて、やめるようにしておりますので」

宮坂「そうなの。遠慮してるなら、いやだよ。（と煙草をテーブルにおく）それでね、つまり、僕が、その、阿部さんの方へ近付いて行った」

K「はあ、はあ」

宮坂「そして、いきなり腕を摑んで、ビルに押しつけちまった。『何故つけた？　誰に頼まれたっ』てね。阿部さんは、失礼だが見事なくらい驚いてしまった」

阿部「面目ないことです」

宮坂「『申し訳ありません。北川に頼まれました』忽ち言ってしまったんですからね。正直言って拍子抜けしたくらいでしたよ」
阿部「どうも」
宮坂「通行人も、殆ど気がつかなかったんじゃないかな。とにかく、タクシーで、この部屋へ来て貰った。すると、君、北川がとんでもない策謀をしてるって言うじゃないか。僕も、あの時ばかりは、まったく腹が立った。今まで、さんざんな目にあってる上なんだからね」
K「『殺してしまいたい』とお思いになった」
宮坂「そうなんだよ。まったく、むらむらとしてね。すると君、阿部君が『殺してしまいたくありませんか』って言うじゃないか。『ばか言え』と僕はどなったよ。ところが、あんたの事を阿部さんが持ち出して来た。こりゃ、まんざら、ばかな話でもないぞ、と思ってね」
K「しかし、考え直したってわけですな」
宮坂「いや、気を悪くされちゃ困るよ。だがね、この事は君が東京にいる僕とも北川ともなんの関係もない神戸の人間だということが重要なんだからね。こうして会ったりしたのを誰かに見られたりしては、なんにもならない」
K「そうです。これは、やめてよかったですよ」
宮坂「しかし、北川の奴は、きっとなにかで、ひどい目に遭わせてやるよ。どう考えても、このまま、引き下る手はない。腹が立ってならん。第一、あんな奴は、君、社会のためにならないよ。僕だけ我慢すればいいのなら、そりゃ我慢の仕様もあるがね。あの男のやり口は、そんな君、おとなしいものじゃや、ないんだからね」
K「まったく、大変な人間ですな」
宮坂「大変も、なにも、あんな陰険な男はない」

Ｋ　「実を言いますとね、宮坂さん」
宮坂「う？」
Ｋ　「阿部さんは、あなたにわざと捕まったんですよ」
宮坂「（不安になって）なんだって？」
阿部「君、何を言い出すんだ」
Ｋ　「阿部さん、白状しちまおうよ」
宮坂「（腰をうかし）白状って、君、なんのことだ」
Ｋ　「わたしは、宮坂さんが好きになったんですよ」
宮坂「わからんね、どういう意味だ？　まさか、君、北川から頼まれたっていうのが嘘なんじゃ
――」
Ｋ　「それは本当です」
阿部「本当です、宮坂さん。しかし、あなたとの関係を調べているうち、もう、とてもあの男の
ために働く気にならなくなったのです」
宮坂「（安心して）ふむ」
Ｋ　「柄になく正義感が湧きましてね、はは」
宮坂「そうか。知らなかった。阿部さん、みっともない自慢をして、わるかった」
阿部「いえ、どっちみち、わたしは、たいした腕はありませんので」
宮坂「とんでもない。あんなに、うまい芝居がうてるのは、余程の腕ききだよ」
Ｋ　「阿部さん、宮坂さんの顔で映画俳優にでもさせてもらったら、どうです」
宮坂「そりゃ、いいね」

三人、笑う。
宮坂「それにしても、君たちも人が悪い。今まで黙っているなんて、ひどいよ」
K「(頭を下げる) お詫びします」
阿部「(黙って一緒に頭を下げる)」
宮坂「いや、いや」
K「でも白状してよかった (阿部に) ね、やっと打ちとけていただけた」
宮坂「何も君、僕ははじめから打ちとけてるさ。そうだ、ウイスキーがあるんだ」
K「いえ、私たちは――」
宮坂「なに、御馳走はしないよ。(とキッチンのドアに消える)」
阿部「(Kに手帳のようなものを渡す。K、それを開いて見、かえす。それから、時計を見る)」
宮坂「(コップ三つとウイスキー瓶を持ってキッチンのドアから) つまみもなくて失礼だが、まあ、やって下さい (と腰を下す)」
K「ほんとに私たちは、不調法で――」
宮坂「へへ、嘘言いたまえ。いいじゃないか、たまには、こういう質素なのも」
K「どうも、弱ったな。ね、阿部さん」
阿部「弱りましたな」
宮坂「ははあ、わかった、わかったぞ」
K「なにがです?」
宮坂「商売柄だね、君たちは、この酒に毒でも入ってると思ってるんだろう。煙草にはモルヒネが入ってると思い、酒には青酸カリが入っている、と思う、か」

K「まさか」
宮坂「いや、安心したまえ。これは純粋のウイスキーだ……いや、それはちょっと、あてにはならんが、とにかく毒は入っとらんよ。見ていたまえ、僕が先ず毒見をするから（と注ぐ）種も仕掛けもないよ（と飲む）ほら、ね。青酸カリなら、もう死んでるさ。あれは、まわりが早いからね」
K「どうも、そんな風に言われると、お断りしにくくなるな」
宮坂「だから、はじめから断らなけりゃあいい（注ぎながら）好きなくせに、つまらん遠慮はやめろよ。（阿部に）さあ、阿部さんも、やりたまえ」
阿部「ほんとに、私は――」
宮坂「じゃ、いいさ（Kに）君とやろうよな。そうだ、まだ僕は君の名前を知らんぞ」
K「名前など、ありませんよ」
宮坂「そうか。これは愚問だった（と男の杯を見て）なんだ、まだやらないのか、水くさいね」
K「いや、いただきます（と飲む）」
宮坂「うん、それでなけりゃ。さあ、さあ、（と注ぐ）ところで阿部さんの事務所はどこなの？」
阿部「どこと言って――事務所と言うほどのものはありませんので――」
宮坂「はは、言いたくなければいいんだよ。なにね。今後、何かお頼みしようと思った時などに知っとけば、便利と思ってね」
阿部「では、時々お電話して、御用伺いしてもよろしいですが」
宮坂「こりゃ、用心深いね。いや、御用聞きされるほど、探偵さんに用があっては、困るよ」
K「宮坂さん」

宮坂「う？」
K「僕は寂しいです」
宮坂「いや、失敬、お相手するよ。さあ（と注ぐ）」
K「僕は寂しいです」
宮坂「ふふ、早いね。経済なひとだ。まだ、三杯ものんでないんだろう」
K「僕は寂しいんですよ」
宮坂「わかった。だから、こうやって、お相手してるじゃないか。せいぜい、のんで寂しさなんて、ふきとばしてくれ」
K「いや、ふきとびません。僕は本当に寂しいんです」
宮坂「嘘とは言わんさ。寂しいのはお互いだよ。僕だって、阿部さんだって。ね、阿部さん？」
阿部「そうですな」
宮坂「そうですな、か。（Kに）さあ、ぐっとやってくれ」
K「（のむ）宮坂さん、僕は寂しいです」
宮坂「へっ、くどいね。しかも、君はどうやら、阿部さんほど芝居がうまくないよ。ちっとも酔ってるみたいじゃないしさ」
K「別に酔ってる真似してるわけじゃないです。本当に、寂しいんですよ」
宮坂「だから嘘だとは言わんさ。そんなことは、言わないものだ、と言ってるんだ」
K「（うつむいて、ゆっくり）宮坂さん、あなた、さっき、わたしが身綺麗にしてるって、おっしゃったでしょう」
宮坂「ああ、言った。本当にきちんとしているよ、君は」

K　「しかし、兇悪な男が身綺麗にしてるなんてのは映画でもよくあるやつで、別に珍らしいことでも、なんでもない」
宮坂「そう言えば、そうだが」
K　「ところが、あなたは、それをとりたてて、おっしゃった。何故でしょうか？」
宮坂「困るよ。君、僕はなにも――」
K　「いや、わかっています。あなたはなにも、わたしに異常を認めたから、おっしゃったのではない。ちょっと言ってみた、と言うだけ、いわば、失礼だが御挨拶みたいなものでしたろう。ところが、わたしが身綺麗にしているのは趣味でも、なんでもないのですよ」
宮坂「わかる、わかる」
K　「わかりますか？」
宮坂「わかるよ、つまり、なるべく平凡にして目撃者の印象をぼかしたいんだろう」
K　「いや、そんなことではないのです。第一、目撃者への用心は、そんな簡単なことでは駄目です」
宮坂「ほう」
阿部「（大型のグラフ雑誌を見ている。しかし実は一向見ていないのは、頁のめくりかたが、正確なのでもわかる）」
K　「私のは病気みたいなものなのです」
宮坂「病気？（考えて）病気みたいなもの、か。わからんね」
K　「わたしは汚れに堪えられないのです」
宮坂「なるほど、しかし、そういえば僕だって多少は、そういうところがあるよ。なにも病気なんてものじゃない」
K　「汚れは人間的です」
宮坂「そうかね」
K　「だって死体は汚れないでしょう」
宮坂「そんなことはないさ。腐って汚れる」
K　「そうです。腐らなければ、汚れない。自らは、汚れない」
宮坂「まあ、そうだな」
K　「ところが人間は、生きている人間は、しみじみした汚れ方をするでしょう」
宮坂「しみじみ、ね。なるほど」
K　「わたしは、しみじみ汚れられないのです。しっとりした、しっくりとした汚れかたが出来ないのです。そういう人間的なものに堪えられないのです。洋服を、洒落て着くずしてみるなんてことが出来ないのです」
阿部「(時計を見る)」
宮坂「いや、君は、そんな風に思ってるだけさ。商売に暗示されて、ね。疲れてるんじゃないのかな」
K　「(かまわず、部屋を見廻し、ゆっくり) この部屋を、わたしは気に入った、と言いましたね。そうです。この部屋は、実にしみじみ、汚れている」
宮坂「こりゃ、どうも (笑い出す) どうも、君は手きびしい。今日はね、つまり、今日は、女が来てたものでね。掃除をさせなかった。はは、どうも君は人が悪い」
阿部「(立ち上る)」

宮坂「なんです？」
阿部「(時計を見ながら）いえ、ちょっと、あの手洗を――」
宮坂「(キッチンのドアを指し）どうぞ、その奥です。はは、時計を見て、手洗いに行くとは、私立探偵らしいですな」
阿部「では、失礼して――（とキッチンのドアに消える)」
宮坂「(阿部の背を見ながら、少々不安になり）ええと（とちょっと腰を浮かしかけて、何かを言おうとするが、Kをちょっと見て決心がつかず、半ば、独り言のように）ま、もう少し、話すか（と腰を落す）――お、君、ちっともやらんじゃないか、（とウイスキー瓶を持ち）あけちゃってくれよ。いくらもないんだから」
K「ええ、やってます（と瓶を受けとって、テーブルの手前の方に置く)」
宮坂「(のまないのを見て、落着かなくなり）ええと、(阿部の消えた方をふり向き）ところで、君、軍隊は？」
K「ええ、ちょっとだけ――」
宮坂「おや、そう（と上の空で立ち上ってしまう)」
K「(落着いて）なんです？」
宮坂「いや、ちょっと事務室まで降りなきゃならん」
K「はあ？」
宮坂「(腕時計を見て）いやね、もう最終回が始まって、大部たつでしょう（と言いながら入口のドアの方へ行く）切符売場の女の子が事務室で売上げ計算してるんですよ。こればかりは、立合わないとね、へへ（ところがノブをまわしてもドアがあかない。いつの間にか、鍵がかかっているのである）おっ、こりゃ――（ノブをがたがた動かしかける。その手をKが押さえる）」
K「鍵は阿部さんが持っています」
阿部「（黙って居間の隅に立っている）」
宮坂「う？（ちょっとポケットへ手をやる。突然、怒りが爆発する）一体、君たちは何を企んでるんだ。貴様は――（とKの胸ぐらをつかみかかる）」
K「（宮坂のその腕をぐいと下へおろす）静かにして下さい。あなたこそ、何を企んだのです」
宮坂「疑うのか。俺は売上計算を――」
K「宮坂さん、わたしたちが北川のことで話し合うのに二時間は予定して下さい、と頼みましたね。それで、今朝あなたは切符売場の女に売上げは明日の朝見るから、とおっしゃった」
宮坂「わけがわからん。何故、そう俺のことをなんでもかんでも調べあげるのだ」
K「私たちの習慣です。あなたは依頼者だった。わたしたちが一番用心しなければならないのは依頼者なのです」
宮坂「（Kの手をはらい、衝動的にノブにつかみかかる。しかし、すぐ諦めてKに）わかった。僕を信用したまえ。君たちは、僕が何か言い出しはしないか、と心配なんだね。言わない、と言う確証が欲しいのだね。大丈夫だ。僕は誰にも言いやしない。言えば、僕自身だって、ろくなことにならんのだから、言うわけはないよ」
K「わたしたちの組織は大きいのです」
宮坂「そうだった。阿部さんから聞いたよ。妙な真似をすれば、すぐ復讐されるとね。僕だって命は惜しい。安心したまえ」

K「安心しています。わたしたちは、ちっとも、そんなことを心配してやしません」
宮坂「(怒って) それじゃ一体、何が心配なんだ」
K「別に、何も」
宮坂「それなら、鍵をよこしたらどうだ」
K「まあ、椅子に戻って下さい」
宮坂「気取るのはやめろ。金が欲しいのなら、やる。金か？　え、金が欲しいのか？」
K「宮坂さん、わたしは貴方が好きなのです」
宮坂「好きだの、なんだの、変にからんだ口をきくのはやめろ」
K「本当に、わたしは貴方を信頼してるのです」
宮坂「鍵を盗んで、信頼か」
K「そうです。貴方のほうでも、わたしを信頼して下さるようになるまでは、やむを得ません」
宮坂「(ちょっと熱がさめて) 信頼、信頼って、君たちは、僕を仲間にでもするつもりなのか」
K「とんでもない。だが、あなたに信用していただきたかっただけです。信用されてあなたと少しの間、お話がしたいのです」
宮坂「わからんね」
K「いいですか (歩きながら) 実は、わたしたちの組織なんて、なにもないのですよ。大きいもなにも、阿部さんとわたしだけなのです。ですから、あなたが、その気になれば、警察にちょっと連絡すればいい。復讐などしてくれる仲間などいないのです。宮坂さん、さあ電話をかけるなら、どうぞ (と電話を指す) わたしどもは、大人しく拝聴していますよ」

宮坂「ふむ」
K　「さあ、どうぞ」
宮坂「どうぞ、って。いったい何を警察に連絡しろって言うんだ。殺人って言ったって、君たちが何をしたか僕は知らん」
K　「ですから、強迫とか、なんとか」
宮坂「脅迫？　君が誰を強迫したんだ」
K　「それなら、腰を落ち着かせて下さい。お怒りになる理由が、何もないのですから」
宮坂「しかし、君は鍵をかけた」
K　「じゃ、それを警察におっしゃればいい」
宮坂「なんて？　鍵をかけて、殴られたかね？　鍵をかけて、金をゆすられたかね？　小娘じゃあるまいし、鍵をかけられた、だけで、警察が何をするって言うんだ」
K　「ですから、わたしにはあなたが何を怒ってらっしゃるか、どうものみこめないのです」
宮坂「警察が怒らなけりゃ、理由がないのかね。俺が怒ってるのは、警察とは、何の関係もないのだ。いいか、俺は絶対に警察に電話をかけたりはしないぞ」
K　「それは、ありがとうございます。私はまた、貴方のような方は、警察と一緒に怒ったり、賞めたりなさるのか、と思っておりました」
宮坂「それは、どういう意味だ」
K　「いえ、ともかく、信用して下さって感謝します」
宮坂「信用？　誰が信用する、と言った？」
K　「まあ、お掛け下さい。あなたは、さっき鍵をかえせ、とおっしゃいましたね。ポケットをお調べ下さい。わたしたちは、あなたの鍵には手も触れていません」
宮坂「う？（ポケットをさぐる、鍵はある）しかし、ではどうしてドアが――」
K「お掛け下さい」
宮坂「合鍵があるのか？」
K「（きっぱりと）お掛け下さい」
宮坂「（虚勢を張り）よし（と掛ける）」
阿部、追うように腰掛ける。
宮坂「どうしろ、と言うんだ？」
K「何を、です？」
宮坂「話、話って話をせんじゃないか」
K「（見廻して）この部屋は、実にいい部屋ですな」
宮坂「いい加減にしたまえ。話があるなら、さっさと、しゃべったらどうだ」
K「あなたのように切口上でやられては声が出ませんよ」
宮坂「それだけ出てれば、たくさんだ――どうして貰いたいのだ」
K「おちついて下さい」
宮坂「ふん、仲間にしようと言うんだな」
K「困ったな」
宮坂「誰が人殺しなど――」
K「はは、しかし宮坂さん、それをあなたは、わたしにお頼みになったじゃありませんか」
宮坂「とっくに断ったはずだ。いいか、よく聞きたまえ（とちょっと決心したように、気を落ち着ける仕草）いいか、君は殺人をうまくやるのが御自慢のようだが、たとえば警察が勘違いしたらどうするのだ？」
K　「（よくのみこめず）勘違い、と言うと？」
宮坂「勘違いだ。罪のない人間を逮捕してしまったらどうする、と言うのだ」
K　「どう仕様もありませんね」
宮坂「それが、善良な人間でもか」
K　「善良って何んです？」
宮坂「ふん、見えすいたことを言う。君は北川のすることを見ていて正義感が湧いた、と言ってたじゃないか。そして今になって、善良とは何んです？　か」
K　「誰だって同じことです」
宮坂「善人も悪人もない、というわけか。はは、残念ながら、君はそんなことを言う資格はないよ。君は、ただ悩まない馬鹿者にすぎんさ。金もうけには、手段をえらばずと言ったたぐいの単純な男なんだ」
K　「それが単純でしょうか」
宮坂「そうさ。単純だから、いつか自分に裏切られることになる。いいか、君はさっき依頼者が一番危険だ、と言ったが、いくら組織だの、復讐だのと、おどかしておいても、それで安心というわけにはいかんはずだ」
K　「そりゃ、そうです」
宮坂「なにか、工夫があるのかね」
K　「ありません」

宮坂「はは、君は、まだ若いよ」
K「依頼者がしゃべったとしても、なかなか、わたしは捕まりません」
宮坂「ふん」
K「捕まったとしても、有罪にするのは難しい」
宮坂「それじゃ、君の心が裏切ったら、どうするね。人間には正義への本能がある」
K「お言葉ですが、その時は捕まりたくて捕まるのだから、どうするも、こうするもないでしょう」
宮坂「捕まってから、後悔するかも知れん」
K「はは、わたしはそこまで計算ずくめの男ではないです。そうなったら仕方ありません。神妙にしますよ」
宮坂「ふん、君はまだ若いよ」
K「三十です」
宮坂「若い、若い」
K「はは、あなたは、私に殺人商売をやめさせよう、と言うのですか？　驚きますね。一時間足らずのうちに、人間というものは、こうも変るものですかな」
宮坂「君は傲慢だよ。生命の意味を知らんのだ」
K「いよいよもって。私は北川の生命の有難さまで知っているつもりですが――」
宮坂「北川のことは断ったはずだ。へんな皮肉をやめてくれ。――第一、君は、こんなことをしていて、幸福になれるはずがないじゃないか」
K「そうです。私は、このまま死ぬのは、しのびない気がすることがあります」

宮坂「(案外、素直に認めたので、拍子抜けの感じで）そうか」
K「御承知のように、見つからないようにするのが、わたしの商売です」
宮坂「うん？」
K「見つかれば大騒ぎになる。社会をあげて驚いてくれる。ところが、実際は静かです。わたしの周りは実に静かです。そして、結局、その静けさの中で死ぬんじゃ、何のために人を殺してきたんだか、わかりません」
宮坂「呆れたね。君は大した俗物じゃないか。喝采をあてにしてるのか。ふん。安心したまえ。君は見出されるよ。新聞は、いくらでも、君のために紙面をさいてくれる。出版屋は、本を出して記念してくれるさ」
K「そうだといいのですが」
阿部「あの」
宮坂「え？」
阿部「お話中失礼ですが、映画のハネるのは九時――」
宮坂「九時四十五分だが――誰か映画でも見ているのですか？」
阿部「いえ、そろそろ、失礼しようと思って――（と立ち上る）」
宮坂「おや、そう（Kに）君もか」
K「(ニヤニヤしながら）御安心下さい。わたしもです（と立ち上る）」
宮坂「(案外簡単に帰ってしまうらしいので、ちょっと妙な気分で）映画の時間が、何か？」
阿部「いえ、どうでもいいことですが、お宅の従業員の注意が、それている時の方がいい、と思ったもので」

宮坂「ほう。それは、行きとどいたことで（と立ち上る）」
　三人、入口のドアの方へ歩く。
宮坂「（腕時計を見ながら）しかし、それなら、少し早いよ。僕の時計は、おくれていないはずだが」
阿部「おくれていません。その前に、ちょっと用があるので――」
宮坂「と言うと（不安）」
阿部「（急につかつかと宮坂に近づく）」
宮坂「（はっとして、ふりかえる）」
K「（恐ろしく的確なパンチを宮坂の腹に入れる。宮坂、前のめりになりかかって、うしろから阿部に支えられる。しかし、もう気絶している）」
K「（宮坂の髪をもって仰向かせ、すぐ突きはなし）簡単な奴だ。（阿部に）なにか、あるかい？」
阿部「バケツしかないんだが」
K「バケツか。へっ、じゃ、それにつけるか」
阿部「（宮坂を、まださささえている）台所にあるんだ。水入れて持って来てくれないか」
K「いや、こいつを選ぼう。少しは発見もおくれるしな」
阿部「そうか。じゃ、足を頼む」
K「（宮坂の足を持ち）こいつの頭入るかい？」
阿部「（運びながら）バケツに入らない頭なぞないさ」
K「へへ、こいつ相応の死に様だよ。バケツの中で窒息、映画館主殺人事件、か。（手をすべらしそうになり）おっと重いぜ」

●屋根裏のキッチン

Kと阿部、宮坂を運んで来る。

阿部「べらべら、しゃべらずにやれよ。お前は、まったく、おしゃべりだ」

K「へへへ」

ほうり出された宮坂。K、バケツに水をくむ。

阿部、宮坂の頬を張る。宮坂、少し意識をとりもどす。バケツ。

あと、音のみか、もしくは、Kと阿部のバストで。

宮坂のもがく音。

K「静かに死ねよ」

阿部「だまってやれ」

●屋根裏の居間

キッチンのドアより、阿部が戻ってくる。

まったく平静。向うで、宮坂が死んで、ほうり出される音。阿部、さっさと椅子へ戻り、濡れた手袋をとり、ポケットから、ビニールの小さな袋を出して、そこへ手袋を入れ、ポケットへしまう。次に別の手袋を出して、はめる。

K「（キッチンより、やって来て）もがきやがって。服、濡れてないだろ（と一回りして見せる。こちらは少し興奮している）」

阿部「ああ」
K　「(椅子に掛け阿部と同じく手袋をかえる)」
阿部「今夜はずいぶん遊んじゃったな。時間が、うまく行かなかった」
K　「ふん。からかい甲斐のある野郎だったよ（とちょっとキッチンのドアの方を見る)」
阿部「おい、お前あがってるな」
K　「冗談じゃないよ」
阿部「本当に死んだんだろうな」
K　「大丈夫だよ。俺の腕を信じて欲しいな」
阿部「ふむ。ネクタイがまがってる」
K　「頼む（と首をさし出す)」
阿部「(中腰になってKのネクタイを直す)」
するると、キッチンに物音。
K　「(阿部の手を押さえ、間違えて、入口のドアを見て）誰か来た」
阿部「(しばらくKの顔を見ている)」
物音。人の歩くような音。
K　「どうする?」
阿部「(平然と）音はこっちだ（とキッチンのドアを指す)」
K　「(黙ってふりかえり、すくむ)」
ひきずる靴音。
阿部「(黙ってる)」

Ｋ　「聞こえるんだろ、あんたにも。俺がどうかしてるんじゃないよね。え、聞こえるんだろ」
阿部「聞こえてるさ、お前が殺さなかったんだ」
Ｋ　「殺したんだよ。たしかに死んだんだよ」
阿部「（興奮が少しずつ現われ、それを抑えながら）お前が殺さなかったんだ」
Ｋ　「どうする、え、どうする」
阿部「殺すさ」
Ｋ　「死ぬかい。死んだ奴が、また死ぬかい」
阿部「馬鹿、死んだ奴が音をたてるか」
　阿部、いきなりキッチンのドアに近より、激しくドアを開く。

●キッチン

　死体はない。とり残されたバケツ。

——ＥＮＤ——

収録作品について

頭木弘樹

●未発表シナリオ発見のいきさつ

山田太一さんに全作品について尋ねるインタビューを、二〇一七年六月二十八日から始めて、今も続けております。毎週一回ずつ、お休みの週もありましたが、現在まで二百二十二回続いています。最初は山田邸にうかがって取材していましたが、コロナ禍で中断し、その後はオンラインで再開し、今に至ります。もう少しで全作品の取材が終わります。単行本として本書同様に国書刊行会から刊行予定です。

その取材の過程で、山田邸の書庫で資料を調べました。本書に収録されているシナリオは、そのときに発見されたものです。そのまま埋もれさせておくのはあまりにも惜しいと思い、山田さんの承諾を得て、書籍化した次第です。

以下、収録作品について説明いたします。少しネタバレもありますので、まだシナリオを読む前の方はご注意ください。

●エッセイ『ボツ』

この文章は未発表のものではありません。朝日新聞一九八四年九月十八日・十九日号が初出で、その後、エッセイ集『いつもの雑踏いつもの場所で』（冬樹社／新潮文庫）に収録され、今は『山田太一エッセイ・コレクション　その時あの時の今　私記テレビドラマ50年』（河出文庫）で読むことができます。

本書は、映像化されなかったシナリオ、つまりボツ作品を集めたものなので、山田太一自身がボツ作品について、どういうふうに考えているのかを、読者の皆様に知っていただくために、巻頭にこのエッセイを掲載しました。なお、このエッセイの中で語られているボツ作品はひとつだけは推測がついていますが、他は残念ながらまだ見つかっておりません。

●『ふぞろいの林檎たち』パートV

『ふぞろいの林檎たち』は一九八三年五月二十七日に初回がTBSテレビで放送され、大ヒットしたテレビドラマです。主要人物だけでも八人いて、その家族や周囲の人たちまで描き込んだ群像劇で、その後のテレビドラマに大きな影響を与えました。林檎を放り投げるオープニング映像や、音楽をサザンオールスターズの楽曲のみで構成したり、当時とても斬新で話題になりました。

二年後にパートⅡが放送され、その後も六年ごとにパートⅢ、パートⅣが放送されました。

パートVが制作されるというニュースが何度か流れ、二十周年記念として二〇〇三年に放送される予定だったという情報もあります。しかし、実現はしませんでした。

そのシナリオだけでも読みたいというファンは大勢いて、オークションにどこかから流出した台本が出品されたこともありました。しかし、高額で取り引きされ、一般に公開されることはありませんでした。

今回、ようやくそのすべてを公開することができます。パートVは前篇、後篇の二回です。山田さんは『ふぞろいの林檎たち』パートⅣを最後に、もう連続ドラマは書かないと決めておられた時期だったので、それで連続ドラマにはされなかったとのことです（後にまた『ありふれた奇跡』［二〇〇九年］という連続ドラマを書かれることになりますが）。

パートⅠのとき仲手川良雄たちは大学四年生。二年後のパートⅡでは就職して一年目。パートⅡから六年後のパートⅢでは二十代の終わり。さらに六年後（パートⅠからは十四年後）のパートⅣでは三十代半ば。

パートVはさらに七年後で（内容からそう推定されます）、前篇のタイトル通り、四十代の「林檎」たちを描いています。シナリオの執筆時期は二〇〇二年か二〇〇三年と推定されます（ただし、台本に年月日の記載はありません）。

なお、仲手川良雄があの人と結ばれることに、私はかなり驚いたのですが、山田さんは前からそう考えておられたそうです。

●『男たちの旅路』第四部第二話「オートバイ」

『男たちの旅路』は一九七六年二月二十八日に初回がＮＨＫテレビで放送され、大ヒットしたテレビドラマです。「山田太一シリーズ」と脚本家の名前を全面に押し出した最初の番組であり、一話完結の連続もので各回約七十分というスタイルも当時は斬新なものでした。

反響はすさまじく、視聴者からの手紙があまりに大量に送られてきたので、ＮＨＫの局内で手紙をまとめたぶ厚い冊子が何冊もつくられたほど。とくに鶴田浩二演じる吉岡司令補の人気は高く、叱られたいという若者がたくさんいたそうです。

その『男たちの旅路』に未制作のシナリオがあるということは、まったく知られていませんでした。それだけに、山田邸の書庫で、この台本を発見したときには、とても驚きました。興奮で手が震えました。

読むとわかりますが、これは第四部の第二話として書かれたものです。第四部の第一話「流氷」で、根室で酒場の皿洗いをしていた吉岡晋太郎を、杉本陽平が東京に連れ戻します。それに続く物語です。だから部屋探しする場面から始まります。この「オートバイ」では、陽平はそのまま警備会社に勤めています。吉岡のそばを離れません。

もともとは、そういう展開だったということです。でも、杉本陽平役の水谷豊が出演できないことになり、この台本はボツとなりました。そして、新たに「影の領域」が書かれ、そこではもう冒頭のところで、「これ以上のつきあいは、ベタベタしそうだから」と陽平は姿を消します。

『男たちの旅路』のメインディレクターの中村克史さんによると、水谷豊が出演できなくなったのは、降板したわけではなく、『男たちの旅路』は当初、第三部で終わりの予定で（山田さんの意向）、だから出演者のスケジュールをおさえていなかった。その間に、水谷豊は初めての主演ドラマ『熱中時代』（一九七八年十月〜八一年三月）が決まっていた。『男たちの旅路』は反響があまりに大きくて第四部をやることになったが（山田さんも書きたいテーマができた）、そういう事情で水谷豊はスケジュールが合わなかった。それでも無理をして第一話「流氷」には出てくれた、ということだそうです。中村克史さんには、その他にも『男たちの旅路』について、さまざまなお話をうかがいました。とても興味深く面白く、ファンにはたまらない内容です。ぜひ活字として残したく、先に述べた『山田太一全作品インタビュー』に、そのロングインタビューを収録する予定です。

ともかく、まさか今になって、『男たちの旅路』の、いわば新作を読むことができるとは思ってもみませんでした。しかも、杉本陽平が出続けているバージョンです。

『男たちの旅路』をよくご覧になっている方には、この「オートバイ」という作品は異色に感じられると思います。『男たちの旅路』は、特攻隊の生き残りである中年の吉岡司令補と、陽平たち若者がぶつかるドラマとしてつくられました。しかし、貫禄もあり経験もある吉岡司令補の言うことのほうが、どうしても説得力があります。それが、この「オートバイ」では、若い陽平の言うことのほうに説得力がある。いつもと逆転しているのです。それがこの「オートバイ」での山田さんのねらいのひとつでした。しかし、書き直された「影の領域」では、そうなっていません。理由をうかがってみたところ、そういう逆転は、吉岡司令補と長くいっしょにいて、根室から連れ戻した陽平だからこそ可能なことで、そうでなければ成り立たないから、とのことでした。

水谷豊が出演できなくなったことについて、山田さんはやはり相当ショックだったそうですが、「いや困ったけど、向こうは主役の話だったでしょう。だからこれを潰すことはできないと思いましたね。ですから、もうしょうがないとは思いました」とおっしゃっていました。

なお、この作品について山田さんは、「今読むと、これはすごく時代が違っちゃったなという印象を受けました」と気にされていました。たしかに、暴走族というような時代の風俗は大きく変化しました。ただ、今でも道路族の問題はありますし、山田太一ドラマは時代の表面的な風俗を描くだけでなく、普遍的なところまで掘り下げてあるので、本質的には古くなることはないと思います。ただ、執筆時期とか、そういう説明はちゃんと入れておいてほしいとのことでした。執筆時期は、第三部（一九七七年）が終わった後で、第四部（一九七九年）が始まる前なので、一九七八年くらいと思われます。

●『今は港にいる二人』

台本の表紙に「今は港にいる二人（仮題）」とあります。そして、「ＴＢＳザ・サスペンス」とも印刷されています。「ザ・サスペンス」は一九八二年四月から八四年九月までの約二年半、毎週土曜日の二十一時から放送されていた二時間ドラマです。市川森一脚本の『ソープ嬢モモ子シリーズ』の最初の二作もこの枠で放送されています。

裏表紙には「水曜ドラマスペシャル」と手書きしてあります。「水曜ドラマスペシャル」は、同じくＴＢＳの二時間ドラマで、一九八六年四月から八七年九月までの約一年半、毎週水曜日の二十一時から放送されていました。

どちらかの枠で制作される予定だったのか、いずれにしても、二時間サスペンスドラマの枠に、山田太一がシナリオを書いていたというのは意外です。というのも、犯罪ものは封じ手のはずだからです。「テレビドラマを書きはじめたとき、犯罪を通して現代を書くことを封じ手にして行こうと思いました。社会の歪みが犯罪ではくっきりと現れますから、たしかにドラマを書きやすい。でも、罪を犯さない人の喜びや悲しみとか、平凡さの持っているやりきれなさなどがうずもれてしまわないか。同じような境遇にいても罪を犯さない人と犯さない人がいます。誰でも条件が整えば起こしてしまうというようなものではない。だったらぼくは犯罪を封じ手にしてしまって、罪を犯そうと思っても犯せない人たちを書こうと思ったのです」（『親ができるのは「ほんの少しばかり」のこと』ＰＨＰ新書）

ですから、この『今は港にいる二人』の台本を読んで、山田さんご自身も「これ、ぼくもいちばんびっくりしました。こんなことやってたのかと思って」と驚かれていました。エッセイ『ボツ』で「どうもボツというような嫌なことは忘れちまうタチなんで」とあるように、読むまでは忘れておられたようです。

出だしはとても二時間サスペンスっぽいです。姉の自殺、さらに姉の夫と子どもがサラ金に追われて自殺。山田太一ドラマには珍しく、大きな事件が連続で起きます。「断崖」も出てきますし、「ザ・サスペンス」の視聴者の期待を裏切らないかたちでドラマは始まります。

しかし、だんだんと本来の山田太一ドラマになっていきます。

執筆時期は、『男たちの旅路』のスペシャル『戦場は遙かになりて』（一九八二年二月十三日放送）の後と推定されます。一九八二年四月号の「広告批評」にこういう発言があります。

「ヒロイズムが力をふるっている。直接戦争映画でなくても、犯罪ものなりヤクザものなりの中で、ずーっと長いこと培われてきて、それはあまり変わってないんですね」

「かなわない。しかし人間の尊厳として言いなりにはならない、抵抗だけはする、というヒロイズム。それはそれなりに人間の尊厳を守るだろうし、かつては確かにそうだった」

「もっといじましく、地に這いつくばってペコペコして生きていく『男らしさ』を作らないといけないんじゃないか」

「生き残ろうとすることが新しいヒロイズム、尊厳にならなきゃいけないと思う」

「だから反戦映画という形をとらなくても、なにかいままでのヒロイズムでは主人公になりそうもない人たちの見苦しさ、素敵さというのかな、そういうものをもっと書くべきではないかと僕は思うのね」

この「新しいヒロイズム」を描いたのが、この作品ということになります。『戦場は遙かになりて』では、戦争経験者が戦争をノスタルジックに語って、武勇伝にしてしまうということが描かれていました。それにつづけて、反戦とはまた別のかたちで、この作品を書かれたようです。

ヒロイズムの圧迫を受けてさんざん苦悩した主人公が、最後にはヒロイズムを広める側に回ってしまうという、痛烈なラストが印象的です。それでまた別の誰かが、同じように圧迫されてしまうことになるのでしょう……。

台本に俳優の名前はまだ入っていません。ただ、このドラマの山田さんの手書きのシノプシス（二百字詰め原稿用紙で二十五枚）を八戸博之さんという方が持っておられ、その原稿の最後に山田さんはこう書いています。「田中裕子、加藤健一のコンビは、きっとそれをロマンティックに、泥くさくなくつくり上げてくれるであろうと期待している」

つまり主役の夫婦は加藤健一と田中裕子が演じる予定だったようです。

井下靖央が演出で（台本に名前が印刷してあります）、加藤健一と田中裕子が出演ということになると、これは『想い出づくり』（一九八一年九月〜十二月）のメンバーですね。田中裕子は三人の中心人物のうちのひとりで（他の二人は古手川祐子と森昌子）、加藤健一は森昌子に結婚を迫る東北出身の押しの強い男を演じていました。井下靖央は、山田さんが最も信頼する演出家のひとりです。この三人がまたそろえば、さぞかし、いいドラマになったことと思います。未制作に終わったのが、今さらながら残念です。

●『殺人者を求む』

山田太一が生まれて初めて書いたシナリオです。

「松竹という会社は城戸四郎さん（故人・社長）の方針もあって、監督になる奴はシナリオも書けなければ駄目だというところがあったんです。で、入社するとすぐシナリオを書け、としきりに言われました。
僕はシナリオなんて書いたことなかったし、読んだこともなかったんじゃないかな。映画会社に入ったことが、だいたい偶然みたいなことでしたからね。

で、入社して一カ月ぐらいの時に初めてシナリオを書いたんです。短いものですけど。そのシナリオを、大船（撮影所）の助監督室で出しているシナリオ集に載せてくれた」（『映画時代』『街で話した言葉』ちくま文庫）

それがこの『殺人者を求む』です。テレビドラマではなく、映画のための習作です。掲載された『シナリオ集　6』の発行日は一九五八年六月十五日。山田太一が大学を卒業して、松竹大船撮影所・演出部に入社し、助監督の研修を始めたのが同年四月。つまり、本当に入社して一カ月ぐらいで書かれたものです。

「松竹では、シナリオ教育は全くないといっていいでしょう。みんな勝手に（先輩の仕事を）盗んで、勝手に勉強する。いくら社長が言ったって、べつに社長命令ではないですから、書かない人はいっぱいいたし、むしろ書かない人のほうが多かった」（同前）

山田さんによると、シナリオを読んだこともなかったというのは思いちがいで、中学生のときに黒澤明の『野良犬』のシナリオ本を買って、くり返し読んだそうです。ただ、シナリオを書いたのはこのときが初めてで、「わけわかんないまま書いてるんです」とのこと。それにしては、素晴らしいできだと思います。山田太一ドラマらしさが、すでにいろいろあらわれていることにも驚かされます。会話劇であることや、非現実が少し入っていることや、「生きている人間は、しみじみした汚れ方をする」という表現や、殺し屋であるKが、ギャングとかとは関係なく、小市民の味方という設定など。

ただ、犯罪ものは書かない山田太一なのに、最初の作品は犯罪ものだったのです。しかも、殺害に適した状況を被害者自身に用意させるというアイディアは、犯罪ものを書かない人のものとは思えません。その点をうかがってみたところ、「ミステリーはずいぶん読みましたから」とのことでした。

登場人物の年齢が四十三歳、三十歳、五十二歳とぜんぶ中年で、一番若くても三十歳です。山田さんは当時、二十三歳の若者です。それなのに若者はひとりも登場しないのも意外でした。素人が初めて書く場合、自分と同年齢の人物を主人公にすることが多いからです。その点を山田さんにうかがってみたところ、登場人物たちを軍隊経験者に設定したということでした。作中で、「ところで、君、軍隊は？」と聞かれて、三十歳の殺し屋のKが「ええ、ちょっとだけ――」と答えています。

当時は「人を殺した経験をした人も、たくさんいましたから」とのことでした。ちなみに、山田さんご自身は、終戦のとき小学校五年生でした。

●謝辞

本書は、多くの方々のご尽力のおかげで刊行できました。

まず山田太一さんのご家族のご協力がなければ、そもそも成り立たないことです。じつにご親切に対応していただき、さまざまにご助力いただきました。心より御礼申し上げます。

そして、市川知郷さんは、途中からほぼすべての取材に同行してくださいました。原稿作成の手助けもしてくださっています。山田邸の書庫で『オートバイ』の台本を見つけてくれたのも彼です。

竹内英二さんも山田邸での資料探しなどに協力してくださいました。初期の頃から山田さんと直接作品について語り合っておられた井手隆久さん、山田太一ドラマにもくわしい向田邦子研究会の小川雅也さん、『人物書誌大系33 山田太一』（日外アソシエーツ）という、山田さん自身も座右に置いておられる本を作られた木村晃治さんにも、多大なご協力を得ました。『ふぞろいの林檎たち』パートVの台本も、『殺人者を求む』が掲載された同人誌も、山田邸で見つけたものですが、それより前に木村晃治さんからコピーをいただいていました。

大和書房で『山田太一作品集』を刊行してシナリオ本ブームを巻き起こし、さらにマガジンハウスや小学館で山田太一のシナリオやエッセイを刊行してこられた刈谷政則さんにも、いろいろと教えていただきました。刈谷さんが考案された、台本を書籍化するときのレイアウトを、ご許可をいただいた上で、本書でも踏襲しています。刈谷さんにおうかがいしたさまざまなことは、また全作品インタビューのほうでご紹介したいと思っています。

中村克史さんのインタビューは、テレビドラマ史としても、とても興味深い貴重なお話で、インタビュー以外でも、さまざまな資料をご提供いただき、こちらのたびたびの追加質問にも、いつも快く応じてくださり、とても親切にしていただきました。『男たちの旅路』以外の作品についても取材させていただいたので、それは全作品インタビューのほうでご紹介したいと思っています。

全作品インタビューをやりたいと思ったとき、最初に相談したのは、編集者で翻訳家で映像作家の品川亮さんでした。品川さんは、大いに賛同してくださって、国書刊行会の樽本周馬さんをご紹介くださいました。樽本周馬さんは「これは必要な本ですね」と、すぐに企画を受け入れてくださいました。とても感激したものです。長期間のインタビューを安心して続けることができたのも、樽本さんのおかげです。本書の刊行も樽本さんが実現してくださいました。

他にも、ここにお名前をあげられず申し訳ありませんが、テレビ関係者の方や俳優さんなど、たくさんの方々のご協力をいただいています。心より御礼申し上げます。

そして、本書を手にされた皆様、誠にありがとうございます。山田さんは、この未発表シナリオ集を刊行することを喜んでくださいましたが、「ただ、そんなもの買う人がいるかな」ともおっしゃっていました。買う人がいることを、山田さんにぜひお伝えしたいです。

じつは、まだまだ他にも、未発表の作品や、未書籍化の作品がたくさんあります。本書に反響があるようでしたら、それらもまたぜひ書籍化できればと願っています。

著者　山田太一（やまだ　たいち）
1934年東京浅草生まれ。脚本家、作家。早稲田大学卒業後、松竹大船撮影所入社。演出部で木下惠介監督の助監督に。1965年、脚本家として独立。以後、「男たちの旅路」「岸辺のアルバム」「早春スケッチブック」「ふぞろいの林檎たち」「ながらえば」など数多くの名作テレビドラマを手がける。1988年に小説『異人たちとの夏』で山本周五郎賞、2014年にエッセイ集『月日の残像』で小林秀雄賞を受賞。主な小説作品に『飛ぶ夢をしばらく見ない』『冬の蜃気楼』『終りに見た街』ほか。主な戯曲に「ラブ」「ジャンプ」「日本の面影」ほか。

編者　頭木弘樹（かしらぎ　ひろき）
文学紹介者。筑波大学卒。20歳のときに難病になり、カフカの言葉が救いとなった経験から、2011年『絶望名人カフカの人生論』を編訳。主な著書に『食べることと出すこと』『自分疲れ』『絶望読書』『絶望図書館』『ひきこもり図書館』『落語を聴いてみたけど面白くなかった人へ』『ミステリー・カット版カラマーゾフの兄弟』『NHKラジオ深夜便 絶望名言』ほか。

山田太一未発表シナリオ集

ふぞろいの林檎《リンゴ》たちⅤ／男《おとこ》たちの旅路《たびじ》〈オートバイ〉

2023年10月20日初版第1刷発行
2023年12月20日初版第3刷発行

著者　山田太一
発行者　佐藤今朝夫
発行所　株式会社国書刊行会
〒174-0056　東京都板橋区志村1-13-15
電話03-5970-7421　ファックス03-5970-7427
https://www.kokusho.co.jp

装画　岡田成生
装幀　山田英春
印刷製本所　中央精版印刷株式会社

ISBN978-4-336-07483-6